dtv

»Lieber Robbie Williams ...«, schreibt Undine, und es kommt ihr ganz natürlich vor. Seit geraumer Zeit führt sie ein E-Mail-Tagebuch, das sie dem Superstar über eine ausgedachte Mailadresse anvertraut. Sie erzählt darin von ihrer Arbeit an einem kleinen Theater, von den Menschen, die ihr nahe stehen, und von Christian, ihrer großen Liebe. Mit Mitte dreißig glaubt Undine, in ihm jenen besonderen Einen gefunden zu haben. Doch sie täuscht sich. Ohne Erklärung verlässt Christian sie über Nacht. Tief getroffen verkriecht sich Undine vor der Welt, als das Leben sie erneut verblüfft: Auf ihre E-Mails an Robbie Williams erhält sie plötzlich eine Antwort, die alles verändert. Im Chaos der Ereignisse steht sie auch Christian wieder gegenüber, der seine eigene Geschichte hat ...

Marie Veldens zauberhafter Roman erzählt von einer bittersüßen Liebe und ist zugleich eine leidenschaftliche Liebeserklärung an Literatur und Musik.

Marie Velden wuchs in einem kleinen Ort in der bayerischen Rhön auf. Sie volontierte bei einer Tageszeitung und ging danach nach Paris, wo sie als Kindermädchen jobbte, Briefe für eine Werbeagentur tippte, in einer kleinen Galerie arbeitete und überhaupt eine tolle Zeit verbrachte. Später arbeitete sie an einem Münchner Theater und schrieb für Zeitschriften und Tageszeitungen. ›Lilienrupfer‹ ist ihr Debütroman. Marie Velden lebt mit ihrer kleinen Familie in München. Kontakt zur Autorin über: marie.velden@web.de

Marie Velden

Lilienrupfer

Roman

Deutscher Taschenbuch Verlag

Ausführliche Informationen über
unsere Autoren und Bücher
finden Sie auf unserer Website
www.dtv.de

Originalausgabe 2010

Umschlagkonzept: Balk & Brumshagen
Umschlaggestaltung: Wildes Blut,
Atelier für Gestaltung, Stephanie Weischer
Satz: Fotosatz Reinhard Amann, Aichstetten
Gesetzt aus der Arno Pro
Druck und Bindung: Druckerei C. H. Beck, Nördlingen
Gedruckt auf säurefreiem, chlorfrei gebleichtem Papier
Printed in Germany · ISBN 978-3-423-21220-5

Für meinen Freund Thommie
und natürlich für Nicolas

Erster Teil

Anfang April 2007

Sie zog ihn mit aller Kraft an sich,
den Menschen Edward,
suchte ihn in den Tiefen seines Herzens zu verstehen,
sehnte sich danach, sich in ihm zu verlieren.
Doch endlich sah sie ein, daß das wonach sie strebte,
unerreichbar war.

William Somerset Maugham
›Mrs Craddock‹

Datum: 31. März 2007 23.41 Uhr
Von: Undine.B@web.de
An: r-williams@allnet.com
Betreff: Das rote Band des Mondes

Lieber Robbie Williams,

ich habe mich immer schwer damit getan loszulassen. Ich meine loslassen im Sinne von verabschieden. Ich hänge an Dingen und ich hänge an Menschen. Selbst wenn sie mir irgendwann überflüssig erscheinen (die Dinge) oder nicht mehr liebenswert (die Menschen), dauert es lange, bis ich mich trennen kann. Wieso, fragst Du? Vielleicht weil ich befürchte, etwas Unwiederbringliches zu verlieren, wenn ich sie gehen ließe. Manchmal halte ich sogar so lange fest, bis mir eine imaginäre Schnur in die Finger zu schneiden scheint. Und selbst dann lasse ich nur zögernd und mit schwerem Herzen los.

Im Augenblick fällt es mir schwer, von einem Buch zu lassen, das ich vor zwei Stunden beendet habe. ›Fast ganz die Deine‹ von Marcelle Sauvageot. Ein Briefroman voll zarter poetischer Worte, dessen Inhalt mich traurig stimmt.

Eine Frau verabschiedet sich von ihrem früheren Geliebten, der ihr mit dieser kurzen Notiz den Laufpass gab: ›Ich heirate. Unsere Freundschaft bleibt.‹

Sie reagiert wütend darauf, fassungslos, spitzfindig und sezierend, an anderer Stelle hingegen zärtlich und zugeneigt. Und um eine dieser Stellen geht es mir im Besonderen:

›Ich finde den Gedanken einer vorbestimmten Verbindung sehr hübsch‹, schreibt Sauvageot und verweist auf eine Legende aus Japan. Bei der Geburt, so heißt es darin, binde der Mond den Fuß eines künftigen Mannes mit einem roten Band an den Fuß einer künftigen Frau. Im Leben sei dieses Band unsichtbar, doch wenn diese beiden Menschen sich fänden, erreichten sie höchstes Glück auf Erden. Die, denen das nicht vergönnt sei, verbrächten ein Leben in Unruhe und Trauer. Erst nach ihrem Tode, erst in der anderen Welt erlebten sie ihr Glück, denn dort könnten sie sehen, an wen das rote Band sie bindet.

›Ich weiß nicht‹, beendet die Autorin die Passage, ›ob ich in dieser Welt das rote Band finden werde, das mich bindet; ich glaube, diese Legende ist, wie alle Legenden, eine poetische Tröstung. Ist der, für den man geschaffen ist, nicht der, für den geschaffen zu sein man annimmt? Für mich hätten Sie derjenige sein können.‹

Ich bin zwiegespalten, Robbie, was diese Sätze betrifft, denn eine Legende ist immer nur ein Teil der Wahrheit. Betrachtet man sie näher, wird alles viel komplizierter. Ja, es stimmt: Man fühlt sich für jenen geschaffen, von dem man es *glaubt!* Das ist der einfache Teil.

Doch gleich wird es kompliziert, denn leider wird verschwiegen, dass es sich dabei auch um eine zeitlich begrenzte Verbindung handeln kann, die irgendwann – wenn sie zu Ende ist – durch eine andere ersetzt wird, von der man dasselbe glaubt. Wie also soll man erkennen, für wen man geschaffen wurde, wenn unser Gefühl so leicht unseren Glauben beeinflusst und dieses geheimnisvolle rote Band unsichtbar ist?

Ich bin eine Romantikerin, Robbie! Mir gefällt der Mythos von Liebe als Himmelsmacht. Aber gleichzeitig ängstigt er mich. Was ist mit denen, die vergessen wurden? Um deren Fuß sich kein rotes Band windet? Sitzen sie zu Lebzeiten eine Art von Strafe ab? Nennen wir es achselzuckend Pech? Und sind nicht wir ALLE mit dieser Geschichte gemeint? Sie gilt nicht nur für die Alleingebliebenen, denn nicht jedes Paar ist glücklich.

Hehe, höre ich Dich rufen. Es ist nur eine Legende, eine hübsche Geschichte, es gibt dafür keinen wissenschaftlichen Beweis. Ebenso gut könnte ich gleich ›Jedes Töpfchen find't sein Deckelchen‹ anstimmen.

Du hast recht. Ich verrenne mich. Wobei all diese Gedanken natürlich einen Grund haben. Der Hannes heißt. Unsere Trennung liegt noch nicht lange zurück. Einen Monat. Was ist das im Vergleich zu den beiden Jahren, in denen ich in gewissen Momenten glaubte, er könnte derjenige sein.

Natürlich war das von Sehnsucht getriebener Unsinn. Natürlich war mir das immer klar. Verheiratet wie er war und ist, denkt er sicher noch hie und da an mich, deckelt aber inzwischen wieder seinen heimischen Pott, den er wegen zweier Tiegelchen ohnehin nie verlassen hätte.

Doch das allein ist es nicht, was mir das Herz schwer macht.

Ich war schon vor Hannes verliebt. Ich kenne Zärtlichkeit und Gier, Hingabe und Anspruch, Eifersucht und Zweifel, beschützen und beschützt werden, doch irgendwann endeten alle Geschichten im Nichts, ließen mich mehr oder weniger trauernd zurück, und wenn ich nach Jahren auf sie zurückblickte, fühlte ich weder Sehnsucht noch Bedauern. Das erschreckt mich. Es hatte niemanden gegeben, der für mich das sein konnte, was Harry für Sally, Benedict für Beatrice, Wallis Simpson für Edward VIII., Yoko Ono für John Lennon oder Oscar Wilde für Lord Alfred Douglas gewesen war: die verwandte Seele.

Danke Dir fürs »Zuhören« und Da-Sein.

Liebe Grüße
schickt Dir
Undine

@@@

Es war eine stürmische Nacht Ende März. Der Regen peitschte wütend gegen die Fenster, über meinem Bett leuchtete das Krankenhaus-Nachtlicht blau und kalt und beschwor beharrlich ein Gefühl des Verlorenseins. Eine Woche zuvor war ich auf dem Weg zur Arbeit vom Fahrrad gestürzt und lag deshalb mit einer Gehirnerschütterung und einer Fraktur des Radiusköpfchens hier und hatte viel Zeit zum Nachdenken.

Trotz meines bis zur Schulter geschienten Armes bewegten sich meine Finger behende über die Tastatur des Laptops und schrieben diese E-Mail, die jene Wende in meinem Leben hervorrufen sollte, die in meiner Erinnerung unwiderruflich mit Tschaikowskys ›Ouvertüre 1812‹ untermalt werden sollte.

Dass ich Robbie Williams E-Mails schrieb, war nichts Neues. Ich habe es schon vor Jahren ein paar Mal getan, und warum ich mir ihn dafür und nicht Giovanni di Lorenzo oder Günther Jauch ausgesucht hatte, ist leicht zu erklären. Robbie Williams verkörpert exakt jene Art von Mann, von der ich mehr als nur einmal angenommen habe, sie könne für mich geschaffen sein: Sensibilität und Schmerz gepaart mit Witz und Charme, Augen zum Verrücktwerden schön und bis in die letzte Ecke eines neoprengeschützten Herzens von Bindungsängsten zerfressen. Außergewöhnlich in allem.

Was für ein Wort! Bindungsängste. Aber es ist nicht zu leugnen: Seit den Neunzigern kommt es geläufiger als »danke« oder »bitte« über weibliche Lippen. Es braucht nur im Klappentext zu stehen, und schon geht ein sogenannter Beziehungsratgeber weg wie Coffee to Go am Montagmorgen. Ein bisher bedeutungsloser Psychologe hat einen Bestseller verfasst, und nebenbei ist die Bindungsangst zu der Erklärung geworden, warum Männer anstelle eines Eigenheims immer häufiger Staubwolken und zur Fassungslosigkeit erstarrte Frauen hinterließen, worauf ich mir die Frage zu stellen begann, was, zum Teufel, während der Sechziger, als sie noch als anhängliche Knirpse galten, in ihren Seelen schiefgelaufen war.

Deshalb also Robbie Williams.

Kein anderer Grund. Ich bin sechsunddreißig Jahre alt, Dramaturgin im ARENA, einem erfolgreichen Privattheater in München, und nicht die Sorte Frau, die einem Popstar so etwas wie Anbetung entgegenbringt. Das hatte ich noch nicht einmal in meiner Jugend getan, als es völlig in Ordnung gewesen wäre. Nein, halt – das stimmt nicht ganz: 1979 hatte ich mich heillos in Tommi Ohrner verliebt, als er in ›Timm Thaler‹ dem finsteren Baron Lefouet sein Lachen verkauft und so hilflos-traurig ausgesehen hatte, dass es mir mein Mädchenherz zerriss.

Meine Geschichte mit Robert Peter Williams aus Stoke-on-Trent war also etwas Neues und begann vor sechs Jahren mit seinem Auftritt in der Royal Albert Hall, jener legendären Hommage an Frank Sinatra und all die anderen Schöpfer des Swings. Ich saß vor dem Fernseher und war hingerissen von diesem Mann, dessen Gesicht auf einzigartige Weise in zwei Hälften geteilt zu sein schien: in die obere, mit diesen jadegrünen Augen, in denen ich Schalk, Staunen und das Sentiment eines Jungen entdeckte, und in die untere, deren Mund die Bitter- und Einsamkeit eines alten Mannes offenbart. Einer, der gerettet werden muss. »Da geht ein Riss durch meine Seele. Man sieht es in meinem Gesicht.« In ›Feel‹ sang er davon. Doch was für ihn selbst quälend sein muss, ist für andere unwiderstehlich, greift Menschen direkt an ihre Herzen. Eine bezwingende Kombination aus Kraft und Zerrissenheit, die gleichzeitig mütterliche und niedere Instinkte weckt. Wie viele Frauen war auch ich dagegen nicht immun.

Draußen ächzten und bogen sich die Bäume im Wind, der Regen hörte nicht auf. Diamantgroße Tropfen zerplatzten an den Fenstern, in deren Scheiben sich mein Bett spiegelte. Es war eine sturmumbrauste Nacht ganz im Sinne der Schwestern Brontë. Schaudernd zog ich die Decke ein Stück höher, las die E-Mail noch einmal durch, korrigierte ein paar Fehler und schickte sie schließlich an die von mir selbst gebastelte elektronische Adresse r-williams@allnet.com.

Bis heute frage ich mich, ob dies die Nacht war, in der mein Leben jenen Schubs bekam, der die bisherige Trödelei auf einer wenig aussichtsreichen Einbahnstraße in ein Querfeldeinrennen verwandelt hat. Vielleicht hatte aber auch schon alles in der Nacht vom 16. November 2001 begonnen, als Robbie Williams um 22.45 Uhr auf dem Bildschirm erschien und an einer Feuerwehrstange auf die Bühne der Royal Albert Hall rutschte.

›They can't take that away from me‹, sang er später in der Show, und dasselbe gilt auch für mich. Wer weiß, wie es gekommen wäre, hätte ich damals nicht vor dem Fernseher gesessen. Auf jeden Fall nicht so.

@@@

Am nächsten Morgen kam zum ersten Mal die Ergotherapeutin zu mir. Sie hieß Julia Lambert, und vor Staunen fehlten mir die Worte. Denn Julia Lambert ist für mich nicht einfach bloß ein Name.

Julia Lambert ist vielmehr *die* zentrale Figur in Somerset Maughams Roman ›Theater‹. Das Gesamtwerk des Autors ist in meinem Bücherschrank ohne Konkurrenz. Ich liebe jede einzelne seiner Geschichten. Dass an diesem Punkt in meinem Leben eine Frau dieses Namens vor mir stand, war in meinen Augen ein Wunder. Ein Zeichen, ein kleines blaues Licht.

Ich schätzte sie auf Mitte vierzig. Ihr Händedruck war fest, die Gesichtszüge klar, der Ausdruck ihrer blauen Augen prüfend und distanziert, ihre Stimme von bestimmter Sanftheit. Sie war jener Typ von Frau, der selbst aus der

›Wilden 13‹ Herren macht, und auch ich nahm etwas von einer gehorsamen Elevin an, als sie begann, mir die Übungen zu erklären, die meinem Arm schnellstmöglich seine Bewegungsfähigkeit zurückgeben sollten.

»So ist es gut«, sagte sie, nachdem sie mir geholfen hatte, die Schiene abzunehmen und mich eine anstrengende Übung machen ließ. »Wenn Sie es schaffen, machen Sie das jetzt bitte zwanzigmal.« Anschließend drückte sie mir eine Art Knetball in die Hand, den ich rollen und neu formen musste.

Außer den leisen Anweisungen sagte sie nichts, verlor nicht einmal eine kleine Bemerkung über das Wetter. Nur hin und wieder taxierte sie mein Gesicht mit einem Blick, der an das plötzliche Aufleuchten von Scheinwerfern erinnerte, und gab mir das unbehagliche Gefühl, sie blicke auf den Grund meiner Seele.

Nach einer Dreiviertelstunde verabschiedete sie sich mit einem knappen »Bis übermorgen«, und ging.

Die darauffolgende Woche verging schnell. Ich verbrachte meine Zeit mit Dösen und Fernsehen, Freunde und Kollegen besuchten mich, dazwischen versuchte ich zu lesen. ›Dieses Buch wird Ihr Leben retten‹ von A. M. Homes lag sinnigerweise auf meinem Nachttisch, aber es gelang mir nicht, mich zu konzentrieren. Meine Gedanken stoben auseinander, wie in die Luft geworfene Vögel, schweiften immer wieder ab, zogen Kreise und kamen doch zu keinem Ergebnis. Schon lange war ich an einem Punkt in meinem Leben angelangt, der mich ängstigte. Jahrelang hatte ich mich durch ein unstetes Meer von Liebesgeschichten und Affären treiben lassen, hatte nur wenig ausgelassen, aber jetzt zog es mich an den Strand. Ich wollte abends eine Tür klappen und jemanden rufen hören: »Ich bin's!« Ich wollte mich vor dem Einschlafen an jemanden schmiegen und kleine Unsinnigkeiten flüstern, und ich wollte morgens die Augen aufschlagen und in der Wohnung duftete es schon nach Kaffee. Ich wollte all diese Kleinigkeiten, die einem sagen: Ich bin nicht allein. Da ist noch ein anderer. Der mich ins Herz trifft. Den ich nie wieder hergeben will. Dessen Name mich zum Strahlen bringt, der alles Gute in mir hervorzuholen vermag und meine wollüstigen Fantasien erfüllt. Der, von dem ich mir Kinder wünsche, der mein Bedürfnis nach geistiger Symbiose teilt und bei dem ich so sein kann, wie ich bin, und für den gerade *das* das Größte ist. Der deshalb und in aller Selbstverständlichkeit so empfindet wie ich: Liebe.

Ich seufzte bei diesen Gedanken, starrte Löcher in die Luft, umarmte mein Kopfkissen und weinte. Ich fühlte mich verlassen und leer, ungewollt und ausgeschlossen von allem, was ich mir wünschte. Ich lag im Krankenhaus und die Botschaft war klar: Es gab niemand Besonderen, nicht diesen Einen, der mich vermisste und sich sorgte. Dem ich über alles ging.

Das tat weh.

Ich war melancholisch, so tieftraurig wie damals vor zwei Jahren, bevor Hannes wieder sicht- und fühlbar in meinem Leben geworden war. Und ich war so weich gewesen, so durchlässig und empfänglich – Humus, wie er reichhaltiger nicht hätte sein können.

@@@

Datum: 4. April 2007 21.33 Uhr
Von: Undine.B@web.de
An: r-williams@allnet.com
Betreff: Sweet Souvenirs

Lieber Robbie,

in Hannes Schneider verliebte ich mich sozusagen doppelt. Zum ersten Mal mit sechzehn, als meine Eltern mir endlich erlaubten, samstags zusammen mit einer Freundin in eine Disco zu gehen, wo ich mit Hannes – sofern er nicht mit seiner Band in irgendeinem Sportheim spielte – ausdauernd in einem dunklen Eckchen herumknutschte. Zum zweiten Mal erwischte es mich mit dreiunddreißig, als Discos für mich längst wieder passé, für meinen Vater hingegen plötzlich hip geworden waren. Meine Mutter rang die Hände.

Mit zwanzig hatte ich Hannes zum letzten Mal gesehen. Ich verbrachte die Semesterferien zu Hause und traf ihn auf der Straße. Viel passierte damals nicht. Wir gingen einen Kaffee trinken, erzählten uns die Neuigkeiten aus unserem Leben und ließen die Zeiten unserer Disco-Begegnungen unerwähnt.

»Undinchen, Undinchen«, sagte er sinnend zum Abschied. Danach verloren wir uns aus den Augen. Ich studierte zu Ende und ging mit Mitte zwanzig als Regieassistentin ans Stadttheater Augsburg, wo ich fünf Jahre blieb, bis ich den Dramaturgen-Job im ARENA in München bekam. Hannes blitzte zwischen all den Opern- und Theaterproduktionen, Beziehungen und Affären hin und wieder in meinen Gedanken auf, meistens dann, wenn ich

Hannes Jaenicke im Fernsehen sah, der mich nicht nur aufgrund seines Vornamens, sondern vor allem wegen seiner Stimme an »meinen« Hannes erinnerte.

Glaub mir, Robbie, manchmal ist es verrückt, wie die Dinge laufen – wer wüsste das besser als Du? Jedenfalls ist es fast zwei Jahre her, da wollte einer unserer Regisseure Jaenicke in einem neuen Stück besetzen und ließ mich über dessen Agentur anfragen.

»Geduld. Bitte Geduld«, bat mich eine distanzierte Stimme am Telefon mit dem Verweis, Hannes drehe gerade in der Schweiz und danach in Schwerin. Umso erstaunter war ich, als zwei Wochen später der Apparat auf meinem Schreibtisch klingelte.

»Hallo«, hörte ich eine Männerstimme mit jenem kehligen Timbre sagen, das ich sofort erkannte. »Ich wollte mich mal melden.«

»Oh, das ging aber flott, Herr Jaenicke. So schnell habe ich gar nicht mit Ihnen gerechnet.«

Sekundenlange Stille, dann ein Räuspern. »Undine?«

Diesmal zögerte ich: »Ja?«

»Hier ist Hannes.«

Wer denn sonst? Plötzlich schlug mein Herz ein hohes C. Meine Stimme stockte. Ich holte Luft. »Hannes? Hannes Schneider?«

»Fall jetzt bitte nicht tot um.«

Ich war so perplex, mir fiel keine passende Antwort ein. Für einen Moment schloss ich die Augen.

»Hannes«, wiederholte ich und schlug sie langsam wieder auf.

Inzwischen war er neununddreißig. Verheiratet natürlich. Schon seit sieben Jahren. Seine Frau war Altenpflegerin, die Kinder – ein Mädchen und ein Junge – drei und fünf gingen in den Kindergarten.

Hannes hatte unsere Heimat nicht verlassen.

Nicht einmal das Haus seiner Eltern, wo er im ausgebauten Dachgeschoss wohnte und von dort den Panoramablick über das gesamte Dorf genoss. Er arbeitete im Versicherungswesen einer Bank und trat an den Wochenenden nach wie vor mit seiner alten Band auf. Jeden Samstag für die Gäste eines Tagungshotels. Er, wie früher, am Schlagzeug und am Mikrofon.

Ein paar Wochen später schickte er mir per E-Mail eine Aufnahme von sich: Billy Joels >She's always a woman to me<, und als ich ihn nach so vielen Jahren wieder singen hörte, wurde alles wieder lebendig: die frühere Faszination, die Sehnsucht, das Augen-Nicht-Abwenden-Können, mein wahnsinniges Verliebtsein.

Wenn eine Stimme Seele spiegeln kann, dann seine. Sie streichelte und traf ins Mark, war frei von Künstlichkeit und Kalkül. Wenn er sang, konnte man spüren, wie er vielleicht im tiefsten Inneren war.

Immer wieder hörte ich ihm zu und es schnitt mir ins Herz, dass er dieser Gabe, die ihn weit über das Mittelmaß stellte, so wenig Raum gab, sie so entsetzlich klein hielt, ja, dass er sie für einen sicheren Job und die daraus resultierenden Piepen auf der Bank so schmählich aus dem Panoramafenster schmiss.

Ich fragte mich, wie er empfinden musste, dachte er einmal darüber nach? Dann fragte ich mich, ob er zurückgekommen war, weil er wollte, dass ich ihn rettete. In unzähligen inneren Zwiegesprächen sagte ich ihm immer wieder, er habe nur dieses eine Leben und er dürfe das, was ihm geschenkt worden war, nicht einfach ignorieren und wegwerfen, indem er sich in seinem Dorf verschanzte. Ich war mir nicht sicher, ob ich auch in Wirklichkeit die richtigen Worte dafür finden würde. Denn wie auch immer: Dastehen würde ich als Verführerin. Als die mit den eigennützigen Absichten.

Doch ich verbannte diesen Gedanken in die hinterste Nische meines Kopfes und spürte stattdessen mit Hannes den Fußabdrücken unserer Jugend nach, ließ ihn alle meine Zweifel bekämpfen, lauschte seinen eigens für mich komponierten Zukunftsmusiken und seufzte den verpassten Gelegenheiten von früher hinterher, unterbrochen von vielen ›Weißt du noch …‹ und ›Ach, wenn ich das nur gewusst hätte‹, die sich schließlich zu der euphorischen und beidseitigen Erkenntnis steigerten: ›Du wärst es für mich gewesen!‹

Es war wie Dalli-Klick – die Einzelheiten kamen bruchstückhaft, aber dann ergaben sie das ganze Bild. Alles war so vertraut und fühlte sich wohlig an, zum Hinkuscheln. Wir mussten uns nicht alles neu erzählen, denn unsere Basis kannten wir schon. Wie dieses sinnende »Undinchen, Undinchen«, das er wie damals in unsere Gespräche streute und damit sehnsüchtige Gedanken in den Raum schickte, wo sie wie Kolibris umherflatterten und sich später auf meine Schulter setzten und kleine Teufeleien in mein Ohr tschilpten. Und während ich nicht aufhörte, mich selbst butterweich zu kochen, indem ich die Aufnahme von ›She's always a woman to me‹ wieder und wieder hörte, träumte ich von vergangenen Umarmungen. Und wurde noch ein bisschen weicher.

Dann las ich Thommie Bayers ›Das Herz ist eine miese

Gegend‹ und beruhigte mich. Solche Jugendlieben-Geschichten, die gibt es, sagte ich mir. Und manchmal enden sie gut, trotz aller Widrigkeiten. Das Buch beweist es.

In Wirklichkeit vergaß ich es nie: Er war verheiratet. Saß nach seinen Anrufen da, schüttelte den Kopf und starrte die Wand an. Eines war allerdings klar: Bindungen ängstigten *ihn* nicht. Immerhin.

Entschuldige, Robbie. So ausführlich wollte ich gar nicht werden. Der Rest ist dafür schnell erzählt. Im Grunde lässt er sich auf jene trübe Erkenntnis reduzieren, zu der wohl die meisten Geliebten verheirateter Männer irgendwann kommen: Er wird sich nie von seiner Frau trennen.

Zwei Jahre meines Lebens waren dafür draufgegangen, dass ich nicht auf mich selbst hören wollte. Aber ich war so erpicht auf die Erfüllung eines romantischen Traumes, dass ich die Wahrheit trotzig in den Wind schlug: Es hätte niemals funktioniert mit Hannes und mir.

Dabei war es doch von Anfang an klar gewesen: Die Dachgeschosswohnung bei den Eltern, Tanzmusik im Hotel, sein Job bei der Bank – hinter seinem jungenhaften Charme steckte eine Krämerseele, ein Rechner, der bei aller Freundlichkeit unerschütterlich kalkulierte und abwog und dabei immer zuerst auf den eigenen Vorteil bedacht blieb. Einer, der sich selbst nicht das Geringste versagen wollte, der in der Überzeugung lebte, alles stünde ihm zu, der aber so vorsichtig war, sich mit Schmeicheleien durchzulavieren, ohne dem anderen nur das kleinste Versprechen zu geben. Ehrlichkeit nannte er das, und ich stellte mir vor, wie er mit gerecktem Kinn durch die Straßen seines Dorfes ging.

Den Gedanken, dass das, was ich tat, nicht minder beschämend und erbärmlich war, ignorierte ich. Aber er ließ mich nicht in Ruhe. Mit einem hinterhältigen Sirren kehrte er wieder und stach schließlich zu, als Hannes mir erzählte, er sei bei der diesjährigen Fronleichnams-Prozession einer der Himmelsträger. Also einer jener ehrbaren Männer, die singend und betend einen Baldachin über den Pfarrer halten, während dieser über blumengeschmückte Straßen schreitet und seinen Segen spendet.

Ich hätte mich am liebsten übergeben. So viel Verlogenheit und ich, die dabei mitmachte. War ich mir denn für gar nichts mehr zu schade? Wie konnte ich nur? Und dann, nicht lange danach, spürte ich: Ich konnte es eben nicht mehr. Es war aus, und ich sagte es ihm. Er nahm es in angebrachter Verletztheit hin, beteuerte ein paar Mal, wie viel ich ihm bedeute, ja, welche Leere ich in seinem Leben hinterlassen würde, und beließ es dabei.

Er ging und nahm meine Jugend mit. An all den Erinnerungen lag mir plötzlich nichts mehr. Der frühere Zauber war von ihnen genommen, sie rochen schal und abgestanden. Und das stimmt mich noch immer traurig. Aber manchmal glaube ich: Er ist noch verlorener als ich.

Gute Nacht
Undine

@@@

»Post für Sie«, rief eine Krankenschwester am nächsten Morgen und legte mir einen dicken Brief auf das Bett. »Ich komme gleich noch mal wieder. Mit der Thrombose-Spritze.«

Ich nickte ergeben und sah ihr nach, wie sie mit flotten Schritten das Zimmer verließ.

Franz Romer, z. Zt. Staatstheater Wiesbaden, stand auf der Rückseite des Umschlags. Ich hätte allerdings auch so gewusst, von wem der Brief stammte. Niemand sonst, den ich kannte, setzte solch barocke Buchstaben auf ein Blatt Papier wie Franz Romer das tat. Vier Wörter pro Zeile, höchstens fünf. Alles darüber bereitete ihm Krämpfe in den Händen. Ich riss das Kuvert auf und sieben fortlaufend nummerierte Postkarten fielen mir entgegen.

Meine liebe Undine! Bitte entschuldige meine verspäteten Genesungswünsche, aber im Moment geht es drunter und drüber. Was machst Du nur für Sachen? Einfach so vom Rad zu fallen! Gott sei Dank ist Dir nicht noch Schlimmeres passiert, wo ich demnächst doch auf Dich zähle. Also bitte: Streng Dich an und werde ganz schnell wieder gesund.

Letzte Woche war ich in Bremerhaven, Verhandlungen wegen der ›Périchole‹, die ich im Herbst dort inszeniere, Fundus-Besichtigung, Besprechung mit dem Ensemble, am Abend eine Operette (Du wärst bei dieser Inszenierung ausgerastet. Und zwar vor Zorn über so viel Blödheit). Am Schluss musste ich diese Groteske beim Intendanten natürlich loben.

Am nächsten Tag Rückfahrt nach Wiesbaden, mit Alex am Steuer, der die ganze Zeit über hundertachtzig fuhr.

In Wiesbaden nichts als Intrigen und Streit mit dem GMD, dem ich schließlich die Meinung gegeigt habe. Ob die Sache mit meinem Elisabeth-Ballett dort noch klappt, steht gerade wieder in den Sternen. Die Tänzer allerdings sind sehr nett und lauter Tunten. Alles Weitere erzähle ich Dir, wenn ich wieder zu Hause bin. Also nächste Woche. Kopf hoch! Es grüßt Dich herzlich Dein alter Franz.

P.S. Ich hoffe, Du hast die Sache mit diesem Hannes jetzt endlich überstanden. Du weißt ja, wenn ich nicht so schrecklich dick und asbach-uralt wäre, dann hätte ich Dich schon längst geheiratet.

Ich lachte. Das war echt Franz. Zusammen hatten wir schon etliche Inszenierungen auf die Bühne gebracht, und jetzt, nachdem ich seinen Brief gelesen hatte, begann ich mich auf die nächste zu freuen. In drei Wochen würden wir loslegen. Mit ›A Midsummer's Night Sex Comedy‹ von Woody Allen. Franz arbeitete, wie er schrieb: Bunt, groß, üppig. Ein Witz musste durch einen noch besseren getoppt werden. Nie war etwas gut genug. Er träumte von Hauptdarstellern wie Nicole Kidman und Kevin Kline. Franz kannte kein Limit, Franz kannte nur das Übermaß. Er war zynisch, verschwenderisch, archaisch und verletzlich. Ein beleibter, in die Jahre gekommener Jean Reno, der süßen Wein mochte, dem keine menschliche Regung fremd war, der sein letztes Hemd geben würde, bäte ihn jemand darum, der in der einen Sekunde vor Witz und Kraft strotzte und in der nächsten in Tränen ausbrach. Er war schwierig, ihm schwoll der Kamm, wenn einer der Schauspieler seine Auffassung vom Theater nicht teilte, aber niemand freute sich mehr ein Bein aus als er, wenn sie eine Szene hinreißend spielten. Ich hing sehr an ihm.

Ich las seinen Brief ein zweites Mal und atmete durch. Es wurde zwar nicht alles gut, aber es blieb auch nicht alles schlecht. Draußen kroch die Sonne langsam hinter den Wolken hervor. Es gab Menschen, die auf mich warteten. In spätestens einer Woche käme ich hier heraus. Hannes würde in meinem Kopf immer kleiner werden, bis ich irgendwann nur ein- oder zwei- statt fünfzigmal am Tag an ihn denken würde, und in drei Wochen begannen die Proben. Ich würde mich einfangen lassen von diesem Durcheinander aus Menschen, Farben, Musik und Licht von Ideen, die erst für sagenhaft befunden und gleich darauf verworfen wurden, die für Streitereien und Gelächter sorgten, und von der allmählich aufsteigenden Aufregung vor dem Premierenabend. Jeder Tag würde ein Stückchen von der alten Undine zurückbringen, bis sie wieder vollkommen hergestellt war. Ich blickte aus dem Fenster und sah, dass die Temperaturanzeige des Thermometers auf einundzwanzig Grad gestiegen war. Frühling! Die Tür ging auf und die Krankenschwester von vorhin kam zurück.

»Zeit für die Thrombose-Spritze«, sagte sie munter auf einem Kaugummi kauend und schlug meine Bettdecke zurück. »Dachten Sie etwa, ich ließe Sie entkommen?«

Gegen eins kam die Ergotherapeutin vorbei. Sie war beim Friseur gewesen und die nun sehr kurzen Haare betonten ihr feinknochiges, schmales Gesicht. Wieder sagte sie mir mit sanfter Stimme, wie ich meinen Arm bewegen sollte. Und wieder blickte sie mich ein paar Mal von der Seite an. Prüfend, wie ich fand. Es irritierte mich. Kurz bevor sie ging, fragte sie mich: »Wann kommen Sie hier raus?«

»Ich denke, Anfang nächster Woche.«

»Gut.« Sie zog eine Visitenkarte aus ihrer Tasche. »Rufen Sie mich an, sobald Sie wieder zu Hause sind. Sie werden mich weiterhin brauchen. Wir machen dann neue Termine für Sie aus.«

»Sehe ich Sie diese Woche denn nicht mehr?« Ich winselte beinahe.

»Einmal noch. Am Freitag. Üben Sie bis dahin damit.« Sie reichte mir eine Art formbaren Gummiball. »Sie müssen ihn kneten, drücken, quetschen. Zwischen Ihren Handflächen rollen. Sehen Sie, so.« Sie zeigte mir, was ich tun sollte. »Eine gute Übung. Sie geben Ihrem Arm damit wieder Kraft.«

»Und dann?«

»Kann er sich wieder frei bewegen. Ohne Angst vor Schmerzen. Das Leben wird wieder lustig.« Einen Wimpernschlag lang lächelte sie. »Also, machen Sie's gut.« Sie berührte kurz meinen unversehrten Oberarm und zog ihre Hand schnell wieder zurück. »Sie sind kalt. Ihnen fehlt Wärme.« Sie nahm ihre Tasche und ging. Eigenartige Frau, dachte ich, legte den Ball zur Seite und griff nach meinem Buch.

Ich las, bis ich einschlief. Als ich wieder zu mir kam, stand an dem Tisch gegenüber meines Bettes ein Mann mit kurzen dunkelblonden Haaren und hellblauer Pflegerkleidung. Obwohl er mir den Rücken zugewandt hatte, war nicht zu übersehen, dass er sich an meinem Laptop zu schaffen machte. Das Klicken der Maus war deutlich zu hören und ich bemerkte, wie der Bildschirm ein paar Mal von oben nach unten scrollte.

»Ich hoffe, Sie haben bald gefunden, wonach Sie suchen. Wenn nicht, fragen Sie mich ruhig.« Ich klang wie meine Religionslehrerin aus der siebten Klasse.

Der Mann zuckte zusammen und fuhr herum.

»Till!«

»Ich dachte, du schläfst.«

Es war kaum zu glauben, aber durch die dunklen Ränder seiner Brille sah er mich vorwurfsvoll an.

»Und da hast du gedacht, das sei eine prima Gelegenheit, in meinen Sachen herumzuschnüffeln, hm? Ich hoffe, du nimmst es mir nicht allzu übel, dass ich aufgewacht bin, bevor du fertig warst. Was machst du eigentlich hier, noch dazu in dieser Kluft?«

»Ehm ... ja ... Dienstplanänderung. Ursprünglich sollte ich für die nächsten drei Wochen ins Klinikum Großhadern, aber aus irgendeinem Grund hat mich Mutter Oberin heute Morgen hierher geschickt.« Er zuckte die Achseln. »Keine Ahnung, warum. Jedenfalls hatte ich den ganzen Tag zu tun. Sonst wäre ich schon früher bei dir aufgekreuzt.«

»Um in meinen Sachen zu stöbern?«

»Quatsch.« Er grinste und wurde gleich darauf ernst. »Um dir dieses Ding abzunehmen.« Sein Kopf zeigte in Richtung des Laptops. »Du hast wieder diese alten Hannes-E-Mails gelesen. Warum tust du dir das an? Das ist aus, vorbei und lange her. Weshalb brauchen es Frauen immer fingerdick aufs Brot, bis sie es endlich kapieren?« Seine Stimme kletterte eine Oktave nach oben.

»Du bist wie immer die Feinfühligkeit selbst.«

»Ja, bin ich. Dieser Typ hier«, wieder zeigte er auf den Laptop, »dieser Typ hier ist ein Egoist. Dem ging es jede Sekunde nur um seinen eigenen bequemen Hintern. Nie um deinen.«

»So würde ich das nicht sehen. Mein Hintern hatte es ihm von Zeit zu Zeit durchaus angetan. Komm jetzt, beruhig dich. Du hast ja recht. Und setz dich erst einmal hin. Dieses Herumstehen macht mich ganz nervös.«

Till sah auf seine Uhr. »Keine Zeit. Zwei Stockwerke

tiefer freuen sich drei alte Ladys darauf, von mir gewaschen zu werden. Aber in anderthalb Stunden habe ich frei. Wir könnten auf ein Kännchen Hag in die Cafeteria gehen.«

»Klar.«

»Gut. Dann treffe ich dich gegen fünf dort.« Er trat jetzt doch an mein Bett und streichelte unbeholfen meinen Arm. »Bist ein tapferes Mädchen«, sagte Till. Die Hand verließ den Arm und wandte sich meinem Kopf zu.

»Vorsicht«, erwiderte ich, »bei zu viel Zuneigung beginnen tapfere Mädchen zu weinen.«

Nachdem Till gegangen war, streckte ich mich im Bett aus und sah auf die Uhr. Halb vier. Ich konnte noch ein paar Seiten zu lesen, bevor ich aufstehen musste, um zu duschen. Mit der Armschiene dauerte alles doppelt so lange, aber so wie ich war, wollte ich mich nicht blicken lassen. Ich ließ vor niemandem gern die Flügel hängen, und es war mir schon peinlich gewesen, dass Till mich so blass und ungekämmt gesehen hatte, auch wenn wir seit knapp zwei Jahren unsere Geheimnisse miteinander teilten.

Er hatte damals nach einem abgebrochenen Jura-Studium als Übergang einen Job als Beleuchter und Bühnenarbeiter im ARENA angenommen und binnen weniger Wochen waren wir Verbündete geworden, die sich ihre Vergangenheit erzählten und zusammen von der Zukunft träumten. An vielen Abenden kochte ich für uns, wir sahen uns alte und neue Filme an, spielten Skipo und tranken Rotwein. Wir waren nicht Mann und Frau, sondern zwei Menschen, die sich, ohne zu suchen, gefunden hatten. Als Till kurz vor seinem fünfunddreißigsten Geburtstag endlich herausfand, *sein* Heil läge darin, *andere* zu heilen, und eine Krankenpfleger-Ausbildung anstrebte, unterstützte ich ihn in diesem Wunsch und kam, wenn es mir die Zeit erlaubte, zu Prüfungen und Vorstellungsgesprächen mit. Und jetzt war er hier und ich nicht allein. Ich kroch aus dem Bett und ging unter die Dusche.

@@@

In der Cafeteria bestellte ich Cappuccino und ein Stück Himbeertorte mit Baiser und sah mich um. Es war zwar nicht das »Tizian«, aber nach fast vierzehn Tagen Krankenzimmer war es besser als nichts, wobei mich die bleichen Gestalten in Bademänteln eher deprimierten als aufmunterten. Till ließ noch auf sich warten, und ich schlug mein Buch auf und begann wieder zu lesen. An der Stelle, wo der Held ein Mädchen aus einem Kofferraum befreit, hatte ich plötzlich das Gefühl, beobachtet zu werden, und zwar von zwei Personen. Ich täuschte micht nicht: Dem einen Mann stand rechts ein Infusionsständer zur Seite, links von ihm saß eine Frau mit kurzem blondem Haar, Jeans, Blouson und Turnschuhen. Sie redete unentwegt, deutete und gestikulierte, doch als sie bemerkte, dass weder seine Gedanken noch sein Blick ihr folgten, ortete sie mich schnell als den Grund der Ablenkung. In ihren Augen glomm es gelb auf, bevor sie dem Mann kurzerhand den Löffel abnahm und die Spitze von seinem Kuchenstück hieb und ihm in den Mund schob. Die Botschaft war unmissverständlich. Er resignierte, kaute und schluckte. Und tat mir leid. Irgendwie.

Der zweite Beobachter trug wie ich selbst einen bandagierten Arm in einer Schlinge, war allein und trank Milchkaffee. Allem Anschein nach hatte er die Szene beobachtet, denn in seinem Schmunzeln lag etwas Verschwörerisches.

Einen Augenblick lang glaubte ich, er proste mir gleich mit seiner Tasse zu. Ein Glucksen stieg plötzlich in mir auf und ich tat nichts, um es zu unterdrücken. Ich lachte dem Mann zu und freute mich. Ich war nicht unsichtbar.

»Du musst etwas ändern«, äußerte sich Till allerdings fünf Minuten später, nachdem er Kaffee bestellt und seinen Tabak mit einem angewiderten Blick auf das Nichtraucherschild in seine Jeansjacke zurückgeschoben hatte.

»Ach ja? Was denn?«

»Du brauchst einen Mann. Etwas Gescheites. Oder zumindest etwas, das dich ablenkt. Ein Tramezzini vor dem Hauptgang ... irgendwas in dieser Art.«

»So?«, erwiderte ich und warf unwillkürlich einen Blick auf den Schmunzler, der gerade dabei war zu zahlen. »Hatten wir das Thema nicht schon oft? Schon mal daran gedacht, es könnte mich nerven?« Ich verstummte, aber Till gab nicht nach.

»Von Anfang an habe ich dir gesagt, du verplemperst mit diesem Hannes deine Zeit. Und ich hatte recht, auch wenn ich das nicht gern sage.«

»Und warum sagst du es dann?«

Sein Schnauben war so laut, dass die Gäste vom Nebentisch irritiert herüberblickten. »Undine, ich will einfach nicht mit ansehen müssen, wie du noch mehr Zeit damit vertust, um diesen Blödmann zu trauern. Ich kenne dich doch, du gehörst nicht zu denen, die leichten Herzens loslassen. Aber sieh mal, du bist vom Fahrrad gestürzt, du hast dich verletzt, ja, es hat wehgetan und trotzdem wirst du bald wieder aufsitzen.« Er drosch Phrasen – es musste ihm ernst sein.

»Wenn der Arm geheilt ist, ja. Alles braucht seine Zeit.«

»Du willst doch nicht etwa meinen Unfall mit Hannes vergleichen?«

»Doch, will ich.«

»Gut«, lenkte ich ein. »Ich brauche also einen neuen Mann. Soll ich es bei eBay versuchen?«

»Warm.«

»Wie bitte? Kannst du dich ein bisschen klarer ausdrücken?«

»Der Gedanke ist nicht schlecht, aber noch nicht perfekt: Das Internet hat Besseres zu bieten. Es gibt dort haufenweise Kontaktbörsen und man lernt sehr schnell Leute kennen.

»Kommt nicht in Frage.« Abwehrend schüttelte ich den Kopf.

»Warum nicht?«

»Das sind die Restposten. Leute, die sonst keiner will. Abstellgleis. Erbärmlich, irgendwie.«

»Ach wirklich? Ist das so? So viel Spießigkeit hätte ich dir gar nicht zugetraut. Lass dir von mir als Fachmann sagen, das ist Quatsch. Es ist einfach eine moderne Art, Leute kennenzulernen.« Er schwieg einen Augenblick, trank von seinem Kaffee und sah mir über den Tassenrand direkt in die Augen: »Ich tu's auch.«

»Du?«

Er nickte. »Was glaubst du denn, wo ich meine Mädels kennenlerne? Auf der Krankenstation?«

»Keine Ahnung. Ich habe mir nie Gedanken darüber gemacht. Beim Weggehen eben.«

Er lachte, bevor er sich räusperte und sich konspirativ zu mir beugte. »Ich hatte erst gestern Abend ein Verabredung. Dolmetscherin, einunddreißig Jahre. Langes, schwarzes Haar.«

»Und«, fragte ich, »ist es die große Liebe?«

»Das nicht.«

»Na, mach dir nichts draus. Vielleicht beim nächsten Mal.« Ich lächelte müde. Till war im Grunde seiner Seele ein sensibler Mann, ein Romantiker, der von der Reinheit der Gefühle träumte, von einem keuschen, scheuen Mädchen, das erst durch ihn ins Blühen geriet, der aber, sobald es ernst wurde, davonsprintete wie Willie Banks, als er 1986 im Dreisprung einen neuen Weltrekord aufstellte. Nein, ich machte mir nichts vor – sensible Seele hin, Romantik her –, auch Till gehorchte auf Pawlow'sche Art dem Evolutionsbefehl und streute seinen Samen, wo er auf Nährboden stieß. Die Welt muss bevölkert werden. Hatte schon Shakespeare gesagt.

Till enttäuschte mich nicht.

»Wir waren im ›Alten Simpl‹«, sagte er. »Sie hat mir an der Theke direkt in den Schritt gegriffen.«

»So ein Luder«, antwortete ich und löffelte den Cappuccinoschaum aus der Tasse. »Und du? Wie hast du reagiert.«

»Wie wohl? Ich hab ihr die Muschi gerieben.«

Die Worte hingen feucht und schwer in der Luft. Wir schwiegen beide. Unsere Köpfe in die Hände gestützt, starrten wir vor uns hin. Irgendwie lag in seinen Worten zu viel Realität. Traumdiebe.

»Entschuldige, Till«, nahm ich den Faden wieder auf. »Aber das sind keine Perspektiven für mich.«

»Weiß ich doch. Ich hätte dir das nicht erzählen sollen.« Seine grauen Augen blickten traurig. »Es sind auch keine für mich. Aber wie diese Frau sich verhalten hat, hat nichts mit dem Internet zu tun. Sie hätte das so oder so getan, egal, wie wir uns begegnet wären.«

»Und was willst du mir damit sagen?«

»Du solltest es probieren. Es wird nur das passieren, was du erlaubst. So wie immer. Die Leute im Netz sind keine Aliens. Es sind dieselben wie dort draußen. Von einer virtuellen Welt zu reden ist Quatsch. Sie ist von Menschen gemacht. Und nicht alle dort sind Freaks. Du glaubst doch nicht ernsthaft, dein Hannes wäre einen Deut besser.«

Wir schwiegen wieder.

»Mein Laptop steht in meinem Zimmer«, sagte ich nach einer Weile nachdenklich.

»Ich weiß.« Till lächelte.

»W-Lan.«

»Also los.«

@@@

Zwei Wochen Krankenhaus können einiges bewirken. Im schlimmsten Fall verließ man es am Ende durch den dezenten Ausgang im Keller, aber im besten heilten die Knochen, schlossen sich Wunden, Tumore und Geschwüre verschwanden, hier und da sogar Fettpölsterchen, manche Nase war nachher gerader und etliche Busen straffer.

Bei mir bewirkten sie vor allem Dankbarkeit.

Ich hatte meine Wohnung immer schön gefunden, aber als ich nach vierzehn Tagen zum ersten Mal wieder die Türschwelle überschritt und ins Wohnzimmer kam, ging mir auf, wie sehr ich an ihr hing. Mein Blick fiel zuerst auf das große bogenförmige Fenster und dann auf den Balkon davor, an dessen Brüstung Terrakottatöpfe hingen, in denen schon bald Wicken, Rosmarin, Lavendel und Rosen blühen würden. Der Sommer war hier das ganze Jahr über heimisch geworden, an den Wänden, in den Möbeln, in den Stoffen und in meinen Bildern. Licht und Wärme überall.

Ich fuhr den Rechner hoch und klickte den zweiten Song auf dem Album von Rebekka Bakken an: ›Welcome home‹ – unglaublich schön, diese klare, zärtliche Stimme, der leichte Folk-Anklang, tränentreibend, wenn es darauf ankam.

Meine Eltern hatten mich abgeholt, ich war nicht ins Leere gefallen. Sie waren in einem Hotel untergekommen, ein paar Nebenstraßen weiter, und für zwei Tage, bis sie wieder fuhren, würde ich einfach wieder ihr Kind sein. Ich konnte so tun, als sei ich unbeschwert und sorglos. Ich sah mich auf einem Bein die Straße entlanghüpfen, ein Eis in der Hand.

Ich ging ins Schlafzimmer und goss die Pflanzen auf dem Fensterbrett. Irgendwie hatten sie ohne meine Pflege überlebt und waren nicht eingegangen.

Ich war froh, daheim zu sein.

Die Hälfte aller Männer im Netz könne ich vergessen, hatte Till mir, auf einmal weniger enthusiastisch, erklärt, nachdem er mein Profil noch an jenem Nachmittag bei »Traumpartner.de« eingestellt hatte. Ich dachte daran, als ich mit der Gießkanne zurück in die Küche ging, noch einmal Wasser holte und mich danach ins Internet einwählte. Seitdem dieses Profil von mir existierte, checkte ich meine Post ungefähr zehnmal täglich. Zweifellos, das Ganze war spannend. Und amüsant. Und frustrierend. Je nachdem aus welchem Blickwinkel man es betrachtete. Sobald ich die Versammlung aus Rechthabern mit dünnen Hälsen, testosterongebeutelten Modern-Talking-Fans, passionierten Smiley-Setzern und Beinah-Analphabeten mit viel Volumen in den Muskeln betrachtete, pendelte ich zwischen beiden unablässig hin und her.

Ich hatte nicht wenig Post bekommen, aber größtenteils war alles Banane gewesen. Kein Grund zum Jubeln. Allerdings hatte mir niemand versprochen, ich würde auf einen Leo Leike treffen. Es war so, wie Till prophezeit hatte: Die virtuelle Welt spiegelte die reale.

@@@

Datum: 13. April 2007 14.51 Uhr
Von: Undine.B@web.de
An: r-williams@allnet.com
Betreff: Traumprinzen? Oje …

Lieber Robbie,

gerade sind wieder drei Nachrichten gekommen. Eine von *Traumprinz112,* der aussieht wie Mr. Bean, unglücklicherweise aber nicht dessen Witz besitzt. Die zweite kommt von *Beastmaster69,* der in arg dürftigem Deutsch und noch dürftigerer Interpunktion die Wonnen des A Tergo beschwört, und dann die dritte, deren Verfasser sich schlicht Richard nennt, was mir gefällt, weil auch ich mich nur Undine nenne und auf jegliches zierende Adjektiv verzichtet habe. Richard schrieb:

Liebe Undine,

geht man davon aus, dass wir Fremde sind, die keinen blassen Schimmer voneinander haben, deren Lebenskreise sich bislang in keiner Weise berührt haben und sich ohne dieses Forum hier auch nie berühren würden, ist es schon merkwürdig, Dir zu schreiben. Halt, nein, so merkwürdig ist es gar nicht, schließlich ist es ja der Zweck dieser Sache, und nachdem ich auf Dein Foto gestoßen bin und darauf eine Frau entdecken konnte, die hübsch ist, intelligent und sensibel scheint, hege ich die leise Hoffnung, ein Sternchen in dieser grauen Graupensuppe gefunden zu haben. Ohne den restlichen Damen und Herren hier zu nahe treten zu wollen – das Gros ist doch eher das, wovon man sich sonst gerne separiert. Ich will ehrlich sein und hoffe, Dich damit nicht zu verscheuchen. Es könnte ja immerhin sein, dass Du einer jener Gutmenschen bist, die für böses Lästern nichts übrig haben und mich sofort von ihrer Liste streichen.

Ich hoffe, dass dies nicht geschieht. Sondern ganz im Gegenteil: Ich hoffe auf Post.

Einen schönen Tag wünscht Dir
Richard

Ehrlich, Robbie, das hat doch was, oder? Die Interpunktion stimmt. Die Groß-und Kleinschreibung auch. Und der Text ist nicht ohne – eloquent sogar. Mit Witz.

Aber wer weiß – vielleicht ist das gar nicht so gut. Irgendwann habe ich Dir das schon einmal geschrieben:

Die Eloquenten sind meistens die größten Ärsche.

Entschuldige, aber doch, das ist so! Gut, ich könnte es auch eleganter sagen: Je größer der Geist, desto kälter das Herz.

Inzwischen reagiere ich mehr als misstrauisch, wenn einer die Bonmots nur so aus dem Ärmel schüttelt, gut temperiert formuliert, nie um das richtige, bezaubernde Sätzchen verlegen ist, und auch nicht um den funkelnden

Blick als Accessoire – all das sind klare Indizien für wahres Arschlochtum. Was allerdings nicht heißen soll, dass ich mich jemals davon habe abschrecken lassen. Im Gegenteil: Ich stehe darauf und habe es immer wieder probiert, nur um jedes Mal festzustellen: Eloquenz und Bindungsfähigkeit scheinen sich in 99 Prozent aller Fälle auszuschließen. Frag mich nicht, woran es liegt – Moment, die Frage stelle ich doch lieber Dir, denn genau zu diesen Exemplaren gehörst Du ja –, ICH kann nur vermuten, Eloquenz und Bindungswille in Kombination müssen ihrem Träger etwas in der Art von Lactose-Unverträglichkeit bescheren. Etwas, das starke Magenkrämpfe verursacht und Unappetitliches zur Folge hat, vor dem der Arzt wahrscheinlich warnt.

Ich habe es immer wieder erlebt: Je beredter einer ist, je sprühender sein Geist, je leuchtender die Augen, je romantischer seine Liebeserklärungen, je wohlklingender und vielversprechender seine Zukunftsmusiken, desto schneller kommt der Abschied, desto kälter die Worte, die er dafür findet, desto weiter offen mein Mund, desto ungläubiger meine Augen, desto tiefer und schwärzer der Abgrund und desto drängender und verzweifelter nachher die Frage: Was habe ich falsch gemacht?

»Lass uns die vergangene Zeit vergessen«, empfiehlst Du in ›Sexed Up‹, »lass uns so tun, als wären wir uns nie begegnet.« Ist das das Geheimnis? So tun, als ob nie etwas gewesen wäre? Kann man das? Du? Ich kann es nicht, aber immerhin erklärt sich so dieser leicht dahingesungene Zynismus: »Es ist Samstag. Ich gehe aus und suche mir ein anderes Du.«

Weißt Du, was mich an all dem so stocksauer macht? Dass wir Frauen in unserer Verzweiflung und unserem Kopfzerbrechen so unglaublich bedürftig wirken, dumm und naiv, aufs Kreuz gelegt, während Männer wie Du ungerührt auf und davon marschieren und sich UNBERÜHRBAR ans Revers heften …

Ja, ich rege mich gerade auf. Ja, ich lege besser eine Pause ein. Und meditiere ein bisschen. Oder trinke Rotwein.

PAUSE

WIE kam ich jetzt auf diesen Sermon? Richtig, Richard, der Eloquente! Stimmt. Natürlich werde ich ihm antworten. Denn das mit dem Sternchen in einer grauen Graupensuppe – das könnte man doch auch von ihm sagen. Zumal es bislang die einzig annehmbare E-Mail ist, die ich hier erhalten habe. Man kann ja mal sehen, oder? Außerdem sieht er gut aus. Und er hat studiert. Na, bitte. Klingt doch erst mal gut.

Ich werde ihm jetzt antworten und Dir natürlich später schreiben, wie und ob es weitergeht.

So und jetzt muss ich Schluss machen. Meine Eltern kommen in einer Stunde und ich bin noch nicht angezogen. Wir wollen Essen gehen. In den Weichhandhof. Mein Vater liebt es bayerisch. Und ich auch.

Dir einen angenehmen Abend
und einen lieben Gruß
von
Undine

@@@

Zwei Tage darauf reisten meine Eltern ab. Ich fühlte mich gut und freute mich auf die kommende Zeit. Noch acht Tage, dann würde ich wieder arbeiten. Franz hatte mir das Stück geschickt und ich las bereits darin, Freunde besuchten mich, ich ging spazieren und Kaffeetrinken, morgens schlief ich lange, lag in der Badewanne, las und fühlte mich wohl. Von Richard, dem Eloquenten, waren ein paar weitere E-Mails gekommen, in denen er mir unter anderem erzählte, er sei Zahnarzt und zu einer Fortbildung in Boston. Außerdem komme er erst in ein paar Wochen zurück, weil er anschließend noch Freunde, die in der Nähe lebten, besuchen wollte, freue sich aber über weiteren Briefwechsel mit dem Sternchen in der Graupensuppe. Ich musste lächeln.

Es war merkwürdig, dass meine Gedanken mehrmals täglich zu jemandem wanderten, den ich nicht kannte. Ich ertappte mich dabei, wie ich innere Dialoge mit diesem Mann führte und begann, ihm eine Stimme zu geben, Mimik und Gestik. Ich salzte und süßte, verrührte, walkte und glättete, schmeckte ab und buk mir einen Mann nach einer vagen Vorlage aus dem Internet.

Du spinnst, sagte ich mir schließlich, fang bloß nicht an zu träumen.

Hannes verblasste. Zwei- bis dreimal am Tag flackerte er noch schwach hinter meiner Stirn auf, bis es dunkel um ihn wurde, als hätte jemand das Licht abgedreht.

Gab es das? Auch für mich? Ein anderes Du?

@@@

Dann war es vorbei mit der Ruhe. Die Proben begannen und dauerten meistens bis weit in den Abend hinein. Oft gingen wir anschließend noch in die Kneipe am Ende der Straße, wo wir unsere lechzenden Mägen mit Bratkartoffeln, Rührei und Salat stopften und müde, aber mit heißen Köpfen Szenen, Kostüme, Musik und neue Ideen besprachen.

Ich liebte das.

Hier war ich Teil eines Ganzen.

Glücklicherweise ging es meinem Arm immer besser, die Schiene war ab, ich trug nur noch eine elastische Binde und musste darauf achten, keine allzu heftigen Bewegungen zu machen und vor allem nichts Schweres zu heben. Franz behandelte mich wie ein rohes Ei und schleppte seine halbe Hausapotheke in die Garderobe, wo er mir geheimnisvolle Heilsalben überreichte und mich am laufenden Band Echinacin schlucken ließ, weil das seiner Meinung nach bei allem half, bei gebrochenem Radiusköpfchen sowieso. Was er selbst an Vitaminen, Enzymen, Proteinen, Melatoninen und weiteren »inen« nicht vorrätig hatte, kaufte er nebenan in der Apotheke. Und zwar in solchen Mengen, dass ich, hatte ich erst einmal alles eingenommen, leicht aufs Mittagessen verzichten konnte, während die Apothekerin wohlwollend ihre schönen Implantate zeigte, sah sie Franz nur von Weitem.

Wenn ich nicht bei den Proben war, saß ich im Büro und arbeitete am Programmheft. Das Stück, inspiriert von Shakespeares ›Sommernachtstraum‹, war gespickt mit allen Ingredienzen, für die Woody Allen geliebt und gerühmt wird: die unter- bis oberschwelligen Neurosen seiner Figuren, Dialoge voll rhetorischer Finesse und aus dem

Unterbewussten aufbrechende animalische Begierden. Um es kurz zu sagen, es drehte sich um Sex und noch mal um Sex und um die Frage, warum aus zwei Menschen ein Paar wurde. Oder eben nicht, dachte ich mir und klickte mich unwillkürlich in den Hintergrund meines Bildschirms, wo ich »Traumpartner.de« aufgerufen hatte, um meinen Briefkasten regelmäßig kontrollieren zu können.

Zu Richard, dem Eloquenten, hatte sich noch Fabian hinzugesellt, ein gebürtiger Schweizer, der seit Jahren in der Nähe von Garmisch lebte, dort Tennisschläger nach Maß anfertigte, abends Aikido unterrichtete und ein glühender Verehrer Haruki Murakamis war. Ich fand, Fabians Literaturgeschmack sprach schon einmal für ihn. Nebenbei klangen seine E-Mails intelligent, hatten Witz, sein Interesse an mir servierte er in bekömmlichen Dosen und sein Foto zeigte einen nicht unattraktiven Mann mit leicht asketischem Touch.

Eine Woche zuvor war die erste Nachricht von ihm gekommen und seitdem flogen die E-Mails im zweitägigen Rhythmus zwischen uns hin und her.

Es ist schon eine merkwürdige Sache, mit einem Fremden Briefe zu tauschen. Jemandem, den man nicht kennt, von sich zu erzählen. Aber gerade in der Unverbindlichkeit des Fremdseins, in dieser virtuell erzeugten Distanz lag meines Erachtens der Reiz und die Leichtigkeit des Ganzen. Kein Wort zu viel, kein Ton, der schief war, ja, eben die Möglichkeit, der eigenen Vorstellung von sich selbst endlich einmal zu entsprechen. Mit dem richtigen Gegenüber wurde ein reizvolles Ping-Pong daraus, das einen zur Höchstform auflaufen ließ. Es machte Spaß, weckte die Neugier, man flirtete, ohne ins trübe Fahrwasser einer Verpflichtung zu geraten, und gelangte zu der Vorstellung, am Horizont stiege eine aussichtsreiche Geschichte wie eine Schönwetterwolke auf.

Und ich Glückspilz hatte sogar zwei davon in petto.

Ich schickte meine Antwort an Fabian gerade ab, als Franz eintrat.

»Alles schon brav geschluckt«, erklärte ich vorbeugend und deutete auf die Batterie von Arzneifläschchen und -döschen auf meinem Schreibtisch.

»Wunderbar. Ganz wunderbar.« Er zog sich einen Stuhl heran und begann in einem Bäckerbeutel, der über seinem Arm hing, zu kramen. »Hier, auch sehr gut für die Gesundheit«, fügte er hinzu und platzierte eine Schachtel »Edle Tropfen in Nuss« in die Mitte meines Schreibtisches. »Greif zu.«

»Mmmh. Und was kann ich für *dich* tun, Franz?«, fragte ich, während ich eine Praline mit Himbeergeistfüllung herauspickte.

Seine Hand schwebte abwägend über der Schachtel, bis er sich für ein Stückchen aus Zartbitterschokolade entschied. »Williams Birne«, kommentierte er mit gerümpfter Nase, nachdem er hineingebissen hatte. »Kirschwasser ist mir lieber.«

»Ich mag alle. Also?«

»Ich brauche zwei Doubles für die Eröffnungsszene mit dem fliegenden Fahrrad. Sonst krieg ich's nicht hin.« Es folgte eine wortreiche Erklärung, warum die Szene so und *nur so* sein dürfe. »Kannst du mit Friedmann darüber sprechen? Bei mir winkt er gleich ab.« Friedmann war der Leiter des Theaters, der zwar Franz' Inszenierungen schätzte, nicht aber deren Kosten.

»Na ja, kalkuliert ist es nicht«, sagte ich vage und notierte »zwei Doubles« auf einen Zettel. »Aber ich frage mal bei der ZBF an. Wenn's nicht zu teuer kommt, schieb ich's Friedmann schon irgendwie unter? Sonst noch was?«

Franz biss in eine weitere Praline und sah diesmal zufrieden aus. »Ja. In der Szene von Adrians Liebestraum soll es rote flimmernde Herzen regnen. Zusammen mit Mendelssohns Musik wird das sensationell. Kannst du welche besorgen?«

»Wird erledigt.« Ich hatte keine Zweifel an der Wirkung dieses Bildes, und in Anbetracht meiner Sucht nach schicksalhaften Zeichen konnte er rotflimmernde Herzen von mir haben, so viele er wollte.

@@@

»Na, was habe ich Ihnen gesagt? Alles wieder heil. Zufrieden?« Julia Lambert schenkte mir eines ihrer seltenen Lächeln und bewegte meinen Arm ein paar Mal auf und ab. Es stimmte, die Elle funktionierte, als hätte dem Radiusköpfchen nie etwas gefehlt.

»Ja«, antwortete ich. »So gut wie neu.«

»Falsch«, erwiderte sie. »So gut wie alt. Es war vor dem Bruch doch nicht etwa schlechter, oder?«

Aha, eine Wortklauberin.

»So und jetzt gehen Sie bitte noch fünf Schritte auf und ab.«

»Auf den Händen?«, fragte ich, um meine Verwunderung deutlich zu machen. Sie antwortete mit einer entschiedenen Bewegung ihres Kopfes und ich marschierte los. Fünf Schritte auf, fünf Schritte ab. Und blieb stehen.

»Sie haben abgenommen. Mindestens drei Kilo. Steht Ihnen gut.«

Um ihre Mundwinkel herum zuckte es nicht einmal.

»Sagen Sie das als Ergotherapeutin oder als Frau?«

»Können Sie beides voneinander trennen?«

»Ja. Sie nicht?«

Jetzt lachte sie. »Gute Antwort. Los, seien Sie nicht so ernst. Haben Sie Lust auf einen Kaffee? Für heute bin ich mit der Praxis fertig. Und es ist Ihre letzte Stunde bei mir. Jetzt dürfen wir.«

»Dürfen wir was?«

»Privat werden.«

»Sind Sie immer so direkt?«

»Nur privat.« Wieder lachte sie. »Oje, jetzt habe ich Sie erschreckt. Dabei wirken Sie wie jemand, der Schmetterbälle spielend pariert. Nun entspannen Sie sich mal. Ich wurde vorgestern geschieden. Vielleicht bin ich deswegen ein bisschen überdreht. Aber Kaffee würde ich wirklich gern mit Ihnen trinken. Sie sind mir sympathisch. Von Anfang an gewesen.«

Es war die längste Rede, die sie während all dieser Wochen gehalten hatte und was noch auffälliger war: Ihr Gesicht war mit einem Mal offen, sprühte fast übermütig.

»Eins gleich vorneweg.« Ich griff nach meinem Mantel und schlüpfte hinein. »Ich stehe ausschließlich auf Männer.«

»Schön. Und wo gehen wir hin?«

Wir gingen ins »Tizian«. Erstens lag es nicht weit von Julia Lamberts Praxis und zweitens war es an diesem Tag frühlingshaft warm. Wir setzten uns auf die Terrasse unter einen Sonnenschirm aus hellem Leinen und freuten uns über den Blick in den Innenhof des Amtsgerichtes, wo Oleanderbäume rosa blühten.

»Mögen Sie?«, fragte Julia, nachdem wir Cappuccino und Tiramisu bestellt hatten, und hielt mir Zigarillos in einer silberne Tabatiere hin.

Ich schüttelte den Kopf. »Nein, danke. Die sind mir zu stark. Ich halte mich lieber an die da.« Ich zog meine Packung »American Spirits« hervor und zündete eine an.

»Gut. Zumindest rauchen Sie.«

Ich nickte. So etwas heutzutage zu hören, war fast schon befremdend.

Sie zog an ihrem Zigarillo und blickte stumm und nachdenklich dem Rauch hinterher. Ich wurde nicht schlau aus ihr, aber sie erschien mir wie eine androgyne Schönheit, wie sie da in ihrem Hosenanzug auf dem Stuhl saß. Ich konnte sie mir gut mit einem Glas Whiskey in der Hand vorstellen.

»Sie sind vorgestern geschieden worden?«, fragte ich, weil es das Erste war, das mir einfiel, und weil ich das Gespräch wieder in Gang bringen wollte.

»Ja.«

»Wie lange waren Sie verheiratet?« Ich hoffte, nicht allzu neugierig zu klingen.

»Achtzehn Jahre.«

»Oh.«

»Sie meinen, ganz schön lange, nicht?«

»Ja.«

»Wollen Sie denn nicht wissen, warum ich geschieden wurde?«

»Doch. Warum?«

Sie zuckte die Achseln und drückte anschließend ihr Zigarillo in den Aschenbecher. »Wegen einer Frau.«

»Das glaube ich nicht.« Meine Antwort kam spontan, aber trotzdem starrte ich sie an.

»Tja … wer weiß.« Julia Lambert lächelte spitzbübisch über den Rand ihrer Tasse und beugte sich ein Stück nach vorn. »Finden Sie den Gedanken nicht aufregend?«

»Ich weiß nicht. Sie?«

»Oh ja.«

»Warum?«

»Mehr Spaß.« Sie gluckste und ich wurde das Gefühl nicht los, sie mache sich über mich lustig.

Diesmal tat ich ihr den Gefallen nicht, darauf einzugehen. »Also, weshalb wurden Sie denn nun geschieden?« Ich zwang mich, energischer zu klingen, außerdem interessierte mich die Antwort wirklich. Wenn man selbst niemanden hatte, hörte man sich gern an, warum die anderen auseinandergingen.

»Kein bestimmter Grund. Viele verschiedene. Wenn man es kurz ausdrückt, bringt man es vielleicht so auf den Punkt: Mein Mann, Verzeihung Exmann, ist sechzehn Jahre älter als ich. Das war, als wir heirateten, überhaupt kein Problem. Jetzt ist es eins. Während er unter einem Baum sitzen und sein Glas Rotwein trinken möchte, will ich noch auf der Wiese tollen. Verstehen Sie? Die Berührungspunkte wurden immer weniger, bis ich mir irgendwann wie bereits gestorben vorkam. Ich bin zu jung für Beschaulichkeit. Ich will mir noch kein Jäckchen um die Schultern hängen und behaglich zurückblicken. Ich habe noch eine Zukunft. Ich brauche Perspektiven.« Der letzte Satz klang fast wütend. »Verstehen Sie das?«

»Ja«, antwortete ich unsicher, denn ich fragte mich, warum nicht beides möglich sein sollte: Ehe *und* Perspektiven. Vielleicht malten sich meine Gedanken auf meinem Gesicht ab, denn sie fuhr fort:

»Sicherlich hätte man das in den Griff kriegen können.

Eine Art Kompromiss schließen oder etwas in der Art, aber es kam etwas anderes hinzu, und *das* ließ sich nicht mehr in den Griff kriegen.« Sie unterbrach sich und rief dem Kellner »Einen doppelten Malt, bitte« zu. Ich hatte es doch gewusst. Dann sprach sie weiter: »Ich will nicht, dass Sie etwas falsch verstehen. Mein Mann ist ein netter Kerl, bestimmt. Witzig, charmant, gut aussehend. Ein Sonnenschein. Wir hatten ein gutes Leben, sind Eltern einer hübschen und klugen Tochter, lebten in einem schönen Haus und eher hätte ich es ertragen, er hätte mich betrogen. Was ich aber nicht ertragen konnte, war seine Angst vor jeglichem Konflikt, diese verdammt bequeme Haltung, die er kultivierte, wo er konnte. Er ging allem aus dem Weg, was nicht unter sein Bäumchen und zu seinem Rotwein passte.« Der Kellner brachte den Whiskey und sie nahm einen tiefen Schluck. Ihre Wut verschwand allmählich und wich einem Anflug von Bitterkeit. »Vor einem Jahr wurde ich schwer krank. Während unseres Urlaubs in Italien. Eine virale Meningitis. Ich wand mich in Schmerzen. Und tat schließlich einige seltsame Dinge. Sie wissen vielleicht, Meningitis kann zu Verwirrtheit und Halluzinationen führen, und ... «

»Und?«

»Und mein Mann tat nichts. Er ließ mich einfach liegen. Rief nicht einmal einen Arzt, obwohl ich immer wieder darum bat.«

»Haben Sie den Urlaub denn nicht abgebrochen?«

»Nein. Auf die Idee kam er gar nicht. Er lag draußen am Pool in der Sonne, während ich mich im abgedunkelten Zimmer quälte. Es war unsäglich. Als wir endlich wieder in München waren, schickte er mich allein zu den Ärzten, er kam nicht einmal mit, und als ich von zu Hause wegging und in ein Hotel zog, suchte er nicht einmal nach mir. Er blieb gemütlich in seinem Lehnstuhl sitzen, sah fern, sagte sich wahrscheinlich, seine Frau spinne momentan, und ließ die Dinge einfach geschehen. Mein Arzt ließ mich schließlich in eine Klinik einweisen und eine Freundin brachte mich hin. Ich war wirklich sehr krank.«

Ich blickte sie sprachlos an. Einen Kloß im Hals, einen Schauer am Rücken. »Warum?«, brachte ich schließlich hervor. »Warum hat er das getan? Ich verstehe das nicht.«

»Weil er es nicht ertragen hat, seine starke Frau schwach zu sehen. Er hatte eine Heidenangst und den Kopf einfach in den Sand gesteckt. Nur nicht hingucken, dann geht's vielleicht von selber weg. Auf meine Kosten. Er ist ein kleiner Junge geblieben, der eine Mama braucht. Kann ich ihm nicht geben.« Mit einer vehementen Bewegung stellte sie das Glas zurück auf den Tisch. »Es war schmerzhaft, das zu begreifen. Ich habe mir die Scheidung nicht leicht gemacht, wirklich nicht. Viele Tränen, verstehen Sie?«

Ich nickte. Das verstand ich.

»Aber«, plötzlich lachte sie, »jetzt bin ich wieder gesund. Gesund und geschieden. Jetzt kann es weitergehen. Und wie ist das bei Ihnen? Sie sahen traurig aus im Krankenhaus.«

Wir bestellten noch einmal Whiskey. Diesmal für uns beide, zündeten weitere Zigaretten und Zigarillos an, und ich erzählte ihr meine Geschichte. Die von Hannes. Und am Schluss noch die von meinen Internet-Kandidaten.

»Ja, davon habe ich auch schon gehört«, sagte Julia darauf. »Vielleicht sollte ich es auch einmal damit versuchen. Haben Sie einen der beiden schon getroffen?«

»Nein«, antwortete ich und schluckte nervös. »Morgen treffe ich den einen. Fabian. Und übermorgen Richard.«

»Spannend.« Sie lächelte.

»Ja. Ziemlich. Trinken wir noch einen Whiskey?«

Es war sehr spät, als ich endlich nach Hause kam. Whiskeybeduselt und zigarettenheiser. Der Abend hatte Spaß gemacht, aber auch Trauer hinterlassen. Wie das manchmal geschah, wenn ich die Gelegenheit hatte, in das Leben anderer Leute zu blicken, und mich danach desillusioniert vorfand, weil all das Heimelige und Schöne, das ich darin vermutet hatte, offensichtlich nur eine Wunschvorstellung meines nach Harmonie sehnsüchtigen Gehirns gewesen war.

Ich hatte mir zuvor keine Gedanken über Julia Lambert und ihr Leben gemacht. Aber sie war mir wie jemand erschienen, dessen Ausgeglichenheit und Festigkeit einem familiären Schutzwall entsprangen, jemand, der dort war, wo er sein wollte. Eben jemand, der jenes Leben lebte, das ich mir wünschte. Dabei schien es in Wirklichkeit wohl so zu sein, dass es mir in den letzten Jahren meines Alleinseins besser ergangen war als ihr.

Was für ein Desaster, dachte ich, während ich mir die Bettdecke unters Kinn zog und anschließend das Licht löschte. Menschen zerbrachen an anderen Menschen, und wenn sie niemanden hatten, zerbrachen sie ebenso. Irgendwann, an ihrer Einsamkeit. So oder so, auf irgendeine vertrackte Art hielt man den Schwarzen Peter immer in der Hand. An eine Lösung zu denken, schien mir geradezu lachhaft. Eigentlich hasste ich das Gefühl von Resignation. Aber vielleicht resigniere ich ja gar nicht, überlegte ich in das Dunkel des Zimmers hinein. Vielleicht sah ich einfach nur der Wahrheit ins Gesicht und hörte auf, eine Träumerin zu sein.

@@@

Datum: 11. Mai 2007 23.53 Uhr
Von: Undine.B@web.de
An: r-williams@allnet.com
Betreff: Das Haar

Robbie, Robbie, Robbie!

Träumerin! Besser hätte ich es nicht treffen können.

Ein schottischer Malt käme jetzt nicht schlecht, ansonsten wünsche ich mir nichts mehr als den Stoizismus eines Kamels, das sich malmend in sein Schicksal fügt, um gottergeben weitere Wüsten zu durchwandern.

Entschuldige Robbie, ich verfranse mich. Ja, ich weiß, Du hast keine Ahnung, wovon ich überhaupt spreche.

Die Treffen mit Fabian und Richard.

Freitag und Samstag.

Gestern und heute.

Zwei Novitäten.

In Folge.

Also Fabian.

Nein, im Grunde gibt es nichts, was dem Ärmsten vorzuwerfen wäre. Aber es ist wie in Loriots Geschichte mit der Nudel. Und was des einen Nudel, ist des andern Haar.

In diesem Fall Fabians Haar. Es wuchs ihm drei Zentimeter lang und anderthalb Millimeter dick direkt aus der Nasenwurzel und stach mir sozusagen ins Auge, noch bevor wir uns die Hände zur Begrüßung gereicht hatten. Was soll ich sagen? Der Abend war auf der Stelle gelaufen, ich hätte augenblicklich gehen können, denn nichts, was Fabian hätte sagen oder tun können, hätte mich über dieses dicke, graue Haar hinwegsehen lassen. Wie ein erhobener Finger schien es wippend in meine Richtung zu deuten und wurde für mich zum Fixpunkt. Ich konnte nicht anders, als fortwährend darauf zu starren. Alle Sympathie, die ich in den E-Mails für ihn empfunden hatte, war wie weggeblasen, es war mir egal, ob er Murakami liebte, einen guten Wein ausgewählt hatte, Tennisschläger für die Prominenz entwarf oder meine Augen unbeschreiblich fand. Für Dich mag es lächerlich oder zickig klingen, aber für mich existierte er nur noch in Form dieses Haars.

Gott, natürlich will ich nicht klingen wie die Prinzessin aus König Drosselbart und auch nicht, als hätte ich eben den Stein der Weisen entdeckt, wenn ich sage: Äußerlichkeiten sind wichtig. Unter uns: Wer behauptet, allein auf die inneren Werte käme es an, der lügt doch.

Dem glücklosen Fabian einen Vorwurf zu machen, liegt mir fern. Er trägt ein Haar auf der Nase, und das ist sein gutes Recht. Meine Sache, wenn mir davor graust. Was mich deprimiert, ist die Tatsache, dass mein Bild von ihm, das innerhalb dieses E-Mail-Wechsels entstanden war, der Wirklichkeit nicht eine Minute standgehalten hat.

Nein, Robbie, es war kein gutes Gefühl, als ich gestern Nacht nach Hause kam und mich endlich zu meinem Buch ins Bett legte.

Ich war sogar so frustriert, dass ich ernsthaft darüber nachdachte, das Treffen mit Richard heute Abend sausen zu lassen.

»Kommt nicht in Frage«, erklärte Julia Lambert, die mich heute Morgen angerufen hatte, rigoros. »Sie gehen da hin und damit basta.«

Sicherlich war das gut gemeint, aber manchmal ist das eigene Gefühl doch der bessere Ratgeber.

Nachdem ich mich durch den Tag geschleppt und mich hundertmal mit »Ich geh da nicht hin« beschworen hatte, siegte zwei Stunden vor dem Treffen meine Höflichkeit. In der Hoffnung, er würde von selbst absagen, schickte ich Richard die kurze Frage, ob es denn bei acht Uhr bliebe.

»Klar«, war seine Antwort. Und: »Ich freue mich schon den ganzen Tag darauf.« Nein, ich hatte nicht das Herz, da noch abzusagen. Und das Haar schwamm ja auch in Fabians Suppe, nicht in seiner.

Ich kurierte also meine Kopfschmerzen mit zwei Aspirin, zog mich an und fuhr nach Schwabing. Im Restaurant erkannte ich Richard auf den ersten Blick. *Er* sah sehr gut aus.

Ich reichte ihm die Hand, sagte »hallo« und »oh, hier ist es aber schön«, war gerade dabei, mich zu setzen, als er – mein Hintern schwebte noch über dem Stuhl – aus heiterem Himmel sagte: »Ich habe es in meinen E-Mails bereits mehrmals erwähnt, Undine: Ehrlichkeit kommt für mich an erster Stelle.« An dieser Stelle räusperte er sich. »Und wie du weißt, bin ich vorgestern von Amerika zurückgeflogen. In der Maschine habe ich jemanden kennengelernt, eine Frau. Und ich glaube, ich habe mich verliebt.«

Überflüssig, die Wirkung dieser Ohrfeige zu beschreiben. Überflüssig zu sagen, ich hätte auf der Stelle gehen sollen. Nach Hause, in mein Bett, zu meinem Buch. Aber ich brauchte einen Moment, um mich zu fangen, und bis ich mich wieder hatte, war die Kellnerin da und fragte nach meinen Wünschen. Ich bestellte ein Glas Grünen Veltliner. Den Rest des Abends überstand ich mit höflicher Konversation zum Thema Zahnersatz.

Nein, Robbie, wir werden jetzt nicht darüber nachdenken,

was hinter Richards kleiner Komödie steckt. Ich werde mich nicht fragen, ob dieser Eulenspiegel sich sein lockeres Sätzchen schon vorher zurechtgelegt hatte. Und ich werde nicht darüber grübeln, weshalb er mich überhaupt noch treffen wollte, wenn er sich wirklich in eine andere verliebt hatte. Zumal sich ihm zwei Stunden vorher die Möglichkeit geboten hatte, elegant auszusteigen.

Nein, über all dies werde ich nicht nachdenken.

Es ist wie es ist:

Die Eloquenten sind meistens die größten Ärsche.

Dir wünsche ich wie immer
eine gute Nacht
Undine

@@@

Der nächste Morgen kam, und ich fühlte mich alles andere als heiter. Im Gegenteil: In mir stürmte es, und die Lage erschien mir hoffnungslos.

Es war Sonntag, die Proben gingen erst am Montag weiter, und ich würde den Tag mit mir selbst überstehen müssen. Ich blickte aus dem Fenster: Strahlender Sonnenschein. Wetter, das dazu bestimmt war, alle Paare dieser Welt hinauszulocken, um Spazierwege und Cafés händchenhaltend zu bevölkern. Kraftlos schloss ich die Augen und zog mir die Bettdecke über den Kopf. Kein Gedanke daran, meiner Misere zu entkommen. Wie ein Spielfilm lief der vorherige Abend wieder vor meinem inneren Auge ab, und das Gefühl von Demütigung und Scham kehrte zurück. Es gelang mir nicht, die Ironie dieser Geschichte zu sehen, ich konnte nicht schmunzeln, es war einfach nur erniedrigend. Zu Zeiten Jane Austens – und seien wir ehrlich, auch heute noch – hätte man darin die verzweifelten Bemühungen eines späten Mädchens gesehen und auf dem nächsten Ball hinter vorgehaltener Hand über die Ärmste gekichert. Entsetzlich. Ich zog die Bettdecke noch ein wenig höher. Aber es half alles nichts. Nach einer Weile schälte ich mich doch aus dem Bett, kochte Kaffee und öffnete sämtliche Fenster. Die Sonne fiel ins Zimmer und offenbarte herzlos den erbärmlichen Zustand meiner Wohnung. Staub bedeckte die Möbel, Zeitungen stapelten sich, Briefe, vornehmlich Rechnungen, lagen ungeöffnet auf meinem Schreibtisch, Obst vergammelte in einer Schale und in zwei Vasen trockneten Blumen vor sich hin. Genau wie ich, dachte ich und stopfte sie in den Abfalleimer. Ich trank meinen Kaffee im Stehen auf dem Balkon und beschloss, nachdem ich minutenlang ins Leere gestarrt hatte, gründlich zu putzen. Danach würde ich auf eines der Blumenfelder am Starnberger See fahren, zwei dicke Sträuße pflücken, sie anschließend in der Wohnung verteilen, um mich am Abend hoffentlich besser zu fühlen. Wenn es um mich herum wieder schön war, käme vielleicht auch bessere Laune zurück. Manchmal gelang mir das.

Ich war gerade mit dem Badezimmer fertig, als das Telefon klingelte. Es war Julia.

»Und? Wie war es gestern Abend?« Ihr Lachen klang durch den Hörer und ich war überrascht, so bald wieder von ihr zu hören. Wenigstens eine, die einen Narren an mir gefressen hat, dachte ich und sagte: »Mies.«

»Oh.«

»Entschuldigen Sie, ich klinge schlecht gelaunt und ich bin's auch.« Mir fiel nichts Besseres ein.

Sie zog sich sofort zurück. »Das tut mir leid. Ich wollte

Sie nicht stören. Ich kann auch gerne später noch einmal anrufen …«

»Nein, nein. Ich wollte nicht unfreundlich sein. Sie können ja nichts dafür. Und eigentlich freue ich mich, eine nette Stimme zu hören.«

»Wirklich?«

»Wirklich.«

»Ja dann«, nahm sie einen zweiten Anlauf, »ich wollte Sie eigentlich fragen, ob Sie nicht Lust hätten, einen Kaffee trinken zu gehen. Es ist so schönes Wetter und wir könnten irgendwo draußen sitzen. Ich fand das letztens sehr angenehm mit Ihnen.«

Ich überlegte kurz: Einen ganzen Tag nur mit mir selbst zu verbringen klang wenig verlockend. Ich sah mich schon am Abend mit hoffnungslosem Blick vor dem Fernseher sitzen und antwortete schnell: »Wenn Sie mir noch zwei Stunden Zeit geben, gern. Ich bin mitten im Wohnungsputz und überhaupt nicht ausgehfein. Außerdem wollte ich noch auf eines der Blumenfelder am Starnberger See fahren. Es gibt bereits Lilien und ich … ich brauche das heute. Für meinen Seelenfrieden.«

»Seelenfrieden klingt gut. Und Blumenfeld auch. Nehmen Sie mich mit?«

»Wissen Sie was«, antwortete ich. »Sie holen mich in zwei Stunden hier ab, dann fahren wir in ein schönes Café und anschließend raus zum See. Einverstanden?«

»Einverstanden. Ich freu mich.«

Wir legten auf, und ich war froh, dass sie angerufen und mich aus meiner Höhle ans Licht gezwungen hatte. Es würde ja nichts helfen, Löcher in die Luft zu starren und selbstzerstörerisches Gedankengut zu ventilieren. Als ich jedoch anderthalb Stunden später vor dem Spiegel stand, hielt ich mitten in der Bewegung inne und warf Lippenstift und Wimperntusche zurück in das Schminktäschchen. Wozu, dachte ich trotzig. Perlen vor die Säue. Mit einer Bürste fuhr ich mir beinahe grob durchs Haar und beschloss, mein altes blaues Kleid anzuziehen. In dieser Stimmung war es mir egal, ob irgendjemand die Nase darüber rümpfen würde. Außerdem fühlte ich mich darin so wohl wie in nichts anderem. Ich trug es den siebten Sommer, es hatte vorn den Abdruck eines zu heißen Bügeleisens und die Farbe war bereits verwaschen. Meine Mutter verzog jedes Mal grimmig das Gesicht, wenn sie mich darin sah , aber es hatte mich durch sämtliche Sommerferien in Italien, Frankreich und Griechenland begleitet und in meinem Leben hatte ich kein Kleid lieber gemocht als dieses. Es war mein Glückskleid. Ich zog es über den Kopf, schloss erst den Reißverschluss, dann den schmalen Gürtel, schlüpfte in ein Paar Sandaletten und stellte fest: Der Zauber wirkte. Das Kleid gab mir Schwung. Als Julia mich abholte und ich zu ihr in den Wagen stieg, lächelte ich sogar.

Wir beschlossen, ins »Sarcletti« am Rotkreuzplatz zu fahren, weil es dort die beste Zuppa Romana der Stadt gab. Unterwegs erzählte ich Julia vom Abend zuvor. Die Geschichte von Fabians Nasenhaar kannte sie bereits und hatte darüber schallend gelacht, aber als ich ihr Richards Auftritt schilderte, war sie sprachlos und schüttelte den Kopf. Eine Erklärung für sein Verhalten hatte sie ebenso wenig wie ich.

»Das haben Sie doch gar nicht nötig«, sagte sie abschließend und fand zu ihrer alten Gelassenheit. »Sehen Sie sich doch nur an. Es gibt wohl niemanden, der nicht am Sonntagmorgen neben Ihnen aufwachen möchte.«

Ich schmunzelte. »Sie vergessen Richard.«

»Kein Grund, sich an den zu erinnern.« Sie gab Gas und überfuhr eine Ampel, die bereits auf Orange geschaltet hatte.

Datum: 13. Mai 2007 22.47 Uhr
Von: Undine.B@web.de
An: r-williams@allnet.com
Betreff: Lilienrupfer

Lieber Robbie,

ein weiteres Mal sehe ich mich in meinem Glauben an das Schicksal bestätigt. Wäre ich vor ein paar Wochen nicht vom Rad gestürzt, dann wäre ich nicht im Krankenhaus gelandet, hätte nicht Julia Lambert kennengelernt und hätte ganz bestimmt nicht heute Nachmittag mit ihr im »Bohne & Malz« gesessen, obwohl wir eigentlich im »Sarcletti« Kaffee trinken wollten, aber da war – wieder Schicksal? – alles bis auf den letzten Platz besetzt. Ältere Herren im Sonntagsstaat, Mütter mit Kindern, Ömchen und ihre kleinwüchsigen Hunde sowie die von mir verwünschten Pärchen. Alles voll. Und nach drinnen wollten wir bei dem Wetter nicht.

»Dort drüben hat ein neues Café aufgemacht. ›Bohne & Malz‹.« Julia deutete mit dem Kopf über den Platz. »Wir können unser Glück ja mal dort versuchen.«

»Klar«, sagte ich ihrem Blick folgend. »Sieht doch gut aus.«

Gut war untertrieben. Drinnen Säulen, goldenes Licht, Leder und dunkles Holz, auf der Terrasse große Sonnenschirme, verchromte Möbel, was sich aber noch nicht herumgesprochen zu haben schien. Viele Stühle waren unbesetzt und wir hatten freie Wahl, die schließlich auf einen kleinen Tisch im Halbschatten fiel. Ich stellte meine Tasche ab, rückte mit dem Stuhl herum, bis ich bequem saß, schlug die Beine übereinander, hob den Kopf und blickte ihm direkt in die Augen.

Ich wusste sofort, dass ich ihn von irgendwoher kannte, ich vergesse nur selten ein Gesicht, aber es dauerte einen Moment, bis es mir wieder einfiel. Er war der Mann aus der Krankenhaus-Cafeteria. Der mit der bandagierten Schulter, der mich angelächelte hatte, während der andere kuchengefüttert und zum Wegsehen verurteilt worden war. Diesmal lächelte er nicht, aber er sah mich unverwandt an.

In meinem Kopf lief alles in Sekundenschnelle ab. Sein Gesicht, seine Haare und seine Hände – groß und schön geformt –, es fiel mir alles auf einmal ins Auge, mein Herz sprang und ich dachte: Das ist es.

Ich schlug die Augen nieder und wandte mich dann Julia zu. Es fehlte mir plötzlich an Konzentration für jegliches Gespräch, mein Gehirn war wie leergepustet und ich musste alle Beherrschung aufbringen, um nicht gleich wieder zu ihm hinzusehen.

»Ich finde, wir sollten uns duzen«, sagte Julia in dieser Sekunde, und einen Moment war ich über ihre Gegenwart fast erstaunt

»Ja. Natürlich. Das finde ich auch. Unbedingt«, antwortete ich verwirrt, aber mit einem zustimmenden Nicken und drehte dann vorsichtig den Kopf in seine Richtung.

»Prosecco zum Anstoßen?«

»Wie?« Ich versuchte, mich zu sammeln. »Ja, sehr gern. Und schön eiskalt.« Ich winkte der Kellnerin und blickte dann wieder verstohlen zu ihm. Er hatte mich nicht aus den Augen gelassen, ich spürte es, und plötzlich lachte ich. Genau wie damals im Krankenhaus. Ich konnte mich selbst hören. Ich lachte frei und hörbar, und er lachte zurück.

Ich atmete durch.

Der Prosecco kam, Julia und ich stießen an und sagten danach »du«. Ich hatte keine Ahnung, ob sie etwas beobachtet hatte und sie ließ sich auch nichts anmerken. Sooft es ging, blickte ich zu ihm hinüber. Wir lächelten uns weiter an. Direkt in die Augen.

Irgendwann, vielleicht eine halbe Stunde später, stand er plötzlich vor uns am Tisch. Seine Kaffeetasse und ein Zigarettenpäckchen in der Hand. »American Spirits«. Die gelben. Er rauchte dieselbe Marke wie ich.

»Das kommt jetzt vielleicht ein bisschen plötzlich, aber darf ich mich dazusetzen?«

Als hätte ich nichts anderes erwartet und ohne auf Julias Zustimmung zu warten, antwortete ich »Ja, natürlich« und rückte zur Seite, damit noch ein dritter Stuhl an den Tisch passte. Julia zog souverän an ihrem Zigarillo und schien nicht im Geringsten erstaunt. Langsam vermutete ich, dass ihr nichts entgangen war. Sie verzog keine Miene. Julia wusste um die Kostbarkeit der Dinge.

Christian. Fünf Jahre älter als ich. Er hatte Sprachen studiert – Englisch und Spanisch – und arbeitete als Übersetzer für verschiedene Verlage. Hauptsächlich Prosa, wie er sagte – er nannte ein paar bekannte Romane, von denen ich manche gelesen hatte –, dazwischen aber auch das eine oder andere Sachbuch. Wir ratterten das »Was machst du?«, »Wo wohnst du?«, »Wie alt bist du?« herunter wie ein auswendig gelerntes Gedicht, aber im Grunde waren die Antworten egal. Unsere Blicke erzählten sich andere Geschichten.

»Wir sind uns schon einmal begegnet. In der Cafeteria des Bogenhauser Krankenhauses«, sagte ich irgendwann.

»Ich erinnere mich gut.« Er schmunzelte. »Himbeertorte. Mit Baiser.«

»Das weißt du noch?«

»Hm.«

Ich räusperte mich. »Weshalb warst du dort?«

»Schlüsselbeinbruch. Sturz beim Fahrradfahren. Und du?«

»Ellbogenbruch. Gehirnerschütterung. Sturz beim Fahrradfahren.« Unsere Augen lächelten sich jetzt zu, bis nur noch Strahlenkränzchen übrig blieben.

In diesem Augenblick orderte Julia eine Flasche Prosecco. »Aber den guten«, rief sie der Kellnerin hinterher.

Auf meinen erstaunten Blick hin, sagte sie nur: »Ich nehme an, das Blumenfeld können wir streichen, nicht wahr? Wir bleiben doch sicher noch länger?«

»Na ja, wenn du schon Flaschen auffahren lässt … Wir können sie ja nicht voll stehen lassen. Und Blumen gibt es morgen auch noch.« Ich konnte nicht anders. Ich lachte sie an und lehnte mich froh zurück.

»Blumenfeld? Das klingt ja fast meditativ. Machst du das öfter?« Christian taxierte mich noch ein bisschen intensiver als zuvor.

»Sooft es geht. Es erinnert mich an meine Kindheit. Meine Großeltern hatten außerhalb des Dorfes einen riesigen Garten. Es war immer eine kleine Wanderung dorthin. Aber das Schönste war das Wasserschloss, an dem wir unterwegs vorbeikamen. Weißt du, so eine richtige Märchenburg mit verwitterter Mauer drumherum, an der im Sommer Heckenrosen blühten. Mein Großvater musste mich jedes Mal hochheben, damit ich in den Park gucken konnte, weil ich hoffte, eine Prinzessin zu sehen. Und dann pflückte er eine von den Rosen, steckte sie mir ins Haar und nannte mich ...«

»Dornröschen.«

Ich blieb ernst und sagte: »Genau. So was macht kleine Mädchen glücklich.

»Große auch.«

Ich antwortete nicht darauf, sondern fuhr fort: »Im Garten gab es dann Unmengen von Blumen: Rittersporn, Bartnelken, Gladiolen, Löwenmäulchen. Im Herbst Astern und Dahlien. Einmal in der Woche durfte ich einen Arm voll pflücken. Ich liebte das und vermisse es sehr. Deshalb also das Blumenfeld.«

»Und welche Blumen sollten es heute sein?«

»Lilien. Weiße.«

»Hm, dazu fällt mir kein Märchen ein.«

»Mir auch nicht.«

Wir schwiegen einen Moment, bis Julia ihr Glas hob und sagte: »Na dann schreiben wir doch unser eigenes. Prost!«

»Prost«, stimmte Christian zu und stieß mit Julia an. »Meine Eltern hatten auch einen großen Garten. Mit Blumen hatte ich allerdings weniger am Hut. Aber ich fand es klasse, Karotten frisch aus der Erde zu essen. Rausziehen, kurz unter den Gartenschlauch und reinbeißen. Blumen übrigens – die pflückt man bei uns nicht. Bei uns zu Hause werden ...«, er machte ein verschmitztes Gesicht und verfiel in Dialekt, »Blomme geroupft.«

Ich lachte, bis ich mich verschluckte. »Wie bitte?«

»Ja«, wiederholte er todernst: »Bei uns zu Hause ›werd so ä Lilie geroupft‹.«

»Das klingt ja grauenhaft.«

»Ich weiß, aber es lässt sich nicht ändern.«

So, an dieser Stelle höre ich auf.

Es geht mir gut und ich bin gerade ungefähr in derselben Stimmung wie Eliza Dolittle, als sie ›I could have danced all night‹ gesungen hat.

Natürlich wäre es viel vernünftiger, jetzt das Flanellnachthemd überzustreifen, die Decke bis ans Kinn zu ziehen und mit stillen Gedanken das Licht zu löschen. Aber das werde ich nicht tun! Ich ziehe mein *hellblaues Seidenhemd* an und lösche das Licht, aber nur, um mich mit offenen Augen in eine lichte Zukunft zu träumen.

Eins schnell noch:

Kurz bevor ich heute Nacht begonnen habe, Dir zu schreiben, hat er angerufen. Nur um zu sagen, dass er mich schnell wiedersehen wolle. Ich antwortete » Ja, ich auch« und fühlte mich mit all dem Herzklopfen wie damals, mit zwanzig oder noch ein bisschen jünger. Blühend, unschuldig, optimistisch, heiter.

Ein schönes Gefühl. Das man sich bewahren muss.

Ich werde kitschig. Das auch noch. Guter Gott, nein. Streich den letzten Satz. Das fehlt noch, dass ich Rat gebe für die Sinnsuchenden.

Eine gute Nacht wünscht Dir froh
Undine

@@@

In jener Nacht hatte ich einen äußerst denkwürdigen Traum.

Ich schlief mit Axel Milberg.

Weshalb ich ausgerechnet ihn in dieser Story besetzt hatte, weiß nur mein Unterbewusstsein allein. Ich selbst kann nur mutmaßen, dass es daran lag, ihn vor Jahren in den Kammerspielen als aalglatten, eiskalten Tartuffe gesehen und als Synonym für Gefühllosigkeit und Heuchelei abgespeichert zu haben.

Verzeihung, Herr Milberg, so ist die Rolle nun mal und Sie waren sehr überzeugend darin, aber seien Sie versichert, in meinem Traum nur der Platzhalter für jemanden gewesen zu sein, vor dem ein Glöckchen meines Über-Ichs mich warnen wollte .

Rein persönlich finde ich Sie sehr sympathisch.

Aber zurück zu diesem Traum – und dem Sex.

Leidenschaftlicher, hingebungsvoller, ja, sozusagen traumhafter Sex, Herr Milberg, wenn ich das noch sagen darf.

Lebensverändernd hingebungsvoll, denn schon am Tag danach fällt mir plötzlich ein Ort ein, den ich lange vergessen und lange gemieden habe. Ein Keller, fünf Stockwerke unter der Erde. Ich steige hinab, gehe durch einen scheinbar endlosen, dunklen Gang, hinein in ein ebenso dunkles Zimmer. In einer der Ecken steht ein ungeheuerer Kühlschrank, und als ich ihn öffne, finde ich im Eisfach meine alten Visitenkarten. Hellblaues zartes Papier, Blumenranken darauf und dann mein Name in Poesiealbum-Schrift. Nur mein Name: Undine Busch. Sonst nichts.

Gott sei Dank, ich hab sie wieder, denke ich, als ich sie einstecke und anschließend aus dem Keller schwebe.

Und oben steht er, Axel Milberg. In einem schwarzen Mantel. Und ich gehe zu ihm hin, die Visitenkarten in meinen ausgestreckten Händen, und sage: »Hier, nimm dir eine.«

Er guckt nur schnell darauf und brummt: »Sie gefallen mir nicht. Was soll ich damit?« Und dann, seine Uhr aus dem Ärmel ziehend, zitiert er aus ›Tartuffe‹: » Schon halb vier! Da muss ich leider – denn mich rufen fromme Pflichten – auf eine Weiterführung des Gesprächs verzichten.« Dann wendet er sich von mir ab, sein offener Mantel flattert im Wind, und er geht weg, bis er sich hinter einer Straßensperre noch einmal wortlos zu mir umdreht und ich ihm flüsternd antworte: »Nun müsste ich mich selber hassen, da ich Sie in mein Herz hab blicken lassen.«

Danach wachte ich auf. Mit nassen Augen und Trommelwirbel in der Brust.

Durch den Rest der Woche flog ich.

Es waren nur noch achtzehn Tage bis zur Premiere. Aus dem Summen in den Theatergängen war ein Brausen geworden, die Schauspieler waren nervös, gleichzeitig war es, als scharrten sie mit den Hufen – das Verlangen, endlich draußen im Scheinwerferlicht zu stehen, war immens. Franz hatte hier noch einen neuen Einfall, dort brauchte er ein weiteres Requisit, und ständig schrieb er neue Pointen in den Text und brachte damit alle zur Verzweiflung.

»Herrgott, Undine«, fauchte Sonja, unsere wunderschöne, goldblonde Darstellerin der Ariel, von der Bühne, nachdem sie dreimal hintereinander dieselbe Textstelle verpatzt hatte, »kannst du dir nicht endlich dieses Mutter-Gottes-Lächeln aus dem Gesicht wischen? Das treibt einen ja in den Wahnsinn.«

Statt einer Antwort schenkte ich ihr ein weiteres Lächeln und dachte nicht die Spur daran, irgendetwas an meinem Ausdruck zu ändern. Irgendwann würde dafür schon die Zeit sorgen. Sonja war es nicht gestattet, ihr den Rang abzulaufen.

Am Tag zuvor hatte ich Christian eine SMS geschickt:

> Guten Morgen, Lilienrupfer! Im Moment ist es ein bisschen hektisch um mich herum, aber wie wäre es mit Freitagabend? Vielleicht gegen neun? Falls Du mich telefonisch nicht erreichst, kannst Du mir auch mailen. Undine.B@web.de – Lieben Gruß, Undine.

Und er schrieb mir per Mail zurück:

Liebe Undine,

Freitag ist eine gute Wahl. Schließlich hat ja der Robinson an diesem Tag seinen treuen Freund gefunden ... Also, Freitag ist beschlossene Sache. Julia war hoffentlich nicht total genervt von meinem Überfall. Hast aber Mitschuld, so hinreißend wie Du mich an euren Tisch gelächelt hast. Quasi Magie. Werde aber nicht beichten gehen, zumindest nicht allein. Freu mich auf das Blumenmädchen ... Lieben Gruß, Christian.

Und ich antwortete:

Lieber Christian,

jetzt grübele ich die ganze Zeit, wer an diesem Tag der Robinson und wer der Freitag sein soll. Und hast Du auch schon eine Ahnung, wie die Insel heißt, auf der die beiden sich treffen? Die italienischen in München sollen ja sehr schön sein ...

Nein, Julia war nicht genervt. Und was mein hinreißendes Lächeln angeht: Hatte ich denn eine Wahl?

Lieben Gruß
Undine

P.S. Gestern habe ich nach den Proben noch Lilien gerupft. Jetzt stehen sie hier und lächeln mich an.

Und er erwiderte:

Liebe Undine,

wir könnten uns an die Insel »Dolce Sosta« spülen lassen. Das mit Robinson und Freitag kungeln wir dort aus. Allerdings – und das sollten wir nicht vergessen – ging es dabei um eine Männerfreundschaft mit einseitiger Sprecherziehung ...

Apropos Inseln, apropos Lilien: Vor zwei Jahren war ich auf Sardinien und habe mich in dieses Fleckchen Mittelmeer verliebt. Wild, gleißend hell, finstere Eichen, Weite, Dünen UND: Es gibt dort auch Lilien, die lächeln wollen. Ich würde gern wieder dort sein ... und lächle schon jetzt ...

Christian

Ich lächelte auch. Wahnsinnstreibend, wie man schon weiß. Ansonsten flog ich weiter durch die Tage und wunderte mich über dieses Gefühl, das zu groß für meinen

Körper zu sein schien. Mein ganzes Leben hatte ich ohne diesen Mann verbracht, und es war gut gewesen. Ich kannte ihn nicht, hatte ihn nicht vermisst. Was also sollte diese plötzliche Sehnsucht, das schmerzliche Befürchten, er könne einfach wieder verschwinden und ich sähe ihn vielleicht niemals wieder?

Weshalb blieb ich nicht gelassen, zuckte die Achseln und sagte mir:

Was soll's? Ging vorher doch auch ohne.

Nein, das Gegenteil war der Fall. Ein Mensch, der mir ewig fremd gewesen war, beherrschte plötzlich meine Gedanken, wurde Teil meiner Zukunft, weckte den Wunsch, alles, was ich liebe, mit ihm zu teilen und ihn in mein Innerstes sehen zu lassen. Und war es denn nicht lächerlich, dass ich am Strand, in der Sauna, im Schwimmbad, vor meinen Freundinnen alles tat, um gewisse Körperstellen zu verbergen, aber bei ihm davon träumte, mich nackt und bloß zu zeigen. Absurd, dachte ich, aber: O wie schön.

Ich erzählte Till davon, der irgendwann in dieser bemerkenswerten Woche auftauchte und nach den Proben mit mir essen ging. Merkwürdigerweise fand er die Geschichten von Fabian und Richard zum Schreien komisch, ohne das Ganze auch nur halbwegs mitfühlend zu kommentieren – bei Christian hingegen wurde er ernst, seine Lippen schmal und die graugrünen Augen hinter der Hornbrille kühl und eng. Ich ärgerte mich. Warum freute er sich denn nicht mit mir? Als er beim Abschied sagte, ich solle besser auf mich achten, denn ich hätte ziemlich zugenommen, hätte ich ihm am liebsten »Blödmann!« hinterhergerufen.

@@@

Datum: 19. Mai 2007 7.53 Uhr
Von: Undine.B@web.de
An: r-williams@allnet.com
Betreff: Verliebt

Liebster Robbie,

ein Morgen wie im Kinderbuch. Blitzblauer Himmel, die Vögel singen, die Luft voll von hellgrünem Frühling, und ich, entgegen meiner sonstigen Gewohnheiten um diese Zeit, aber getreu meinem Namen, munter wie ein Buschwindröschen im Moos.

Um zehn beginnen die Proben und ich wollte/musste Dir vorher noch schreiben.

Gestern Abend also.

Freitag.

Um sieben ließ Franz mich nach einem langen Blick in mein Gesicht ziehen. Er sagte: »Schwirr ab, Schwälbchen. Unsere Somnambulin«, er meinte damit Eva in ihrer Rolle der schlafwandelnden Adrian, »tanzt auch ohne dich auf Spitze, und wenn du es schon geschafft hast, dass für uns rote Herzen regnen, dann sollst du auch nicht leben wie ein Hund. Also geh und triff ihn, den Neuen. Ich hoffe, er ist ein echter Gott!«

Mein Mund formte ein kleines, erstauntes Oh, blieb aber trotzdem stumm. Franz verstand mich auch so.

»Ich bin zwar alt, aber nicht blind«, sagte er. »Und wenn sich jemand verknallt hat, dann sehe ich das auf zwei Kilometer Entfernung. Bei dir sogar auf vier. Ich habe ernsthaft eine Schutzbrille erwogen, wegen der allzu starken Strahlung. Jetzt geh, rasier dir die Achseln und Beine und bring den Typen zum Glühen.«

Lieber Franz. Und immer so direkt.

Kurz nach neun kam ich ins »Dolce Sosta«. Er war schon da, ein Glas Wein vor sich auf dem Tisch. Er bemerkte mich nicht gleich und ich nahm sein Bild in mir auf, als wollte ich mich vergewissern, dass mir noch immer gefiel, was ich sah. Es hatte sich nichts geändert.

Nachdem er mich entdeckt hatte und mir ein Stück entgegengekommen war, schaffte ich es kaum, meine Hand nicht auf seine Brust zu legen, um zu spüren, ob sein Herz genauso heftig schlug wie meins.

Es war ein ausgezeichnetes Restaurant, die Küche wird weithin gelobt, aber ich schluckte mein Essen hinunter wie Popcorn im Kino. Ich aß der Form halber, worauf ich kaute, interessierte mich nicht. Der Kellner goss immer wieder Wein nach und wir redeten und redeten. Wieder fiel mir die Liebenswürdigkeit in Christians Stimme auf, eine Art Eifer, dem anderen entgegenzukommen, ihn zu erfreuen. Es klang warm, fast kindlich.

Manchmal schwiegen wir und tauschten lange Blicke. Ich sah Begeisterung darin, Sehnsucht, ein unbestimmtes Fragen, manches war nicht lesbar. Ich hielt es kaum aus. Wandte den Kopf zur Seite und rang mit dem alten Verlangen, ausgewählt, begehrt, umkämpft und besiegt zu sein.

Draußen vor der Tür küsste er mich. Streckte einfach die Hand nach mir aus, zog mich an sich und küsste mich. Bis ich alles vergaß. Meine Gedanken schossen ins Weltall …

… und kamen Sternzeiten später zurück, als er mich

wieder mit diesem fragenden Blick taxierte und sagte: »Ich war gleich vergiftet, als ich dich zum ersten Mal gesehen hab. Ich dachte, diese Woche ginge niemals herum. Ich musste die ganze Zeit an dich denken. Sehen wir uns morgen?«

»Wenn du dich bis nach den Proben gedulden kannst …«

»Nur mit Mühe.«

Ein paar Minuten später fuhr ich nach Hause.

Allein und glücklich.

Nur ein nadelspitzer Gedanke, Robbie, schlich sich ein und blieb wie ein kleiner, aber zäher Harztropfen hinter meiner Stirn hängen: Vergiftet?

Liebe Grüße, wie immer
Undine

@@@

In seinen ›Stadtgeschichten‹ lässt Armistead Maupin seine Heldin Mona einmal sagen, man könne nie alles auf einmal haben. Einen guten Job, eine schöne Wohnung und einen hinreißenden Mann.

Ich war immer geneigt gewesen, ihm zuzustimmen, doch plötzlich begann ich zu glauben, es ginge doch. Meine Wohnung war zweifellos von jeher schön, die Proben verliefen weiterhin reibungslos. Weder verstreute jemand Nägel auf dem Bühnenboden, noch lockerte irgendwer Scheinwerferkabel, noch schlief der Hauptdarsteller mit den Frauen der Kollegen. Und Franz war auch nicht in Ohnmacht gefallen. Er neigte dazu, wenn er sich zu sehr aufregte. Zuletzt war es ihm während der Proben von ›La

Vie Parisienne‹ in Stockholm wegen einer widerspenstigen Sopranistin passiert.

Was den hinreißenden Mann anging – ich musste momentan unter einem Glücksstern stehen, so gut wie alles lief. Ich saß nicht da und wartete auf Anrufe, die nicht kamen. Ich quälte keine meiner Freundinnen mit langen Episteln über das unverständliche Verhalten eines Mannes. Ich legte keine Karten und stürzte mich morgens nicht als Erstes auf mein Horoskop. Ich war einfach von dem selbstverständlichen Wissen erfüllt, dass alles, so wie es geschah, gut und richtig war.

Ich war sogar so durchdrungen von Selbstvertrauen und Zufriedenheit, dass ich Fabian eine E-Mail schrieb und erklärte, warum ich weitere Treffen ausschlösse. Vor lauter Glück kannte mein Erfindungsreichtum und mein Einfühlungsvermögen keine Grenzen. Das Haar erwähnte ich mit keinem Wort.

Danach teilte ich Richard mit, es wäre mir ein wahres Vergnügen, ihn in die östlichen Gefilde der Andromedagalaxie zu befördern oder zumindest zurück nach Boston. Je nachdem wie viel Zeit er bräuchte, um sich mit dem Unterschied zwischen Ehrlichkeit und Takt zu beschäftigen, da er die Bedeutung beider offensichtlich nicht kenne oder einfach nicht begriffen habe.

Ansonsten regnete es Endorphine. Mein Bedürfnis, gut zu sein, freundlich, liebevoll, war enorm. Mein morgendliches »Hallo« in der Bäckerei erinnerte an ein Händel'sches Halleluja, und in der U-Bahn bot ich anderen Fahrgästen meinen Sitzplatz an. In der Reinigung widerstand ich der Versuchung, der Blondine mit dem Pekinesengesicht in eben dieses zu boxen, als sie wieder einmal starrsinnig behauptete, in meiner Wohnung wüte irgendwelches Ungeziefer, das sei meinem Strickjäckchen deutlich anzusehen.

Nur dass Till sich nicht mehr bei mir meldete, ließ mich hin und wieder die Stirn runzeln. Ich hatte dreimal auf seinen Anrufbeantworter gesprochen und um Rückruf gebeten, aber er hatte nicht darauf reagiert. Es war seltsam und ich fand keine Erklärung dafür. Andererseits wollte ich nicht mehr hören, wie dick ich doch geworden war, und verwarf den Gedanken, bei ihm vorbeizufahren.

Julia überraschte mich eines Abends im Theater. Ich hatte gerade in der Metzgerei um die Ecke belegte Brötchen für alle besorgt, als ich sie im Foyer traf, wo sie mit Franz an der Theke stand, Sekt trank und so einträchtig mit ihm plauderte, als seien sie alte Bekannte.

»Undine«, Franz drehte sich zu mir um, inspizierte mit Eifer die Tüten und bot Julia eine der Semmeln an. »Da bist du ja endlich. Du hast Besuch.«

»Für den du ja bereits bestens sorgst.«

»Ich habe Herrn Romer gerade erzählt, dass ich vor Jahren seine ›Lola Blau‹ gesehen habe und ganz begeistert davon war.« Julia lachte und bekam einen roten Kopf.

»Deine Freundin fand Simonetta als Lola unglaublich gut«, warf Franz ein und sah dabei vorwurfsvoll aus. Wie es schien, hatte er vergessen, dass auch *er* Simonetta damals »unglaublich gut« gefunden hatte, bis sie vor aller Augen ein Techtelmechtel mit Maria, der Abendspielleiterin begonnen hatte, die Franz noch einen Hauch unglaublicher vorgekommen war. Ich fand, es war nicht der Augenblick, ihn daran zu erinnern, und antwortete sanft: »Aber sie war es doch auch.«

»Unter meiner Regie«, knurrte Franz. Im selben Augenblick klang von der Bühne ein ohrenbetäubender Knall und gleich darauf ein Schrei. »Was zum Teufel war das?« Franz fuhr herum und stieß mit Sonja zusammen, die bleich wie ein Kieselstein vor uns stand.

»Das Fahrrad«, stammelte sie, »das fliegende Fahrrad ... irgendwie haben sich die Aufhängungen gelockert und es ist heruntergestürzt.«

»Saß jemand drauf?« Franz fixierte sie aus aufgerissenen Augen.

»Ronny stand drunter.«

»Los, komm.« Franz riss mich am Arm und wir rannten los. Hinter mir klapperten Julias Absätze.

Zunächst sah es schlimm aus. Als wir zur Bühne kamen, lag Ronny umringt von den anderen am Boden. Sogar Alexander Friedmann war durch den Knall aus seiner mahagonigetäfelten Intendanten-Klause geschreckt worden. Hilflos trat er von einem Bein aufs andere und strich sich verwirrt sein weißes Haar aus der Stirn. »Herr Romer«, rief er mit hoher Stimme. »Wo waren Sie denn? Wie konnte das nur passieren? Es ist entsetzlich!«

Franz ignorierte ihn, bahnte sich einen Weg durch das erschütterte Ensemble und beugte sich zu Ronny hinunter. Das Fahrrad war tatsächlich auf ihn gestürzt, sein Bein klemmte zwischen den Speichen.

»Wie geht's dir? So weit alles in Ordnung? Bei Bewusstsein bist du ja immerhin.«

»Lass dich nicht täuschen. Meine Augen sind zwar offen, aber der Rest befindet sich im komatösen Schock.« Ronnys Humor war eine seiner hilfreichsten Eigenschaften.

»Wir müssen dieses Monstrum da zuerst einmal hochheben.« Julia unterbrach die beiden und zeigte auf das Rad.

»Sie hat recht. Worauf wartet ihr?«, zischte Franz in die Runde und packte das Rad am Lenker. Heinrich Wilde, der den Leopold spielte und einen gewaltigen Eselskopf und Fellhandschuhe trug, fasste, so gut es ging, mit an, und gemeinsam befreiten sie Ronnys verdrehtes Bein aus den Speichen.

»Lassen Sie mich bitte mal sehen«, bat Julia die beiden Männer, die erleichtert zur Seite rückten, und ging neben Ronny in die Hocke. Vorsichtig schob sie sein Hosenbein nach oben und fuhr anschließend mit ihren schmalen, kräftigen Händen tastend über sein Bein. »Tut das weh?«, fragte sie prüfend, während sie auf eine Stelle unterhalb des Knies drückte.

»Schon, aber es ist zum Aushalten.« Er verzog sein Gesicht.

»Und hier?« Ihre Hand lag jetzt auf seinem Schienbein.

»Besser wird es nicht.«

Julia nahm das Bein zwischen die Hände und bewegte es behutsam. »Gebrochen scheint mir nichts zu sein. Aber ich bin kein Arzt. Sie müssen gründlich untersucht werden. Wir bringen Sie jetzt auf jeden Fall ins Krankenhaus. Glauben Sie, Sie können aufstehen?«

Mit Hilfe von Franz und Heinrich, der seinen Eselskopf inzwischen abgenommen hatte, zog Ronny sich hoch, das verletzte Bein angewinkelt. Sie setzten ihn auf einen Stuhl, den Sonja herbeigezerrt hatte, und blickten dann wieder hilflos auf Julia.

»Ein Glas Wasser würde ihm bestimmt guttun. Besorgen Sie ihm bitte eins?« An Franz gewandt übernahm sie weiterhin die Führung, bevor sie zu Friedmann sagte:

»Und Sie können mir sicherlich zeigen, wo ich mit den ›Barmherzigen Brüdern‹ telefonieren kann. Ein Freund von mir praktiziert dort in der Orthopädie. Ich kann es zwar nicht versprechen, aber vielleicht kommt dieser Herr dann früher dran.«

»Ja, natürlich, Frau ... äh ...« Seine Verwirrung nahm noch zu.

»Lambert. Julia Lambert.«

»Frau Lambert. Ja, bitte kommen Sie mit. Ich zeige Ihnen das Büro.« Er wandte sich zum Gehen.

»Kommen Sie noch mal zurück?« Franz sah Julia eigentümlich an.

»Natürlich. Ich habe nach wie vor Hunger. Eigentlich wollte ich mit Undine essen gehen.«

»Und warum beißen Sie dann nicht endlich in Ihr Brötchen?«

@@@

Wir aßen gemeinsam mit Franz. Nachdem wir Ronny ins Krankenhaus gebracht und vom Arzt erfahren hatten, dass das Bein wirklich nicht gebrochen, aber stark geprellt sei, begleiteten wir ihn in seine Wohnung und gingen, allerdings nicht, ohne ihn vorher mit Salben aus der Apotheke, Tee und ein paar belegten Broten zu versorgen, anschließend in einen kleinen Biergarten am Rande des Westends. Dort war das Essen gut und erschwinglich und die Plätze unter Kastanienbäumen waren kühl und schattig. Als wir dort ankamen, war es schon weit nach acht und mit einem Schlag wurde ich müde. Ich zog mich aus dem Gespräch zurück, was nicht ins Gewicht fiel, da Julia und Franz die Unterhaltung auch ohne mich mühelos bestritten. Anfänglich hörte ich ihnen noch zu, aber dann schweifte ich ab und verlor mich in meinen Gedanken an Christian. Wir hatten am Mittag telefoniert und uns für das Wochenende verabredet. Morgen würde er sich mit ein paar Verlagsleuten in Zürich treffen und hatte darüber gestöhnt, bei der Hitze eine solche Strecke fahren zu müssen. Während Franz und Julia jetzt bei den Filmen von Woody Allen angelangt waren, grub ich mein Handy hervor und schrieb Christian eine SMS.

Guten Abend! Wünsch Dir für morgen einen schönen, aber vor allem kühlen Tag und schick Dir ein paar Küsse. Die allerdings heiß ... ganz heiß ... Schlaf gut, Undine

Ein paar Minuten später kam die Antwort:

Hey Du! Das ist ja fast schon subversiv, was Du da mit mir treibst. Wie soll ich da noch schlafen? Und dazu gut? Lieber Gruß, Christian

»Wie alt ist Franz eigentlich«, fragte Julia, als sie mich später nach Hause fuhr.

Erstaunt sah ich zu ihr hinüber. Ihre Augen waren geradewegs auf die Straße gerichtet. »Hat er dir das nicht erzählt? Wie merkwürdig. Normalerweise spricht er ausgesprochen gern darüber.«

Sie wandte rasch den Blick zu mir. »Wieso?«

»Weil er danach lechzt zu hören, dass er um Jahre jünger aussieht.«

Julia lachte. »Verstehe. Und wie alt ist er nun?«

»Soweit ich weiß siebenundfünfzig.«

»Er *sieht* jünger aus!«

»Sag ihm das, wenn du ihn wiedertriffst. Das verschafft dir Freikarten für seine Inszenierungen in alle Ewigkeit.«

Sie lachte wieder. »Guter Plan.«

Ich schmunzelte in die Dunkelheit.

Danach schwiegen wir und Julia schaltete den CD-Spieler ein. Irgendetwas Klassisches. Melancholisch, mit ein paar strahlenden Momenten darin. Ich tippte auf Debussy und lauschte. Wir waren kurz vor der Rosenheimer Straße, an der Ampel gegenüber vom Müller'schen Volksbad, als Julia plötzlich in das Perlen einer Klavierpassage hinein sagte: »Glaubst du an irgendein Zeichen, das dich erkennen lässt, dieser eine Mann könnte für dich geschaffen sein?«

»Natürlich glaube ich das.«

»Und welches?«

Verwundert blickte ich sie an. »Wenn ich mich danach sehne, jede Sekunde mit ihm zu verbringen, und es als körperlichen Schmerz empfinde, wenn ich es nicht kann.«

»Aber das hast du doch sicherlich nicht nur bei einem einzigen empfunden. So etwas passiert doch häufiger. Nein, ich meine, gibt es irgendetwas, das einen die Augen aufreißen und sagen lässt: ›Das ist es?‹«

Ich schwieg einen Moment und plötzlich erinnerte ich mich wieder an die Geschichte, die ich damals im Krankenhaus gelesen hatte. Die vom roten Band des Mondes, das zwei Auserwählte zueinanderführt. Und dann dachte ich an Christian und an das Licht, das mich durchzuckt hatte, als ich ihn in diesem Café gesehen hatte. Aber es war nur ein Gefühl gewesen, etwas, das jeglicher Vernunft entbehrte. Das romantische Mädchen in mir wünschte sich Bestätigung, während mein Verstand empfahl, diesem Hokuspokus nicht zu trauen.

»Ich habe keine Ahnung«, antwortete ich deshalb und fügte plötzlich doch hinzu: »Doch! Wenn ein Mann, den ich so unwiderstehlich anziehend fände, dass jede verlorene Sekunde körperlichen Schmerz bereitet, zudem Somerset Maugham zitieren könnte.«

Julia starrte mich an, als trüge *ich* Heinrichs Eselskopf. »Erklär mir das bitte genauer!«

»Symbiose«, antwortete ich schlicht. »Symbiose in jeder Beziehung. Darum geht es doch. Zumindest mir. Die körperliche und die geistige. Was nutzt einem die berauschendste Nacht, wenn man beim Frühstücksei nicht mehr spricht?«

»Und Somerset Maugham?« In Julias Stimme schwang ein Hauch von Zweifel mit, den ich einfach überhörte.

»Und Somerset Maugham – sagte ich das nicht schon einmal? – liebe ich. Die Eleganz seiner Sprache, seine Geschichten, die Art, wie er seine Figuren betrachtet.«

»Wie denn?«, unterbrach Julia mich in meinem Schwärmen.

»Mit Ironie und Humor. Gleichzeitig schenkt er ihnen mehr Verständnis und Mitgefühl als irgendein anderer. Seine Geschichten sind eine perfekte Verbindung aus Spannung, philosophischer und psychologischer Tiefe. Mit seiner Weltsicht spricht er mir direkt aus der Seele.« Ich hielt einen Moment inne und schwieg nachdenklich, bevor ich fortfuhr: »Wenn ich also nun jemanden träfe, der mich ohnehin bis zum Wahnsinn anzieht und der sich zudem selbst in Maughams Worten wiederfindet – es wäre ein Zeichen. Ich sähe in dieser Mischung etwas Verbindendes, Erfüllendes, eine Art Spiegel, dieselbe Sprache, etwas, das mich nicht einsam werden lassen kann. Jemanden, der mich *versteht* und so dieses uneingeschränkte ›Ja! Ja! Ja!‹

aus mir herausplatzen lässt. Jemand, der mir nah ist, auch wenn er in Wirklichkeit weit weg ist. Heimat, könnte man sagen. Und da will ich hin.«

»Soso«, machte Julia nachdenklich, »das klingt sehr schön und sehr idealistisch.«

»Das ist das Problem dabei. Aber ich bin nicht der Mensch, der eine Beziehung auf pragmatische Beine stellt, ich muss mich verlieben. Und das ist mein Weg dorthin.«

»Was ist mit dem Lilienrupfer?«

Über die kleinen Lichter des Armaturenbrettes hinweg warf ich Julia ein Lächeln zu: »There is tumult in my body.«

»Originell ausgedrückt.«

»Und trifft es im Kern.«

»Gilt es für beides? Körper plus Geist?«

Ich dachte an das vorangegangene Wochenende und lächelte noch einmal. »Ja, so könnte man es sehen.«

@@@

Datum: 24. Mai 2007 23.01 Uhr
Von: Undine.B@web.de
An: r-williams@allnet.com
Betreff: Neue Freunde

Lieber Robbie,

weißt Du eigentlich, weshalb ich irgendwann angefangen habe, Dir diese spleenigen E-Mails zu schreiben, die in Wahrheit weiß Gott wo landen? MIR fiel es vor ein paar

Minuten wieder ein. Mein Abfalleimer solltest Du sein oder vielmehr ein Spiegel jener Männer, mit denen ich schon viel zu viel Zeit in meinem Leben verplempert habe. Schimpfen wollte ich und Antworten von Dir kriegen, warum man sich so mies verhalten kann. Ich hoffte, ich könnte sie im Kopf hören, wenn ich Dir schriebe. Und wirklich: Manchmal hat es funktioniert.

Und jetzt? Von wegen Abfalleimer! Einen Freund habe ich aus Dir gemacht und aus dem Schimpfen wurde ein Schwärmen. Antworten DARAUF, nein, die gibt es nicht, wofür ich allerdings diesen misanthropischen Zug an Dir verantwortlich mache. Der will das nämlich nicht. Der will weiterhin und wie gewohnt kleine und große Zynismen loswerden, nur dass mein Kopf dafür augenblicklich nicht auf Empfang geschaltet ist.

Also wäre es doch logisch, den ganzen E-Mail-Kram einzustellen. Aber das will ich nicht. Nicht jetzt, wo es anfängt, schön zu werden. Außerdem – und ich gebe es zu – ist da noch mein missionarischer Eifer.

Shit …! Siehst Du, jetzt höre ich Dich doch und ja, ich weiß, missionarischer Eifer in Liebesdingen ist so ziemlich das Erste, womit man seinem Gegenüber gewaltig auf den Senkel gehen kann. Aber glaub mir: Ich will hier keine Gemeinplätze, Parolen, Sinnsprüche oder Therapiesentenzen von mir geben, sondern einfach weitererzählen. Und seien wir doch mal ehrlich – außer ›Sexed Up‹, ›Sin Sin Sin‹, ›Strong‹ und ›Come Undone‹ hast Du doch auch ›Angels‹ gesungen oder ›Eternity‹ und ›Feel‹. Was ich damit sagen will: Ganz frei von Sehnsucht nach dem, was Du besingst, bist auch Du nicht. Und weißt Du, nicht einmal Scrooge war das.

Es ist jetzt fast eine Woche her, dass ich Dir geschrieben habe. Vom ersten Abend mit Christian habe ich Dir bereits erzählt und Dich danach in Ruhe gelassen. Aber ganz ehrlich, es brennt mir auf der Seele, auch alles andere loszuwerden, obwohl ich befürchte, dass diese geschriebene Glücksorgie mehr dazu geschaffen ist, Deine rechte Augenbraue bis an den Haaransatz schnellen, als Deinen Mund lächeln zu lassen. Sei's drum. Im Augenblick schalte ich Skepsis oder Vorsicht aus und suhle mich stattdessen selig in diesem Bad aus Herzklopfen, Sehnsucht, Nicht-Essen-Können und Schlaflosigkeit.

Nach unserem Abendessen verbrachten Christian und ich auch den Rest des Wochenendes miteinander. Am Samstag trafen wir uns nach den Proben in der »Antica Trattoria«. Seltsam, wie wenig der Mensch im Grunde doch braucht, welch lächerlich kleine Bedeutung zuvor wichtig Gewesenes plötzlich bekommt, schleicht sich allmählich jenes Wort in die Gedanken, das enttarnend und zugleich befreiend ist … Wusstest Du übrigens, dass auch die Bonobos, eine Primaten-Art im Dschungel des Kongo, nicht ohne Liebe leben können? Sie brauchen sie körperlich wie geistig. Sonst werden sie depressiv und sterben manchmal innerhalb von Stunden an ihrer Trauer.

Darf man das? Darf *ich* das? So schnell von Liebe sprechen? Ist es nicht übereilt? Sollte ich es nicht mit viel mehr Besonnenheit aussprechen, dieses viel besungene, oft geschriebene, schnell dahergesagte, kurze, mächtige Wort: Liebe?

Robbie, glaub mir, ich gehöre zu denen, die damit eher zaghaft umgehen, doch am letzten Wochenende tauchte es plötzlich auf, tanzte durch meinen Kopf und schlängelte sich in mein Herz, obwohl ich ihm so kritisch dabei zugesehen habe wie Olli, wenn Stan Späßchen machte. Aber nichts zu machen. Es tanzte völlig unbeeindruckt weiter.

Wir waren an die Osterseen gefahren. Sonntagnachmittag. Dreißig Grad, Sonne, ein Traum. Christian holte mich zu Hause ab. Er küsste mich an der Haustür, er küsste mich im Auto. Als er mich auf der Wiese am See küsste, hatte sich plötzlich etwas verändert. Seine Küsse waren nicht mehr so drängend und hungrig. Sie waren sanft, bedachtsam, unterbrochen von kleinen Pausen, in denen er mich stumm und mit Strahlenkränzchen um die Augen ansah. Er hat sich verliebt, dachte ich irgendwann, bevor ich meine Tunika nahm und sie wie ein Zelt über unsere Köpfe schlug, um uns vor der Sonne zu schützen. Darunter küssten wir uns weiter. Stundenlang. Und ich dachte nicht an feste Bindungen, an gemeinsame Urlaube und Wohnungen, ich dachte an nichts, was irgendwie Verpflichtung verhieß. Alles, woran ich dachte, und alles, was ich wollte, war ewig hier im Gras zu liegen und ihn zu küssen.

»Weißt du, was ich am Verliebtsein noch immer am schönsten finde?«, flüsterte ich irgendwann, meine Gesicht an seinem Hals.

»Was denn?«

»Die präkoitale Phase. Das Prickeln. Die Aufregung. «

»Die prä ... was?« Dann hatte er verstanden und hob erwartungsvoll den Kopf. »Bist du denn in einer?«

»Das ist so gut wie sicher.«

Statt einer Antwort brachte er ein schnurrendes Geräusch hervor. Ich lachte und zog seinen Kopf zu mir herab.

»Es wäre gut«, flüsterte ich ihm ins Ohr, »sie würde

noch ein bisschen dauern. Es ist wie als Kind kurz vor Weihnachten.«

»Dann werde ich mal sehen, was ich tun kann, damit der Baum nicht allzu schnell zum Leuchten kommt.« Er strich mir das Haar aus der Stirn, wir schwiegen, aber in unseren Augen stand alles. Ich legte meine Hand an seine Wange und ging in meinen Gedanken zurück zu unserer ersten Begegnung. »Lilienrupfer«, sagte ich leise.

Um seine Augen bildeten sich wieder diese kleinen Strahlen, die ich so sehr mochte. Seine Nase stupste an meine: »Apfelchili.«

»Apfel-?«

»Apfelchili. Ich muss dauernd daran denken, wenn ich dich sehe.«

»Warum? Es klingt sehr hübsch, aber ich habe keine Ahnung, was es sein soll.«

»Es ist eine Chilisorte. Ich kenne sie von einem Urlaub in Bolivien. Ein bisschen größer als eine Cocktailtomate. Rund, knackig, ein feuriges Rot, sehr fruchtig, fast süß und plötzlich, wenn man es gar nicht mehr erwartet, wird es sehr scharf. Ein echtes Früchtchen könnte man sagen.«

»Und so siehst du mich?«

»Hm.«

»Mmmmh«, gab ich zurück und drückte mich enger an ihn. »Was für eine wilde Kombination wir beide doch sind.«

»Wild und hoffnungsvoll.«

»Hoffnungsvoll, ja? Meinst du wirklich?« Mein Herz klopfte plötzlich schnell.

Einen Augenblick lang blieb er still, dann nickte er. »Ja, wirklich. Glaubst du nicht?«

»Doch. Doch, ich auch.«

Gegen Abend fuhren wir in ein Gartenrestaurant direkt am Starnberger See, wo mich die Atmosphäre seit jeher an Monets ›Die Terrasse am Ufer‹ erinnert. Es war so schön – ich hätte fast vergessen können, dass es Montage gab.

Wir bestellten Weißwein, Fisch und Salat, unterhielten uns ohne Pause, stellten fest, dass wir beide Tschaikowsky mochten, Spaziergänge in der morbiden Stimmung des Sees im Winter und dass wir unsere katholische Erziehung verabscheuten, der zu verdanken war, dass wir als Kinder vierwochenweise zur Beichte gehen mussten. Es hatte nie ein Entkommen gegeben.

»Ich benutzte jedes Mal denselben Sündenzettel«, grinste Christian. »Jahrelang hab ich in diesem Beichtstuhl denselben Blödsinn verzapft. Lange Zeit hegte ich sogar den Verdacht, ich würde einer Art Roboter zuraunen, dass ich Unkeusches gedacht und Süßes gegessen hätte, wenn da nicht die variierende Anzahl der Straf-Vater-Unser gewesen wäre.«

Ich lachte und sagte: »Ich hab jedes Mal noch vier oder fünf Gebete angehängt. Um ganz sicherzugehen. Und wenn ich später aus der Kirche kam, bin ich nach Hause gehüpft, weil ich mich tatsächlich erleichtert fühlte.«

Christian schmunzelte. »Das glaube ich dir sogar aufs Wort.«

Irgendwann stand er auf, um Zigaretten zu holen. Mein Blick folgte ihm zum Restaurant, und als ich ihn zurückkommen sah, lachte ich ihm entgegen. Sein Gesicht über dem grünen T-Shirt leuchtete, sein Haar war verstrubbelt, und über die anderen Gäste hinweg strahlten wir uns an. Ich war glücklich in diesem Augenblick und stolz, dass er mit mir zusammen war. Ich habe dieses Bild nie vergessen. Ich kann es herbeiholen, wann immer ich will.

Gegen elf in der Nacht brachte er mich nach Hause. Ich rannte die Treppen zu meiner Wohnung hinauf, schaltete den Rechner ein, ging ins E-Mail-Programm, klickte auf »Anhang«, dann auf »Eigene Musik« und schließlich auf ›Song for a Winter's Night‹ von Sarah McLachlan. Und dann schrieb ich:

Lilienrupfer, es ist zwar nicht die Jahreszeit, aber irgendwie der *Augenblick*, um leichtsinnig und überschwänglich zu sein. So sind wir Apfelchilis eben. Hier einer meiner Lieblingssongs und ich hoffe, Du kriegst Gänsehaut beim Hören. Gute Nacht, Undine.

Ich hörte das Lied selbst zweimal hintereinander, fühlte wie immer den Kloß im Hals und legte dann die ›Italienischen Duette‹ von Händel auf. Ich öffnete die Tür zum Balkon, ließ frische Luft herein, legte mich auf die Couch und lauschte der Musik. Und mitten in diesen überirdischen Engelsgesang hinein, erklang das Arpeggio meines Computers, das eine neue E-Mail ankündigte. Christian hatte geantwortet:

Das ist wunderschön und entführt mich augenblicklich nach Nirgendwo … Freu mich auf viel mehr Musik, auf viel mehr Undine, auf die zweite Runde der präkoitalen Phase und auch auf ihr Ende. Freu mich auf alles. Christian

Merkwürdig, Robbie, gerade sehe ich Dich einmal nicht grinsen. Gerade sehe ich einen sehr stillen Robbie. Einen mit verlorenem Blick.

Undine

@@@

Am nächsten Morgen war Ronny wieder da. Gestützt auf einen Stock mit Silberknauf, hinkend, aber mit erhobenem Kopf. Selbstironie und Humor umwehten ihn wie ein dünngewebtes Cape.

»Ah, der junge Herr Wilde«, kommentierte Franz seinen Auftritt und spuckte Ronny anschließend dreimal über die linke Schulter. »Toi toi toi. Man kann es einfach nicht früh genug sagen.«

»Hals- und Beinbruch wäre in seinem Fall passender«, warf ich ein und lächelte Ronny zu.

»Das stimmt«, antwortete er, »wobei der Sage nach, ein kräftiges Spucken und ein von Herzen kommendes ›toi toi toi‹ den Teufel fernhalten soll. Aber wie gesagt«, sein Blick schweifte bedeutungsvoll zu Milan, der dazugekommen war, »eben nur der Sage nach …«

Ich wusste, worauf er anspielte und sagte: »Vielleicht sollten wir dann die Dosis erhöhen. Apropos: Alles noch glattgegangen gestern Abend? Schmerzfreie Nacht?«

»Undinchen, diese Stadt ist voller wunderbarer Drogen. Keiner muss da Schmerzen leiden.«

»Er hat sich von seinem Hubertus einen blasen lassen und spricht jetzt von dem bisschen Adrenalin, das ihm danach durch die Adern gesickert ist.«

Ich drehte mich zur Seite und blickte in Milans schmales Gesicht. Er war Tänzer und hatte die Rolle des Puck übernommen, die Franz eigens für ihn in das Stück hineingeschrieben hatte. Bis auf ein Suspensorium tanzte er die Rolle zur Musik von Mendelssohn-Bartholdy nackt, den Körper in Bronzefarbe getaucht. Es war eine von Franz' großartigsten Ideen, mich überlief jedes Mal ein Schauer, wenn ich die Eröffnungsszene sah: Der Zauberwald in Gold und Grün – und Milan, statuenschön, der ein Pas de deux mit der Blauen Blume tanzte. Wir alle hatten vor Ergriffenheit die Luft angehalten, als wir ihn zum ersten Mal so sahen. Wie konnte jemand von solcher Begabung und Schönheit gleichzeitig so voller Verachtung und Bosheit sein? Gegen Ronny allerdings kam er nur selten an: »Schlechte Verdauung, Herzchen? Das tut mir leid. Konntest du deinen Irrigator nicht finden?«

»Schließt du immer von dir auf andere?« Wenn er nicht weiterwusste, war Milan von bestürzender Trivialität.

Ronny lächelte mild, zuckte die Schultern und schlug den Weg zur Garderobe ein.

»Alles klar mit der Fahrradaufhängung?«, rief Franz Sekunden später Wolfgang, dem Bühnenarbeiter zu, der auf einer der Holzstreben des Schnürbodens hockte und mit verschiedenen Werkzeugen hantierte.

»Hier oben war nie etwas kaputt«, teilte er uns dumpf mit. »Alles so, wie es sein soll. Es war das verdammt Drahtseil, das gerissen ist. Ich versteh's einfach nicht, Franz. Wir haben uns hundertprozentig an die TÜV-Vorschriften gehalten.«

»Na ja, ist ja noch einmal gut gegangen«, beruhigte Franz ihn ungewöhnlich sanft. Überrascht blickte ich von Textbuch und Notizen hoch und folgte seinem Blick, der unterhalb des Notausgangsschilds hängen geblieben war. Julia stand dort in einer der Seitentüren. Ihr helles Haar schimmerte in dem Licht wie ein Glorienschein.

»Sie haben das hier gestern Abend in meinem Wagen vergessen.« Sie überreichte Franz einen seiner Bäckerbeutel.

»Das ist aber wirklich nett, dass Sie sich deswegen her bemühen«, antwortete er servil wie nie.

»Ich dachte, vielleicht können Sie ohne das nicht leben und natürlich wollte ich auch hören, wie es dem Patienten geht.«

»Gesund und munter. Gehen Sie in die Garderobe und überzeugen Sie sich selbst. Er freut sich bestimmt, seiner Retterin die Hand küssen zu dürfen.«

»Sie übertreiben«, hörte ich Julia antworten. »Ich sehe Sie dann später, ja?« Noch bevor Franz dazu kam, ihr zu antworten, winkte sie mir zu und rief: »Wiedersehen, Undine, wir telefonieren!« Dann hörte ich die Absätze ihrer Schuhe klacken. Sie ging in Richtung Garderobe.

»Was hast du denn im Auto vergessen?«, fragte ich Franz und schielte auf die Tasche, die er mir gleich darauf in die Hand drückte.

»Das hier«, antwortete er abwesend.

Ich sah hinein und fand eine Schachtel »Edle Tropfen in Nuß«, eine Großpackung Echinacin und die Nussknackersuite von Tschaikowsky. Soso, dachte ich und grinste. Julia hatte es vollkommen richtig erkannt: Ohne das konnte Franz nicht leben.

@@@

Abends stahl ich mich um Viertel nach sechs davon. Die anderen probten noch, aber mich brauchte im Moment niemand mehr. Die Texte und Fotos für das Programmheft waren fertig, morgen würde ich das Layout mit der Grafikerin unserer Agentur besprechen. Das Deckblatt in Grün-Gold, darauf Milan mit der Blauen Blume. Das hatten Franz und ich bereits entschieden.

Ich verließ das Theater, ging hinaus auf die Straße und blickte mich um. Christian war noch nicht da. Ich hatte vor, mir ein neues Fahrrad zu kaufen, und Christian wollte mir helfen, etwas Passendes zu finden. Danach wollten wir noch etwas essen gehen.

Ein lauer Wind fuhr mir durch die Haare, die Abendsonne lag auf meinem Gesicht, es roch nach warmem Teer und Eiscreme. Aus dem Theater klang Musik, darüber legte sich von irgendwoher das helle Bimmeln der Straßenbahn. Für ein paar Sekunden schloss ich die Augen, reckte mein Gesicht ein Stückchen weiter in die Sonne und überließ mich dem feierlichen Gefühl, glücklich zu sein. Als ich sie wieder aufschlug, blickte ich auf Christians lächelnden Mund.

»Mach sie ruhig wieder zu«, sagte der Mund weiterhin lächelnd. »Das verschafft mir zumindest den Hauch eines Eindrucks, wie du aussiehst, wenn du schläfst.«

Statt einer Antwort legte ich meine Hand um Christians Nacken, zog sein Gesicht dicht zu mir heran und küsste ihn. »Aufwachen!«, sagte ich leise und drückte mich sanft an ihn. »Träumen darfst du später.«

»Wovon?«

»Davon.«

»Und du glaubst wirklich, *das* sei der Stoff meiner Träume?«

»Ich könnte schwören, neben einer signierten Tolstoi-Originalausgabe und dem neuen ›iPhone‹ rangiert meine ›German Kleinigkeit‹ ganz oben. Aber lass dich nicht irritieren. Sie hat schließlich ganz Hollywood erobert.«

Er prustete los und zog mich zum Auto. »Los, steig ein oder ich fress dich auf der Stelle.«

»Hallo, Christian«, unterbrach eine weibliche Stimme

unsere Frotzelei und wie vom Blitz getroffen fuhr Christian herum. Mit einem feindseligen Blick aus ihren dunklen Augen taxierte die Frau zuerst ihn und dann mich. Ich schätzte sie auf Mitte dreißig und hätte sie hübsch gefunden, wenn nicht der starre Ausdruck ihrem Gesicht alles Weiche darin genommen hätte. Mein Lächeln ignorierte sie, ihr Interesse galt allein Christian.

»Isolde«, sagte er und seine Stimme klang rau wie Schorf, »so ein Zufall. Lange nicht gesehen.«

Sie musterte ihn noch durchdringender und antwortete: »Merkwürdig, ausgerechnet aus deinem Mund eine solche Banalität zu hören. Sie sei dir allerdings verziehen, denn wenigstens ersparst du mir ein ›Wie geht es dir?‹.«

Christian lachte verlegen und machte eine unbestimmte Bewegung, die an ein Tier in der Falle erinnerte. »Das ist eine blöde Situation, Isolde. Was soll ich sagen? Alles, was ich sagen würde, klänge falsch in deinen Ohren.«

Sie schien ihm gar nicht zuzuhören, sondern wandte sich plötzlich an mich. »Wie haben Sie ihn kennengelernt? Nein, lassen Sie mich raten: Er verteilt noch immer Prospekte.«

»Isolde, bitte …«

»Wiedersehen, Christian.« Und dann an mich gewandt: »Ich würde ihm nicht mehr trauen. Nicht eine Sekunde.« Sie drehte sich um und ging davon. Ihr Sommermantel schwang um ihre schmalen Knie.

Schweigend stiegen wir ins Auto. Mein Mund hielt die Worte zurück, die sich in meinem Kopf überschlugen. Wer war das? Was wollte sie? Was ist passiert? Was hast du getan? Ich blickte zu Christian hinüber, sein Nacken war so steif, dass ich nur vom Hinsehen Verspannungen bekam.

Mit einem Mal war er mir fremd, und ich fühlte, wie sich die obere Schicht dieses Zauberdachs, das ich über uns gesehen hatte, langsam löste. Eigentlich kannte ich diesen Mann gar nicht. Er könnte alles sein.

Er steuerte den Wagen an den Straßenrand und stoppte plötzlich.

»Undine ...« Seine Augen sahen mich fast bittend an.

»Ja?«

»Ich ... Willst du das Fahrrad heute noch kaufen?«

Fast hätte ich gelacht. »Ich weiß nicht.«

»Du willst wissen, was los war mit ihr, mit Isolde. Stimmt's?«

» ... ja.«

»Sollen wir zu mir fahren? Ich habe noch Weißwein im Kühlschrank.«

Ich überlegte kurz und schüttelte dann den Kopf. »Lieber nicht.« Ich zögerte. »Sei mir nicht böse, aber neutralen Boden fände ich im Augenblick einfach besser.«

Er sah mich lange an. »Verstehe. Ist gut.«

Ich blickte geradeaus und sagte nicht mehr viel, bis wir in der kleinen Bar am Ende der Straße Platz genommen hatten.

@@@

Datum: 25. Mai 2007 22.00 Uhr
Von: Undine.B@web.de
An: r-williams@allnet.com
Betreff: Christian und Isolde

Hey,

ein ziemlich müdes »Hey«. Eins, bei dem man sich erst die Augen, dann die Nasenwurzel reibt, weil der Kopf voll ist mit Gedanken, die man lieber nicht gedacht hätte.

Weißt Du, Robbie, es kam auch schon früher vor, dass ich mit Ereignissen konfrontiert wurde, die nicht zu den glückseligen meines Daseins gehörten, aber ich ließ mich von ihnen nicht allzu schnell ins Bockshorn jagen. Ich wusste noch nicht um ihre Konsequenzen. Leichten Herzens sah ich einfach zu und wartete ab, was passieren würde. Angst oder Kummer fühlte ich erst dann, wenn aus einer leisen Ahnung dröhnende Wahrheit geworden war. Heute, wo ich mit einem Schrankkoffer voller Erfahrungen und Einsichten unterwegs bin, halten sich Misstrauen und Furcht nicht mehr zurück. Ein kleiner Anlass nur und schon stehen sie drohend parat. Es ist ein Dilemma. Auf der einen Seite schützen sie so vor neuem Kummer, auf der anderen verhindern sie, Neuem furchtlos und ohne Vorurteil zu begegnen, bis man irgendwann auf der Stelle tritt und resigniert.

Ich klinge ein bisschen melancholisch, ich weiß. Ich neige nun mal dazu, den Dingen auf ihren dramatischen Grund zu gehen. Und dann ist es, als hätte ich einen Knopf für Traurigkeit, den ich bei Bedarf einschalten kann.

Robbie, Du Ärmster. Wie oft musstest Du schon meine psychologisch-philosophischen Ergüsse ertragen, ohne zu wissen, wovon ich überhaupt rede. Ich spreche von Isolde. Genauer gesagt: von Christian und Isolde.

Wir sind ihr heute begegnet, per Zufall auf der Straße, und hätte man diesem Treffen eine Farbe geben wollen, es hätte schwarz sein müssen.

Mir war danach nicht mehr nach Fahrradkaufen, wie ursprünglich geplant. Viel lieber wollte ich allein sein, aber gleichzeitig auch herausfinden, was zwischen Christian und dieser Frau geschehen war, und so blieb ich doch bei ihm.

Wir gingen die Straße hinunter in eine Bar und nahmen abseits der anderen Gäste in einer der Nischen Platz. Es dauerte, bis Christian ins Gespräch fand. Die Art, wie er an seinem Weinglas herumspielte, sein Blick, der unstet im Raum umherwanderte, zeigte, wie unbehaglich er sich fühlte.

Ich schwieg. Es fiel mir nichts zu sagen ein, und um mich begeistert zu den Vorschlägen auf der Cocktailkarte zu äußern, war es nicht ganz der richtige Augenblick.

Schließlich ließ er das Glas los und holte Luft. »Vor ungefähr drei Jahren habe ich diese Frau getroffen. Wir haben uns ineinander verliebt und sind nach ein paar Monaten zusammengezogen.«

»Isolde?«, fragte ich.

»Nein, nicht Isolde. Susanne. Sie heißt Susanne. Ich habe sie gesehen und war von der ersten Sekunde an verliebt, voller Begeisterung. Aber je näher wir uns kamen, je besser ich sie kannte, je mehr sie mir bedeutete, desto beängstigender wurde alles für mich.« Er hielt inne und nahm einen Schluck Wein, während seine Augen mich prüfend musterten. Ich gab den Blick zurück, blieb aber stumm. Schließlich fuhr er fort. »Ich weiß, es klingt verrückt, wenn ich von beängstigend spreche. Ich hätte schlicht glücklich sein sollen, was ich auch war, doch gleichzeitig hatte ich dieses bohrende Misstrauen im Gepäck. Ich habe es selbst nicht verstanden. Ziemlich bald schon hatte ich das Gefühl, ich bräuchte sie mehr als sie mich, und begann mich davor zu fürchten, sie könne eines Tages gehen.« Wieder stockte er und sah mich an, als warte er auf eine Bemerkung von mir. Aber was hätte ich sagen sollen? Dieses Gefühl erlebte jeder einmal. Es tut weh, doch es gehört zum Leben.

»Eines Tages«, erzählte er weiter, »stellte sich heraus, dass sie mich betrog. Es war furchtbar. Ich schlief nicht mehr, hatte Probleme, mich auf meine Arbeit zu konzentrieren, alles, was ich immer gut im Griff hatte, entglitt mir plötzlich. Und dann natürlich die Angst, sie könnte am nächsten Tag verschwunden sein.«

»Und dann?«, fragte ich und richtete mich auf.

»Zuerst habe ich versucht, so zu tun, als bemerke ich nichts. Aber dann tat sie alles ganz offensichtlich. Sie bemühte sich gar nicht mehr um Ausreden. Kam spät nach Hause oder gar nicht. Schob jeden Tag Überstunden. Sagte, sie führe übers Wochenende zu einer Freundin – das Übliche eben. Schließlich sprach ich sie darauf an, wir redeten uns nächtelang die Köpfe heiß, sie weinte und sagte, sie wisse nicht, was sie tun solle. Sie liebe mich, aber den anderen brauche sie auch. Als ich fragte, warum, hatte sie keine Antwort. Nach ein paar Tagen sagte sie, sie würde die Geschichte beenden. Aber ich glaubte ihr nicht und fuhr ihr eines Abends hinterher, als sie sagte, sie ginge mit einer Freundin zum Essen. Sie hatte mich angelogen. Ich entdeckte sie mit diesem Kerl im Parkhaus am Salvatorplatz. Sie lachten, küssten sich, hielten Händchen und gingen zu irgendeiner Vernissage in der Theatinerstraße. Fast den ganzen Weg schlich ich hinter ihnen her, ich Idiot. Es war entwürdigend. Ich hätte sofort Schluss machen sollen, aber ich konnte nicht. Ich konnte einfach nicht. Stattdessen schlich ich wie ein geprügelter Hund wieder heim und goss mir zwei Flaschen Rotwein hinter die Binde. Es war nicht schwer herauszufinden, wie dieser Typ hieß. Ich hatte das Kennzeichen seines Wagens und einen Freund bei der Polizei. Und dann habe ich ihn angerufen und mich mit ihm getroffen.« Es war nicht frei von Komik, wie die Anspannung plötzlich aus seinem Gesicht wich und ein Ausdruck ehrlicher Entrüstung ihren Platz einnahm. Trotz aller Anteilnahme hatte ich Mühe, ein Lächeln zu unterdrücken. »Weißt du«, sprach er weiter, »er war so eine Art Frauenversteher. So ein halbintellektueller Händchenhalter, der dauernd mit milder Stimme fragt: ›Und Liebes? Was hast du dabei empfunden?‹ Und einer, der es wagte, mir ebenso mild anzutragen, wenn ich sie wirklich liebte, sollte ich sie freigeben, ich würde sie nur zermürben, und das könne ich doch nicht wollen. Natürlich wollte ich das nicht, ich wollte, dass er abhaute und uns ihn Ruhe ließ. Freigeben! Der hatte wohl zu viel gekifft.«

Jetzt lachte ich doch, wurde aber schnell wieder ernst und sagte: »Es muss doch einen Grund gegeben haben, dass sie dich betrog. Das passiert doch nicht einfach so.«

Er zuckte die Achseln. »Ich weiß es nicht.«

»Hast du sie betrogen?«

»Nein, da noch nicht.«

»Wann dann?«

»Nachdem sie zurückgekommen war.«

»Du hast sie betrogen, *nachdem* sie zurückgekommen war? Aber warum?«

»Weil mich die Geschichte fix und fertig gemacht hatte. Mir war das Heft aus der Hand genommen worden. Monatelang hatte ich nicht mehr richtig geschlafen und mir tagtäglich den Kopf zermartert. Alles hatte sich nur noch um sie gedreht. Und als sie wieder zurückgekommen war, hatte ich das Gefühl, ich müsse etwas tun, um ihr zu zeigen, dass ich sie nicht brauchte, dass ich nicht abhängig von ihr war.«

An dieser Stelle wusste ich nicht, ob ich noch mehr hören wollte. Natürlich gibt es viele Menschen, die glauben, mit der Tragik einer vergangenen Liebesgeschichte Mitgefühl oder Verständnis beim anderen zu wecken, doch ich glaube, man sollte sie für sich behalten. Zumindest zunächst einmal. Sie ist nichts für die Ohren neuer Partner. Man gibt zu viel von sich preis und stellt meistens auch andere bloß. Und ist es nicht schon vorgekommen, dass ein argloser Vertrauensbeweis, später, wenn es sich ergab, zur messerspitzen Waffe wurde? Die man dann auf sich selbst gerichtet sah?

Plötzlich war ich ins Grübeln geraten, Robbie. Und das wollte und will ich nicht. Ich habe mich gerade erst in Christian verliebt, ich wehre mich gegen die Schere im Kopf.

Isolde.

Es gab kein Zurück. Sie war an diesem Tag aufgetaucht, ich hatte es nicht anders haben wollen und deshalb würde Christian mir die Geschichte erzählen. Ich sah ihm an, dass er nicht glücklich darüber war, und hätte am liebsten gesagt: »Lass es gut sein, vergessen wir's. Isolde hat nichts mit uns zu tun.« Ich war gerade dabei, den Satz auszusprechen, als er – schneller als ich – wieder das Wort ergriff.

»Ich weiß, es war dumm und kindisch, es Susanne heimzahlen zu wollen. Sie war zurückgekommen, ich hätte es gut sein lassen sollen. Mein Kopf wusste längst Bescheid, aber hier drinnen«, er zeigte auf eine Stelle zwischen Herz und Magen, »hier war ich nicht damit fertig. Es klingt wahrscheinlich erbärmlich, wenn ich sage, ich wollte mich rächen. Aber genau das war es.« Seine Miene spiegelte jungenhafte Hilflosigkeit, seine Stimme klang zerknirscht und bettelte um Verständnis, aber gleichzeitig war seine Wut deutlich zu spüren. Ich hatte nicht den Eindruck, als hätte er Susanne inzwischen vergeben.

»Und dann«, fuhr er fort, »war ich eines Abends mit ein paar Freunden unterwegs, wir zogen durch verschiedene Bars und in der letzten, es war schon ziemlich spät, traf ich Isolde. Sie war nicht allein, aber wir hatten sofort Blickkontakt. Sie sah immer wieder zu mir her. Und ich – du hast sie ja gesehen, sie ist eine anziehende Frau – machte mit. Das ging eine Weile so, bis ich mir zwei Werbebroschüren schnappte, die an der Theke herumlagen. In die eine schrieb ich meine Telefonnummer hinein und ging anschließend zu ihr an den Tisch. Ich tat so, als gehöre ich zum Personal, machte ein bisschen Werbung für das Lokal, wobei ich Isolde den Prospekt mit meiner Nummer zuschob und dem Mann den anderen. Dann verabschiedete ich mich wieder, und als die beiden irgendwann gingen und Isolde sich noch einmal nach mir umdrehte, hob ich den Daumen. Es war merkwürdig, ich wusste genau, sie würde sich melden.«

Er erzählte mir die Geschichte ohne Unterbrechung, fast atemlos.

Mein Blick klebte an ihm, in meinem Kopf herrschte ein wildes Durcheinander, ehrlich gesagt, sein Verhalten und seine Worte stießen mich ab. Aber so wollte ich nicht denken. Ich war nicht dabei gewesen und wollte weder werten noch urteilen. Bloß keine Schere im Kopf, erinnerst Du Dich, Robbie? Aber so einfach war es nicht.

»Und dann?«, hörte ich mich schließlich leise fragen. »Was war, nachdem sich Isolde bei dir gemeldet hatte?«

»Wir trafen uns und gingen ins Bett.«

»Und dieser andere Mann aus der Bar. Wer war er?«

»Ihr Mann.«

»Er war ihr Mann?«

»Die beiden waren verheiratet, ja. Aber ich wollte nicht mit ihr zusammensein. Es war ein Spiel für mich. Bei Isolde, verstehst du? Susanne hingegen ...« Er hob die Schultern. » ... sie bedeutete mir alles. Aber was hatte ich erwartet? Unsere Beziehung war kaputt, wir trennten uns. Ich bin wahrhaftig nicht stolz auf das, was ich getan habe. Ich habe zwei Menschen sehr wehgetan.«

»Wie lange ging das mit Isolde?«

»Zwei, drei Monate.«

»Und ihre Ehe?«

»Ging auseinander.«

Wir schwiegen. Die Gläser vor uns waren leer.

»Sie hatte sich in dich verliebt, nicht wahr? Für sie ging es um mehr, ja?«

»Ja.«

»Und du?«

»Ich mochte sie, aber es lag mir nichts an ihr.«

»Strickland war hassenswert, aber ich glaube trotzdem, dass er groß war.« Es war dieser Satz aus Maughams ›Silbermond und Kupfermünze‹, der mir in diesem Augenblick als Erstes einfiel.

Nicht, dass ich Christian hassenswert fand, aber das, was er dieser Frau, Isolde, angetan hatte, war abstoßend, egoistisch und durchaus hassenswert. Und doch war all das, was er mir jetzt zeigte, wie er vor mir saß, die Reue im Blick, seine fahrigen Gesten, all seine Leidensfähigkeit, die er durch diese Geschichte offenbart hatte, sein Charme und Humor, sein Lachen – all das ließ ihn auch »groß« für mich sein. Das Schlechte schließt das Gute nicht aus, beides kann nebeneinander im selben Menschen existieren – oder wie Franz es schlichter zu sagen beliebt: Wo viel Licht ist, fällt viel Schatten.

Paradox. Während ein Teil von mir am liebsten die Flucht ergriffen hätte, wollte der andere nichts mehr, als sich an diesen Mann zu schmiegen. In keinem anderen Augenblick war die Sehnsucht, mit ihm zu schlafen, so groß gewesen. Ich kann noch nicht einmal sagen, was an ihm so anziehend auf mich wirkte, das Gute oder das Schlechte. Wahrscheinlich war es beides. Diese gefährlich-schöne Mischung.

Wie Du siehst, Robbie, habe ich es nicht getan. Ich säße sonst nicht hier, um Dir zu schreiben? Und glaub mir: Es war alles andere als leicht. Ich stelle nur selten die Vernunft über das Gefühl, ich lasse mich meistens treiben. Aber heute nicht, denn irgendeine innere Stimme sagte mir, dass es nicht richtig wäre an diesem Abend. Das Ganze stünde unter keinem guten Stern.

Nein, ich wollte keine Melancholie einkehren lassen, aber glaub mir, Robbie, sie wäre an diesem Abend nicht draußen geblieben, sie hätte sich auf unsere Brustkörbe gesetzt und die Leichtigkeit darin erstickt. Ich sah keinen Grund, nicht einen einzigen, eins gegen das andere zu tauschen.

Gute Nacht
wünscht Dir
Undine

@@@

Ich schickte die E-Mail ab und starrte noch eine Weile auf den Bildschirm. Mein Kopf war plötzlich wie ausgehöhlt, und ich wusste nichts mit mir anzufangen. Einen Moment lang überlegte ich, Julia anzurufen, aber im Grunde war mir nicht danach, mit jemandem zu sprechen. Ich lief ziellos durch die Wohnung, schnappte mir schließlich die Fernsehzeitschrift, doch nichts interessierte mich. Es war kurz vor elf. Ich könnte ins Bett gehen und schlafen. Ich löschte die Lichter in der Wohnung, ging ins Schlafzimmer und öffnete die Fenster. Ein paar Minuten lang blickte ich hinaus in den klaren Sternenhimmel, roch den Duft der Sommernacht und fühlte plötzlich eine wilde Sehnsucht nach etwas, das ich nicht bestimmen konnte. Aber sie drang durch jede Pore und griff mir direkt ans Herz. Unwillig schüttelte ich den Kopf. Ich wollte nicht weich und sentimental werden. Nicht wegen eines bisschen Sternengefunkels und duftender Luft. Ich rieb mir die Augen und machte mich daran, das Bett frisch zu beziehen, als das Telefon klingelte.

»Störe ich? Schläfst du schon?«

»Nein. Ich bin noch wach.«

»Ich wollte dich noch mal hören, bevor ich ins Bett gehe.«

» … «

»Undine?«

»Ja?«

»Ich bin sehr froh, dass ich dir begegnet bin.«

»Jetzt muss ich lächeln.«

»Ja, ich kann es hören. Diese Geschichte heute, die hat nichts zwischen uns geändert, oder?«

»Nur, dass ich mich dir ein kleines Stückchen näher fühle.«

»Das ist gut. Schlaf jetzt schön.

»Ja. Du auch.«

@@@

Drei Tage später rief Julia am Morgen an und sagte, sie wäre zur Premiere nicht da. Sie brauche Ferien und habe beschlossen, sich für die nächsten drei Wochen in ihr Häuschen in der Toskana zurückzuziehen.

»Du hast ein Haus in der Toskana?«, fragte ich entgeistert.

»Natürlich. Es gehört mir seit meiner Scheidung.« Sie lachte. »Mein Mann behielt die Münchner Wohnung, und ich bekam das Häuschen. Puppenhäuschen könnte man sagen. Es hat gerade mal vier winzige Zimmer, Küche und Bad. Ich lass dir die Adresse und die Telefonnummer hier. Für den Fall, dass etwas sein sollte.«

»Was sollte denn sein? Franz wird dich vermissen und enttäuscht sein, dass du seinen großen Abend verpasst.«

»Gott, ja«, meinte sie leichthin. »Er wird es verkraften. Er ist ein großer starker Mann. Außerdem läuft das Stück für die nächsten drei Monate, genügend Zeit also, um es sich anzusehen.«

»Ich bewundere deine Unabhängigkeit«, antwortete ich und ärgerte mich gleichzeitig. Es war auch mein großer Tag, wir alle hatten dafür geschuftet, und ausgerechnet Julia, die die ganze Zeit den Kontakt zu mir gesucht hatte, spazierte an diesem Tag davon, wie eine Katze, die ihr Schälchen Milch ausgetrunken hatte und jetzt satt war.

»Sei nicht sauer«, schien sie meine Gedanken zu lesen. »Du hast doch deinen Lilienrupfer, und ich bin sicher, einen ganzen Haufen anderer Freunde. Du wirst meine Abwesenheit nicht einmal bemerken.«

»Fährst du allein?«, fragte ich einer plötzlichen Eingebung folgend.

»Nicht für die ganze Zeit.« Sie räusperte sich und beließ es bei dieser Andeutung. »Ich melde mich, sobald ich angekommen bin. Soll ich dir irgendetwas mitbringen?«

»Ja. Alles, was gut schmeckt und sich bequem transportieren lässt. Eine Flasche Vino Nobile auf jeden Fall.«

»Das mach ich. Und hier jetzt erst mal die Adresse.« Sie diktierte mir den Namen eines Ortes in der Nähe von Montepulciano und gab mir die Telefonnummer. »Du siehst, ich bin nicht aus der Welt. Für dich ohnehin nicht.«

»Warten wir mal ab. Wann fährst du?«

»Morgen früh. Gegen fünf.«

»Schade, da werden wir es nicht mehr schaffen, uns vorher noch zu sehen.«

»Nein, wohl nicht. Aber ich bin ja bald wieder da. Und grüß mir deinen Lilienrupfer.«

»Mach ich«, erwiderte ich noch immer gekränkt, und dann legten wir auf.

@@@

Julia behielt natürlich recht. Ich hatte keine Zeit, sie zu vermissen. Die Premiere stand vor der Tür, seit Mittwoch hetzten wir mit zwei bis drei Durchläufen täglich durch die Zeit, füllten sie dazwischen mit Kostümproben, Bühnenbildaufbau, weiteren Textänderungen hier und da, hielten Milan, so gut es ging, im Zaum und fielen meistens erst spätnachts in die Betten.

Die Einladungen an die Presse waren raus, ebenso die an ein paar prominente Gesichter, die selbst schon im ARENA gespielt hatten und uns die Treue hielten. Die Cateringfirma war beauftragt, ebenso das Putzgeschwader und die Dekorateurin unseres Blumenladens, die das Foyer für die Premierenfeier herrichten würden. Die Druckerei hatte versprochen, die Programmhefte pünktlich bis Dienstag zu liefern, und für Franz lagen alle Sonderwunschrequisiten parat. Wir alle waren aufgeregt und vorfreudig, schliefen wenig und redeten viel.

Christian sah ich fast überhaupt nicht, aber wir telefonierten und plänkelten per SMS. Am Samstag kam er, bevor ich um elf bei den Proben sein musste, auf einen Sprung zum Frühstück vorbei und brachte zu meiner Freude, neben Eiern, Semmeln und Käse, frische, fluffige Rosinenbrötchen mit, die er genauso gern wie ich nach Franzosenart in eine große Schale Milchkaffee tunkte.

Es fiel mir schwer, ihn an diesem Morgen gehen zu lassen. Unsere Küsse wurden immer hungriger, die Lust, sich gegenseitig Knöpfe und Reißverschlüsse aufzureißen, um die Haut darunter zu spüren, immer größer. Aber es wäre unser erstes Mal, *unsere* Premiere. Nein, da durfte es nichts Eilig-Gieriges zwischen Tür und Angel sein, etwas, bei dem man hinterher nicht wusste, wo man hingucken sollte, und allzu hastig in die Kleider und durch die Haare fuhr. Ich rutschte also von Christians Schoß, zog mein Kleid über den Hüften glatt, küsste ihn dabei wieder und wieder und versuchte, mir in diesem Augenblick nicht vorzustellen, wie es sein würde, wenn ich bliebe.

In der Nacht vor der Generalprobe träumte ich zum zweiten Mal von Axel Milberg.

Wir trafen uns in einem Hotelzimmer. Das weiß ich, weil wir das Bitte-Nicht-Stören-Schild nach draußen hängten. Dann setzten wir uns auf die Couch, und gerade als wir dabei waren, uns richtig füreinander zu erwärmen, wurde die Tür aufgerissen, und Christian stürmte herein.

»Lehn dein Gesicht einfach an meine Schulter«, flüsterte Axel Milberg in mein Ohr, »dann erkennt er dich nicht«, und ich befolgte seinen Rat. Vergeblich, wie sich gleich herausstellte, denn Christian sprang um uns herum wie Rumpelstilzchen um das Feuer und schrie dabei mit hoher Stimme: »Ich hab's doch gewusst. Ich hab's doch von Anfang an gewusst. Du betrügst mich! Du betrügst mich! Eine wie die andere!«

Es war grässlich, ich zitterte vor schlechtem Gewissen und Angst. Christian beruhigte sich gar nicht mehr, sondern schrie und sprang weiter um uns herum. Irgendwann erwachte ich, noch immer zitternd, mein Gesicht ins Kopfkissen gedrückt. Warum träumte ich so etwas?

@@@

Montagabend. Generalprobe.

Und plötzlich war es still im Theater. Die Schauspieler schlüpften in ihre Kostüme, schminkten sich die Gesichter und befanden sich in einem Stadium vibrierender Anspannung. Ronnys Gesicht unter dem Make-up war blass, seine Augen blickten starr in eine unbekannte Ferne. Genau wie er war auch Sonja mit einem Mal verstummt, nur hin und wieder platzte sie ohne erkennbaren Grund mit einem lauten Lachen heraus und irritierte uns damit. Valeria, klein, üppig und zum ersten Mal als Dulcy in einer Hauptrolle auf der Bühne, stöckelte mit stolz erhobenem Kopf und dem Hüftschwung einer Bette Middler durch die Gänge, und ich sagte mir, dass sie für diesen Versuch eines Täuschungsmanövers mindestens den Bambi verdient hatte. Es war unübersehbar, dass sie im tiefsten Inneren um Nerven aus Stahl flehte. Nur Milan schien nichts an sich heranzulassen. Er sah wie immer göttlich aus und verströmte sagenhafte, kalte Arroganz. Heinrich führte stille Dialoge mit seinem Eselskopf.

Als es losging, saß Franz ganz in Schwarz auf seinem Stammplatz. Die Arme fest um seinen vornübergebeugten Oberkörper geschlungen, wiegte er sich wie ein Autist hin und her, während sein Blick gänzlich von der Bühne aufgesogen wurde. Ich wusste, dass dies der Moment war, wo er sich dafür verwünschte, Regisseur zu sein, wo er jeden, der einen braven Bürojob erledigte und jetzt voller Vorfreude aufs Abendessen nach Hause stapfte, heiß beneidete, wo er plötzlich all seine Ideen anzweifelte, sich schwitzend fragte, ob die Kritiker zu blasiert sein würden, um sein Verständnis von Witz und Tragik zu teilen.

Der Abend der Generalprobe war der, an dem alle – Regisseur, Schauspieler, Assistenten, Dramaturgen, Beleuchter und Bühnenbildner – mit einem Mal all ihr Können, ihre Bedeutung, ihre Ideen in Frage stellten, wo alle von dem heißen Wunsch besessen waren, noch einmal von vorn anzufangen, weil sie alle plötzlich glaubten, nicht gut genug zu sein. Später glitt und schwebte man durch die Premiere, gehüllt in einen unsichtbaren Kokon, blind und taub für alles von außen, bis am Ende Jubel und Applaus das dünne Gespinst zerrissen und einen ganz und gar mit Ausgelassenheit und Erleichterung erfüllten. Blieben Jubel und Applaus jedoch aus, dann verdichtete sich der Kokon, zog sich fester zu, und Resignation und Angst übernahmen das Zepter.

Christian saß neben mir und hielt meine Hand, die vor Nervosität schwach zuckte. Der Samtvorhang war noch geschlossen, aber als er sich zu Mendelssohn Bartholdys ›Sommernachtstraum‹ ganz allmählich öffnete, die Bühne in Gold und Grün erstrahlte und Milan zum tanzenden Faun erwachte, war es fühlbar, wie alle im Raum die Luft anhielten. Christians Hand legte sich fester um meine, und obwohl ich die Inszenierung seit Wochen hatte entstehen sehen, zog sie mich jetzt in ihren Bann, als sähe ich jede Szene zum ersten Mal.

Ich konnte mich selbst sehen, wie ich mit weit geöffneten Augen und angespanntem Rücken jede Bewegung, jedes Wort aufsog. Es war ein wildes, herzklopfendes Gefühl von Glück, das mich erfüllte, die Erkenntnis, dass meine Arbeit ein Teil dieses Traums war und ich dazugehörte. Als der Vorhang zweieinhalb Stunden später fiel und ich strahlend klatschte, wusste ich, dass es ein Riesenerfolg werden würde, egal, was die Kritiker schrieben. Ich glaubte an die Bereitschaft des Publikums, sich diesem Zauber hinzugeben.

@@@

Drei Stunden später stand ich mit Christian draußen auf der Straße und glaubte, mein Körper sei zu klein, um so viel Jubel und Entzücken auszuhalten. Wie oft kommt es schon vor, dass einfach alles stimmt? Dass, egal, wohin man blickt, die Dinge sonnenblumengelb schienen und man am liebsten alte Schlager singen würde? Meistens ist man ja schon zufrieden, wenn man sagen kann: Das Leben ist ein langer ruhiger Fluss. Wobei man auch da noch vorsichtig über die Schulter äugt und nach sich kräuselnden Wellen Ausschau hält, nach Wasser, das kalt und schlammbraun über die Ufer tritt, nach Stromschnellen und Strudeln, die einen in eine Richtung reißen, in die man nicht will.

Ich weiß nicht, ob Christian in diesem Moment fühlte, dass der Fluss heute warm war, sein Ufer blumenbewachsen und dass auf seinen Wellen Sonnenfunken tanzten, aber das Lächeln, mit dem er mich ansah, war zärtlich, fragend und belustigt zugleich.

Ich schmiegte mich an ihn und ließ mich von ihm küssen. Seine Zunge glitt warm und langsam durch meinen Mund, sie passte sehr gut dorthin und verstand sich mit meiner unverschämt gut. Ich hörte, wie die Straßenbahn an uns vorüberratterte, ein Passant hustete neben mir und ein paar Fußballfans schwankten grölend die Straße hinunter in Richtung Hofbräuhaus. Ich nahm alles nur gedämpft wahr, wie an einem Wintermorgen, wenn die dämmende Wirkung frisch gefallenen Schnees den Rest der Welt aussperrt. Ich überließ mich Christians Mund, seinen Händen, die meinen Rücken streichelten und mich fester an sich zogen. Irgendwann öffnete ich die Augen und flüsterte: »Lass uns gehen. Ich will endlich mit dir schlafen.«

»Einverstanden.« Er lächelte und seine Augen funkelten.

@@@

Datum: 29. Mai 2007 7.47 Uhr
Von: Undine.B@web.de
An: r-williams@allnet.com
Betreff: ☺ ☺ ☺

Robbie dearest,

I am very happy.
Christian and me shared an enchanting time last night.

Undine

@@@

Es war das erste Mal, dass ich eine dieser E-Mails in Englisch schrieb. Obwohl ich doch die ganze Zeit wusste, dass der Empfänger kein Deutsch verstand. Ich hatte es nicht absichtlich getan. Es war einfach so geschehen. Vielleicht weil sich manches besser in einer fremden Sprache sagen ließ. Es klang nicht so bedeutungsvoll und verschaffte Abstand. Und vielleicht war die Nachricht deshalb auch so kurz.

Verschweigen wollte ich die letzte Nacht aber auch nicht, denn mein »Lieber Robbie« hatte alles von Anfang an miterlebt und das Recht auf eine Fortsetzung der Geschichte. Andererseits widerstrebt es mir, einem Mann mein Liebesleben im Detail zu schildern. Nicht aus Scham, sondern weil ich in dieser Hinsicht ein Geheimnis bleiben möchte. Ich mag diese Art Frauen nicht, die sich mit Verbalerotik brüsten, weil sie glauben, somit aufregend und verführerisch zu sein. Ich glaube das nämlich nicht. Nicht für einen Mann, wie ich ihn mir vorstelle.

Über was dachte ich da überhaupt nach? Ich hatte zig dieser E-Mails abgeschickt, ohne dass es mich interessierte, ob sie überhaupt irgendwo landeten. Nicht, dass es plötzlich von Bedeutung für mich war, aber nachdem nie eine Antwort gekommen war, vermutete ich sie im Nirwana des Internets, allerhöchstens an irgendeiner stillgelegten Adresse. Es war ja auch egal.

Ich sah auf die Uhr. Inzwischen war es acht. Ich wollte um elf im Theater sein, um noch ein bisschen Schreibkram zu erledigen. Danach musste ich zum Marienplatz, um das Kleid abzuholen, das ich bei Ludwig Beck hatte zurückhängen lassen. Aber zuerst einmal lagen drei freie Stunden vor mir. Drei Stunden, in denen ich zwar nicht schlafen würde, aber in denen ich die Augen schließen konnte, um die letzte Nacht, sooft ich wollte, noch einmal zu erleben.

Ich öffnete die Balkontür, ließ Fliederduft vom Hinterhof herein und ging in die Dusche. Danach nahm ich mir eine dünne Decke, legte mich damit auf die Couch und reiste zurück in die letzte Nacht.

Mit diesem dahingeflüsterten »Ich will endlich mit dir schlafen« hatte ich mich in eine blöde Situation gebracht. Nicht, dass ich es plötzlich nicht mehr gewollt hätte, aber für mein Empfinden hatte mich dieser Satz in die Position der Macherin gerückt und vielleicht erwartete Christian, dass es so weiterging. Sah er mich bereits als Verführerin, lasziv, provozierend, mit kreisenden Hüften, aufgeworfenen Lippen und einem »Jetzt bist du dran, mein Süßer« in den gefährlich schmalen Augen? Oder würde er es als Aufforderung verstehen, sich auf mich zu stürzen, sobald wir seine Wohnung betraten, mir die Kleider herunterzureißen und etwas Lustentfesseltes zu inszenieren, neben dem ›Der letzte Tango‹ wie das Tänzchen einer Seniorengruppe aussehen würde?

Bloß nicht, dachte ich, als wir die Treppen zu seiner Wohnung hinaufstiegen. Wenn's so weit kommt, dann fange ich entweder zu lachen an oder ich haue einfach ab.

Es kam nicht so weit.

»Willst du dich erst einmal umsehen?«, fragte Christian, nachdem er Licht angeknipst und mir den Mantel abgenommen hatte. Ich nickte. Ich hatte mich schon häufig gefragt, wie seine Wohnung wohl aussehen würde. Bücher, war mein erster Eindruck. Bücher überall. Im Vorübergehen entdeckte ich Martin Suter, Gianrico Carofiglio, Rolf Dobelli, Leon de Winter, Haruki Murakami, John Fowles und natürlich Tolstoi. Ich kannte fast alle und freute mich, sie in Christians Regal zu sehen.

Ich ging durch die übrigen Zimmer, fand ein paar schöne alte Möbelstücke vor, natürlich auch Ikea und zwei, drei Designerteile. Es gefiel mir. Am schönsten fand ich den roten Samtsessel in Form einer Blüte. Auf einem riesigen Schreibtisch lag die angefangene Übersetzung des neuen Romans eines englischen Schriftstellers. Ich las die ersten beiden Seiten und wandte mich dann Christian zu.

»Das liest sich schön.«

»Ich schenk dir eins, sobald es herausgekommen ist.« Er küsste mich in den Nacken. »Wein? Roten oder weißen?«

»Weißen, wenn er kalt ist.«

»Knallkalt.«

Er ging hinaus in die Küche und kam nach ein paar Minuten mit zwei beschlagenen Gläsern zurück.

»Kalt genug?«, fragte er, nachdem ich genippt hatte.

»Ja. Sehr gut.«

Sekundenlang sahen wir uns an. Plötzlich fehlten uns die Worte.

Bis ich schließlich meine Hand auf seine Wange legte.

»Es war ein langer Tag. Ich würde gern noch duschen. Hast du ein Handtuch für mich?«

»Natürlich«, sagte er und nahm mich an der Hand. »Komm mit.«

Nachdem er mir Handtuch und Waschlappen gegeben hatte, ließ er mich allein. Ich atmete durch und sah mich um, registrierte all die Dinge, die ihm gehörten. Zahnbürste und Rasierpinsel, ein großes Badetuch, frische Seife und Shampoo. Auf dem Badewannenrand die gesamte Lurchi-Sammlung aus den Siebzigern. Selbstverständlichkeiten, die ihn tagtäglich umgaben. Nur ich war fremd.

Ich duschte lange, als bäte ich insgeheim um Aufschub. Es lagen nur eine Tür und der Flur zwischen Christian und mir, ein kurzer Weg, nur ein paar Schritte. Im Augenblick bedeuteten sie alles.

Als ich ins Schlafzimmer kam, stand er neben dem Bett, auf dem Nachttisch leuchtete ein Lämpchen.

»Weiß steht dir gut«, sagte er, als er mich sah und über ein Stückchen Handtuch am Brustansatz strich.

Statt einer Antwort lehnte ich mich an ihn, er roch frisch und sauber.

»Ich habe noch eine Gästedusche«, murmelte er mir ins Ohr, als ich an ihm schnupperte, sein T-Shirt am Saum fasste und half, es ihm über den Kopf zu ziehen.

Meine Hände legten sich auf seine Schultern, und mit den Lippen berührte ich leicht die Unfallnarbe. Dann seinen Mund. Wir küssten uns ohne Atem und vorsichtig, als geschähe es zum ersten Mal. Mit tastenden Fingerspitzen berührten wir gegenseitig unsere Haut, verringerten den Abstand zwischen unseren Körpern so allmählich, als sei jeder Millimeter es wert, ihn auszukosten.

Als ich irgendwann seufzte, knipste er das Licht aus, zog mich ins Bett, unter die Decke, und ich hörte ihn flüstern: »Komm her.«

Ich rollte mich weich in seinen Arm, fühlte seinen Herzschlag hart und laut an meiner Brust.

Und dann war er überall. Zärtlich und heftig in einem. Seine Zunge an meiner, sein Atem auf meiner Haut, seine Arme und Beine, die mich umschlangen. Das Knistern und Rascheln der Bettwäsche, sein Geruch, sein Flüstern. Überwältigend der Moment, als ich ihn zum ersten Mal in mir spürte. Mein Körper, der nachgab, behutsame Bewegungen, die sicher und entschlossener wurden. Jetzt war ich nicht mehr fremd. Jetzt war ich da, wo es richtig war. Ich wünschte mir, es würde ewig dauern.

Das Arpeggio meines E-Mail-Programms holte mich in den Tag zurück. Widerwillig hob ich die Lider und tauchte unter der Decke hervor. Die Sonne schien gleißend ins Zimmer, von der Straße klang das Schubbern der Abfalltonnen auf dem Kopfsteinpflaster, gefolgt von der quietschenden Hydraulik des Müllautos und dem bellenden Rufen der Männer. Ich rieb mir die Augen, erhob mich, faltete die Decke zusammen und legte sie mit einem Seufzen zur Seite. Im selben Moment gab mein Rechner ein zweites Klingeln von sich und nun wurde ich doch neugierig.

Die erste E-Mail war von Hannes, der mir schrieb, er habe im Internet von unserem Premierentermin erfahren und wäre gern dabei. Weil er das nicht könne (Pott und

Tiegelchen …), wünsche er mir auf diesem Wege viel Glück, und ich solle mich von ihm umarmt fühlen. Ich las es, fühlte einen winzigen Schimmer von Wehmut und dachte gleichzeitig mit einem größeren Schimmer von Genugtuung »Wenn du wüsstest«. Dann öffnete ich die nächste Post und stellte fest, sie war von Till. Meine Einladung zur Premiere habe er erhalten, er freue sich sehr und ich könne mit ihm rechnen. Na, also.

Ich warf einen Blick auf die Uhr und stellte fest, dass es höchste Zeit war, mich fertig zu machen. Mir blieb noch eine halbe Stunde. Ich fuhr mir gerade mit der Bürste durchs Haar, als das Telefon klingelte.

Ein Keuchen und Grunzen, das so merkwürdig wie die Schnappatmung von Horst Schlämmer klang.

»Hallo«, rief ich mehrmals.

Darauf endlich ein kaum hörbares: »Undine?«

»Ja«, rief ich. »Wer ist denn da?«

»Franz. Hier ist Franz.«

»Franz! Um Gottes willen, was ist denn los mit dir? Du klingst so komisch.«

»Meine Haare … Undine, du musst sofort kommen. Ich sehe aus wie dieser Kopf aus dem Schwarzenegger-Film.«

Ich schwieg sekundenlang. Dann sagte ich sanft: »Franz, ich weiß nicht, was du meinst.«

»Na du weißt doch, dieser bleiche, haarlose Kopf, der erst hämisch lacht und dann explodiert. Genau so sehe ich aus.«

Ich hatte keine Ahnung, wovon er sprach. »Franz, willst du dich nicht erst einmal beruhigen? Und dann erzählst du mir alles der Reihe nach.«

Ich hörte, wie er wieder schnappend einatmete, bevor er

zu sprechen begann. Als er fertig war, wusste ich zumindest einigermaßen Bescheid.

Franz hatte nach der Generalprobe Milan nach einem Friseur in der Nähe des Theaters gefragt, worauf Milan ihm angeboten hatte, ihm die Haare selbst zu schneiden, und dabei auf seinen eigenen edlen Kopf verwiesen. Franz war begeistert gewesen. Aber man darf Äpfel eben nicht mit Birnen vergleichen.

»Jetzt weiß ich wieder, wie dieser Film heißt«, sagte Franz plötzlich dumpf, »›Total Recall‹. Und genau so wie dieses Ding darin sehe ich aus. Ich kann unmöglich zur Premiere kommen.«

Ich wusste, Franz neigte zur Übertreibung. Ich hatte ihn schon öfter am Rand der Hysterie erlebt und meistens war alles halb so schlimm gewesen. Deshalb sagte ich ruhig: »Franz, du kochst dir jetzt einen Kaffee, liest die Zeitung oder siehst fern, egal was. Hauptsache, du beruhigst dich und wartest, bis ich komme. Dann sehen wir weiter.«

»Ist gut«, antwortete er ergeben und legte auf.

Diesmal hatte Franz nicht übertrieben. Obwohl ich mich entsetzlich mies dabei fühlte, hatte ich Mühe, nicht mit dem Lachen herauszuplatzen, sobald ich ihn ansah. In meiner Hilflosigkeit kugelte ich mich schließlich mit seiner Katze auf dem Boden und gab mir so alle drei Minuten einen vermeintlichen Grund, um lauthals lachen zu dürfen.

Um es kurz zu machen:

Milan hatte ihm Haare und Bart bis auf einen Millimeter kurz geschoren, er sah tatsächlich aus wie dieser Kopf aus dem Schwarzenegger-Film. Sogar dasselbe Grauen stand ihm im Gesicht.

Ich fuhr zum nächsten Friseurladen, kaufte Haarfarbe,

eilte zurück zu ihm und pinselte das Elixier vorsichtig auf die Stoppeln. Nach einer Dreiviertelstunde wuschen wir es ab und stellten fest, dass er jetzt aussah wie ein schlecht zurechtgemachter Provinz-Othello. Was aber auf jeden Fall ein Fortschritt war.

»Trag heute Abend deinen Borsalino. Der sieht gut zum Anzug aus. Du bist der Regisseur, du darfst exzentrisch sein.«

»Meinst du?« Er klang düster wie ein Kirchenchor an Allerheiligen.

»Ja, meine ich. Und jetzt muss ich los. Wir sehen uns später.« Ich stieg in den Wagen und fuhr los.

Im Theater kam mir Friedmanns Sekretärin, Frau Wipperling, entgegen und rief mir aufgeregt zu, der Chef sei seit letzter Nacht im Krankenhaus – akute Blinddarmentzündung – und inzwischen schon operiert. Es ginge ihm soweit gut, mit seiner Rückkehr sei allerdings erst in drei, vier Wochen zu rechnen, wir müssten das Beste daraus machen und die Premierenrede am Abend fiele an mich.

Ich nickte mehrmals, stürzte in mein Büro und während der Rechner hochfuhr und das Telefon pausenlos klingelte, dachte ich sorgenvoll, dass sich das Sprichwort von der gelungenen Generalprobe, aber missratenen Premiere heute immer mehr zu erfüllen schien.

Gegen drei war ich mit allem fertig, die Ordnung war wiederhergestellt. Ich fuhr nach Hause und schlief eine Stunde auf der Couch. Danach duschte ich lange, schlüpfte in das neue schwarze Kleid und machte mich anschließend auf den Weg zurück ins Theater.

@@@

Datum: 31. Mai 2007 21.43 Uhr
Von: Undine.B@web.de
An: r-williams@allnet.com
Betreff: Zurück von den Sternen

Lieber Robbie,

hier bin ich wieder und schreibe Dir. Nein, sicher nicht in seligen Fragmenten. Und ja: Ich bin zurück von den Sternen.

... Kurz nach halb sieben traf ich im ARENA ein, ein Flattern im Bauch, in der Nase den Duft von Parfum und Schminke. Franz wartete schon an der Bar im Foyer auf mich. Sein Kopf – umschattet von der breiten Krempe des Borsalino und im künstlichen Schein der Lüster – verriet nichts mehr von Milans Massaker, nur sein geschorener Bart gab seinem Gesicht eine neue Glätte. Die Miene grüblerisch verzogen, sah er eindrucksvoll und bedeutend aus. Er umarmte mich und drückte mir anschließend mein »Toi, toi, toi« in die Hand. Schon anhand der Form konnte ich sehen, dass es eine CD sein musste. Franz verschenkt immer CDs. Der Fundus in seiner Dachwohnung scheint unbegrenzt zu sein, außerdem kauft er ständig neue nach. Ich wickelte das Päckchen aus und hielt ›Die berühmtesten Walzer‹ von Tschaikowsky in Händen. Ebenfalls typisch Franz. Er verschenkt immer das, was er selbst am liebsten mag.

Ich hatte für ihn ein silbernes Herz mit einem Klangspiel im Inneren gekauft.

»Solltest du das nicht lieber für deinen neuen Galan

aufheben?«, fragte er, ein maliziöses Lächeln hinter den gefärbten Bartstoppeln.

»Der hat doch schon meins.« Ich drückte ihm einen Kuss auf die Wange. »Du kannst es viel besser brauchen.«

»Na, wenn du das sagst ...« Sein Lächeln wurde noch ein bisschen breiter, während er das Herz in der Hosentasche verschwinden ließ. Bei jedem seiner Schritte erklang nun ein leises, dunkles Läuten.

»Fast wie beim Almabtrieb«, sagte er.

Und ich antwortete: »Du bist ja auch ein Stier.«

»Leider nur dem Sternzeichen nach.«

»Das wird schon noch, Franz«, tröstete ich ihn. »Das wird schon noch.«

Dann verschwand ich hinter der Bühne und wünschte allen toi toi toi, spuckte über speckige, zarte, muskulöse und eine behaarte linke Schulter. Mehr gab es nicht mehr zu tun. Zu Milan, der sich an einer Ballettstange dehnte und reckte, sagte ich im Vorübergehen: »Gute Arbeit gestern Abend. Franz sieht aparter aus denn je. Hättest du demnächst auch einen Termin für mich?«

Ich wartete seine Antwort nicht ab, ging einfach weiter, zurück ins Foyer, wo ich mich nach Christian umsah. Es war bereits sieben. Er musste schon da sein oder würde gleich kommen.

Minuten später legte sich ein Arm von hinten um meine Schultern, und in der Überzeugung in Christians dunkle Augen zu sehen, drehte ich mich um und blickte stattdessen in Tills Brillengläser.

»Till!«, rief ich und umarmte ihn. »Mensch, wie ich mich freue, dich zu sehen.«

»…«

»Was ist? Stimmt etwas nicht?« Ich runzelte die Stirn. Ich wollte nichts über Gewichtsschwankungen hören!

»Doch, doch. Es ist alles in Ordnung.« Er schien sich wieder zu fangen, blickte auf mein Kleid, richtete die Augen schließlich auf mein Gesicht und sagte: »Weißt du, auf wen ich absolut abfahre?«

Mein Stirnrunzeln blieb. »Nadeshda Brennicke. Du sagtest es früher schon ein paar Mal.«

»Nadeshda ist Geschichte«, winkte er ab. »Aber schon mal von Undine Busch gehört?«

»Ach, du Spinner!«

»Nein, im Ernst. Sieh dich doch mal an. Deine Haare, dein Gesicht, dieses Kleid.«

»Ja, nicht schlecht für ein Aschenputtel, nicht wahr?«

»So meine ich das doch nicht. Ich will sagen, du bist wirklich schön.«

»Na, dann sag es doch.«

»Du bist wirklich schön.«

Wir lachten und ich antwortete: »Danke. Es geht mir auch gut.«

»Aha. Wohl immer noch verliebt?«

»Ja.«

»Und wo ist er, dein … wie heißt er noch?«

»Christian.«

»Also, wo ist dein Christian? Ich bin ziemlich gespannt auf Superman.«

Das war eine gute Frage. Ich blickte auf meine Uhr. Inzwischen war es zwanzig nach sieben. Immer mehr Leute kamen ins Foyer, aber Christian war nicht unter ihnen.

»Er wird sicher gleich da sein. Wahrscheinlich sucht er noch nach einem Parkplatz.«

»Ja, wahrscheinlich«, antwortete er und sah mich forschend an.

Um es kurz zu machen, Robbie. Um zehn vor acht war Christian noch immer nicht da, und als der Gong um fünf vor acht zum letzten Mal schlug, auch nicht.

Er kam gar nicht.

Auch kein Anruf oder eine SMS.

Und was ich hier so sachlich beschreibe, war in Wirklichkeit nur zum Weinen.

Ich wich Tills fragenden Augen aus, war unfähig, einem Gespräch zu folgen, und fühlte mich zum Sterben. Als sich die Türen endgültig schlossen und alle Gäste auf ihren Plätzen saßen, war in mir die Gewissheit entstanden, dass ich Christian nicht wiedersehen würde.

Die Vorstellung war so hinreißend wie am Tag zuvor die Generalprobe. Alle strahlten und sahen glücklich aus. Franz' Schulter wurde permanent geklopft. Es fielen Sätze wie »Ein Feuerwerk, mein Lieber, ein Feuerwerk« oder »Nur mit Buz Luhrmann zu vergleichen. Ein zweites ›Moulin Rouge‹«.

Ach, Robbie, ich hätte stolz auf Franz sein wollen, hätte lachen und mich freuen wollen – an Christian gelehnt, der hinter mir stand und den Arm um mich hielt. Mit dem ich mich »zu zweit« gefühlt hätte und nicht so allein. Stattdessen flehte ich weiter heimlich mein Handy an und biss die Zähne zusammen, um nicht selbst bei ihm anzurufen.

Als ich um halb zwei nach Hause kam und auch keine E-Mail von ihm gekommen war, hielt ich es nicht mehr aus. Ich rief an, erreichte aber nur den Anrufbeantworter. Mir war schlecht und mein Herz raste. Mehr als: »Wo warst du?

Ich habe auf dich gewartet«, brachte ich nicht heraus. Danach legte ich mich ins Bett, das Telefon neben mir auf dem Kopfkissen, und starrte mit brennenden Augen und leerem Kopf in die Dunkelheit, bis ich irgendwann einschlief.

Es war die Hölle. Christian ließ mich einen weiteren Tag warten, bis er sich endlich meldete. Ich war am Verzweifeln, begriff gar nichts mehr und mein Kopf wurde immer dumpfer vor Kummer. Aber ich konnte nicht weinen. Ich hasste Julia dafür, dass sie nicht da war und mir ihre Schulter und kluge Worte bot. Am späten Nachmittag telefonierte ich schließlich mit Till, der sich jetzt, wo er mich wieder unter den Alleinstehenden wähnte, so sensibel und teilnahmsvoll wie von jeher zeigte. »Vielleicht ist ja doch irgendetwas passiert und alles klärt sich noch auf«, sagte er. »Du wirst sehen, er meldet sich bald.«

Um sieben kam ich nach Hause und rauchte – unfähig, mich auf irgendetwas zu konzentrieren – eine Zigarette nach der anderen, bis ich das Gefühl hatte, schon ganz grau im Gesicht zu sein. Gegen neun begann ich trotz der Wärme draußen zu frieren. Ich schloss die Fenster, aber das half nichts, schließlich ließ ich mir ein Bad ein. Immerhin wurde mir wärmer. Als plötzlich das Telefon auf dem Schränkchen neben der Wanne klingelte, schnalzte ich wie ein Fisch aus dem Wasser und schnappte danach.

Endlich.

Christians Stimme.

»Undine?«

»Ja.« Ich hörte, wie er sich räusperte.

»Ich dachte, es wäre an der Zeit, mich bei dir zu melden. Ich wollte dich nicht länger warten lassen.«

So, das wolltest du nicht? Wie rücksichtsvoll von dir, mich nach mehr als vierundzwanzig Stunden zu erlösen. Ich verkniff mir die Worte. »Aha«, sagte ich stattdessen nur.

Einen Moment lang blieb es still in der Leitung, dann räusperte er sich wieder. »Ich weiß, ich hab mich scheiße verhalten. Du hast allen Grund, stocksauer zu sein.« Ich hörte sein Feuerzeug klicken. »Aber ich wusste nicht, was ich tun sollte.«

Je mehr er sagte, desto mehr schnürte es mir das Herz ab. Mir war klar, was folgen würde, und ich hätte am liebsten ohne ein weiteres Wort aufgelegt. Ich wollte untertauchen, davongleiten in irgendein dunkles Meer, das mir Vergessen bot. Aber eine winzige Hoffnung zwang mich, am Hörer zu bleiben. Ich holte Luft und sagte: »Christian, ich weiß nicht, was ich darauf antworten soll. Und das, was ich antworten könnte, würde mich nur in die Rolle der Gedemütigten zwingen, und das habe ich nicht verdient. Sag mir einfach, was los ist.«

»Ich kann es nicht, Undine. Ich kann es nicht. Ich bin nicht bereit für eine Beziehung. Es klingt vielleicht eigenbrötlerisch, aber ich will mein jetziges Leben nicht aufgeben, ich habe mich gut darin eingerichtet. Seit vorletzter Nacht habe ich nichts anderes getan, als darüber nachzudenken. Ich hab mich immer wieder gefragt, ob es das ist, was ich will, ob ich mich in dich verliebt habe. Aber ich habe mich nicht verliebt. Es geht nicht mit uns. Ich wäre nicht mit dem Herzen dabei. Es wäre unfair dir gegenüber.«

Ich schwieg. Aber in meinem Kopf schrie es. Du willst keine Beziehung? Du bist nicht bereit dafür? Weshalb sprichst du dann überhaupt Frauen an? Sprichst mich an?

Weshalb lässt du mich wochenlang in dem Glauben, es läge dir etwas an unserer Geschichte, es läge dir etwas an mir? Hast du denn nicht begriffen, dass Sex in diesem Fall nicht nur Sex für mich war, dass ich mich in dich verliebt habe? Natürlich hast du das! Also, wie kannst du alles so weit kommen lassen und mir das jetzt antun? Du hast mich mitten ins Gesicht geschlagen, als ich am glücklichsten lachte.

Aber das alles sagte ich nicht. Mein Stolz ließ mich nicht im Stich. Und dann fiel mir abstruserweise ein Zitat aus ›Königin Luise‹ ein: »Haltung, Majestät, Haltung.«

»Undine? Bist du noch da?«, hörte ich Christian plötzlich fragen.

»Ja.«

»Warum sagst du nichts?«

»Was soll ich denn sagen? Dass ich dich verstehe und dir verzeihe? Das wäre gelogen.«

»Nein, ich weiß nicht ... Es tut mir leid, dass ich dich enttäuschen muss. Es hat nichts mit dir zu tun. Du bist eine wunderbare Frau, aber ...«

»Stopp«, fiel ich ihm ins Wort. »Hör sofort mit diesem Mist auf.« Ich wollte diesen Du-bist-eine-wunderbare-Frau-Satz nie wieder in meinem Leben hören. »Du hast bereits alles gesagt, Christian. Du kannst die Phrasen lassen, sie machen's nicht besser, nur unwürdig. Es gibt nichts, was ich darauf antworten möchte. Und selbst wenn, was würde es ändern? Nichts, oder? Überzeugungsarbeit liegt mir nicht, weißt du? Ich will nur das, was freiwillig kommt.« Ich wunderte mich selbst über diese Sätze, die meinen Mund so wohltemperiert- und formuliert verließen. Wo nahm ich die her? Innerlich verkrampfte ich mich doch und unterdrückte mit Mühe das Weinen. Ich brauchte alle Kraft, dagegen anzugehen, aber ich hätte ihm nicht eine Träne gegönnt. Ich holte Luft und sagte schließlich: »Ich möchte nicht mehr reden. Mach's gut, Christian.«

»Du auch, Undine.« Ich wartete auf das Klicken in der Leitung, aber es kam nicht. Stattdessen sagte er unvermittelt: »Es muss ja nicht so sein, dass wir einander nicht grüßen, wenn wir uns sehen.«

»Ich bin sicher, das lässt sich umgehen. Die Stadt ist groß genug.«

»Undine, bitte, sei mir nicht böse.«

»Mach dir keine Sorgen.« Und dann sagte ich noch einmal: »Mach's gut.« Aber er blieb in der Leitung, wiederholte sich zusammenhanglos, stolperte durch die Sätze, redete immer weiter, als wollte er das Ende, so lange es ging, verzögern.

Irgendwann unterbrach ich ihn und sagte ruhig: »Christian, ich habe lange genug Haltung bewahrt. Ich lege jetzt auf.« Und das tat ich dann auch.

Danach blieb ich noch eine halbe Stunde im Wasser und starrte an die grauen Marmorfliesen. Ich konnte nicht weinen.

Als ich eine halbe Stunde später auf der Couch lag und die Tränen plötzlich doch kommen wollten, hielt ich sie krampfhaft zurück. Ich stand auf, ging in die Küche und füllte ein Wasserglas zur Hälfte mit Metaxa, den ich in einem hinunterstürzte und trank noch ein Viertel hinterher. Betrunken legte ich mich irgendwann aufs Bett und schlief ein.

Das griechische Gebräu wirkte die ganze Nacht. Als ich am Morgen aufwachte, fühlte ich mich fast erholt. Bis alles mit einem Wimpernschlag wieder da war und mich mit voller Wucht erwischte. Und dann endlich quollen die Tränen hervor. Ich verkroch mich unter der Bettdecke und weinte schluchzend, so wie ich als kleines Mädchen geweint hatte.

Ich weinte, weil ich nichts verstand, weil ich jäh aus einem schützenden Mantel herausgerissen worden war, an irgendeinen kahlen, lichtlosen Platz verstoßen, in ein Niemandsland, wo ich nicht sein wollte, wo alles wieder einsam und verloren war.

Ich wünschte, es wäre jemand da.
Jemand, der mir eine Antwort geben könnte.
Auf dieses: Warum?

Liebe Grüße
Undine

@@@

Die ersten Tage glaubte ich noch, er würde sich melden. Es konnte nicht sein, dass er es aus und vorbei sein ließ. Er würde merken, wie falsch seine Entscheidung gewesen war. Dass ich ihm fehlte und auch er nur Leere empfand.

Jedes Telefonklingeln riss mich hoch in der Hoffnung, er könnte es sein. Wenn ich meine E-Mails abrief, meinte ich, seinen Namen im Absenderfeld aufleuchten zu sehen.

Im Büro verrichtete ich meine Arbeit schleppend und lustlos, nicht einmal die euphorischen Kritiken holten mich aus meinem inneren Keller. Auf Franz brauchte ich nicht zu zählen, denn er war einem neuen Projekt entgegengereist und wollte danach irgendwo ein paar Tage ausspannen.

Wenn ich abends nicht auf der Couch lag, um in eines der Kissen zu grübeln, saß ich vor dem PC und sah mir bei YouTube Videos von Mireille Mathieu an. Sie war die Stimme meines Lebens, ich liebte sie seit ich vier war. Ihr deutsches Repertoire lag mir nicht, aber ich war stumm vor Andacht, wenn sie französisch sang. Für ein paar Augenblicke konnte ich alles vergessen. O ja, ich war einem gewissen »jimwittoh« aus Middletown, Ohio, der diese alten Aufnahmen ins Netz gestellt hatte, sehr dankbar. Er war in dieser Zeit an vielen Abenden mein Retter.

Sobald der Rechner abgeschaltet war, rotierten meine Gedanken weiter um Christian. Ich suchte nach Antworten und fand neue Fragen.

Ich wollte nicht glauben, dass ich mich in allem getäuscht hatte. Nicht ein einziges Mal waren mir Zweifel an seiner Zuneigung gekommen. Die Frage, ob er ebenso empfand wie ich, hatte sich nie gestellt. Ich war mir sicher gewesen – weshalb sollte ich meiner Wahrnehmung plötzlich misstrauen?

Ich versuchte fair zu bleiben, wollte nicht rachsüchtig und kleinlich sein, wollte nicht mein Gesicht vor mir selbst verlieren. Aber was sonst als Rachsucht und Kleinmut wäre es gewesen, hätte ich Christian, jetzt da er mich verlassen hatte, plötzlich in einem giftigen Licht gesehen, wo er mir vorher so strahlend erschienen war? Doch wer war ich, um immer fair zu sein, eine Heldin und durch und durch gut? Veronika Ferres?

Ich war unglücklich und haderte mit so vielen Fragen. Deshalb ließ ich jeden Gedanken, den ich mir an jenem Abend, als Christian von Isolde und Susanne erzählte, zu denken verboten hatte, jetzt zu.

Mir fiel wieder ein, dass ich ihn damals als Routinier

empfunden hatte. Als jemanden, der grausam sein konnte, wenn es um seinen Vorteil ging. Ich erinnerte mich, wie ich plötzlich meinen Vater vor mir gesehen hatte, kopfschüttelnd, das Gesicht abweisend und streng, und wie ich ihn sagen hörte: »Kein Charakter.«

Und natürlich erinnerte ich mich daran, wie bestürzt ich gewesen war, als Christian mir gestanden hatte, er habe es nicht ausgehalten, Susanne so zu lieben.

Klingt nicht gut, hatte ich in diesem Augenblick gedacht. Ein Jo-Jo-Mann. Mal oben, mal unten. Nie ausgeglichen. Einer, der dich je nach Stimmung an sich zieht und wieder von sich stößt.

Ich sah alles sehr klar. Und trotzdem wünschte ich mir, er käme zurück.

@@@

Datum: 14. Juni 2007 23.11 Uhr
Von: Undine.B@web.de
An: r-williams@allnet.com
Betreff: Stau im Kopf

Lieber Robbie,

weshalb nur wirke ich so anziehend auf jene Art Mann wie Christian? Ich bin ja nicht zum ersten Mal einem solchen »Flüchtling« begegnet.

Bald bin ich siebenunddreißig. Noch drei Jahre bis vierzig. Noch dreizehn Jahre bis fünfzig. Und dann?

Noch immer die Flüchtlinge? Noch immer dieselben Fragen? Und niemandes Frau, niemandes Mutter und irgendwann – wenn meine Eltern gestorben wären – niemandes Kind mehr?

Die Zeit vergeht so rasend schnell.

Manchmal ist die Angst sehr groß

Kennst Du das, Robbie? Geht es Dir manchmal auch so? Was tust Du in so einem Fall?

Ich ging zu einer Therapeutin.

Aber ob mich das weiterbringt? Das dauernde Rumgehacke auf meinem Vater, der mich in meiner emotionalen Prägung angeblich auf dem Gewissen hat und mitschuldig an diesem Desaster sein soll? Ich weiß nicht ...

Gestern, nach meinem zweiten Besuch bei Frau Königstein, traf ich mich mit Till in einem Café in der Schwabinger Georgenstraße. Er war schon da und erwartete mich an einem der Stehtische.

»Wie war es?«, fragte er. »Irgendetwas Essentielles herausgefunden?«

Ich schüttelte den Kopf und lächelte mutlos.

»Verdammt, Undine«, kommentierte er meine Bewegung, »ich finde, an dir ist überhaupt nichts falsch. Du hattest eben bislang kein Glück. Sieh mich an und viele andere. Es ergeht uns doch nicht anders. Willst du uns etwa alle zum Therapeuten schicken? Christian ist gestört, nicht du!«

»Ist doch allgemein bekannt, dass Opfer viel häufiger Hilfe suchen als Täter«, antwortete ich. »Denen tut ja auch nichts weh.«

»Sag das nicht«, erwiderte Till mit schiefem Grinsen. »Manchmal können sie eben nicht anders und wissen nicht einmal warum. Und auch das kann schmerzhaft sein.«

»Aber sie tun nichts, um etwas zu ändern. Und das immer schön auf Kosten der anderen.«

»Das ist wohl wahr«, gestand er ein und sah mich jetzt hilflos an. »Ich wünschte nur, ich könnte dir helfen. Damit es dir wieder besser geht.«

Für einen kurzen Moment dachte ich daran, wie seltsam er sich benommen hatte, als es mir noch gut gegangen war, aber ich schrieb es der Angst zu, die wohl häufig unter Freunden grassiert, wenn der eine im Begriff ist, sich zu verlieben, und der andere glaubt, allein zurückgelassen zu werden.

»Sei einfach da. Das reicht schon«, sagte ich deshalb nur.

»Das bin ich ja«, antwortete er und zog mich an sich. »Komm, lass dich mal drücken.«

Und genau in diesem Moment, als seine Arme sich fest um mich legten und mein Kopf an seiner Schulter lag, sah ich in Christians Augen. Er stand gegenüber an der Theke, während eine blonde Frau im violetten Kostüm auf ihn einsprach und sich Notizen dabei machte. Eine Lektorin oder Autorin vielleicht.

Mit weichen Knien löste ich mich von Till und stammelte: »Sieh jetzt bitte nicht hin, aber hinter dir am Tresen steht Christian.«

»Was?«

»Nicht hinschauen«, zischte ich und drehte mich selbst so, dass ich nicht gezwungen war, fortwährend zu ihm hinzusehen. »Ich habe keine Ahnung, wie lange er schon da ist. Ich habe ihn eben erst entdeckt.«

»Willst du hingehen?«

»Auf keinen Fall. Was sollte ich denn sagen?«

»Nichts. Du hast recht.« Till senkte konspirativ die Stimme. »Wo genau steht er denn?«

»Direkt hinter dir. An der Ecke der Bar. Graue Schläfen, dunkler Anzug. Blonde Frau daneben.«

So unauffällig wie möglich spähte Till in Christians Richtung.

»Jetzt hat er noch einmal hergesehen«, sagte er nach ein paar Minuten. Ich zuckte die Achseln. Na, wenn schon.

Ein paar Minuten später sah ich, wie Christian zahlte und seine Begleitung zum Hinterausgang dirigierte. Sein angespannter Nacken und das durchgedrückte Kreuz sprachen Bände. So viel zu seinem: »Es muss ja nicht so sein, dass wir einander nicht grüßen, wenn wir uns sehen.«

»Was für ein feiger Arsch«, sagte Till.

Dir, mein Lieber, eine gute Nacht.
Undine

@@@

»Wenn ich an den Schmerzen unerwiderter Liebe litt, habe ich unverzüglich einen Ozeandampfer bestiegen.«

Diesen Satz aus Maughams ›Auf Messers Schneide‹ habe ich schon einmal beherzigt und war wegen des beklagenswerten Endes einer Liebesgeschichte zwar nicht über die Meere gekreuzt, aber an den Comer See gefahren. Und es stimmte: Mit jedem Kilometer, den ich mich von zu Hause fortbewegte, wurde mir leichter ums Herz, und diese eine Woche, die ich in einem Hotel in Varenna verbrachte, dessen Mauern noch der Renaissance entstammten, war weitaus erfreulicher gewesen, als ich das von der Zeit mit dem betreffenden Mann sagen konnte. Das Unglück verflüchtigte sich.

Ich beschloss, nach dieser Szene im Café, noch einmal auf diese Empfehlung zu hören. Ich würde zu Julia in die Toskana fahren. Sie hatte bestimmt nichts dagegen.

Ich rief Louisa an, eine Studentin der Theaterakademie, die schon oft für uns gearbeitet hatte und sich auch jetzt schnell bereit erklärte, die Abendspielleitung für die gesamte Woche zu übernehmen, setzte am nächsten Morgen Friedmann davon in Kenntnis und sagte ihm, ich brauche dringend eine Woche Urlaub. Inzwischen war er wieder auf dem Damm und konnte einigermaßen auf mich verzichten. Er musterte mich kurz und sagte:

»Geht in Ordnung«.

Danach rief ich bei Julia an, doch das Telefon klingelte ins Leere.

Ich wollte es später noch einmal versuchen und ließ inzwischen am Bahnhof eine Karte nach Chiusi reservieren. Von dort würde ich dann ein Taxi nach Montefollonico nehmen, oder Julia holte mich ab.

Als ich gegen vier das Theater verließ, war es das erste Mal seit Wochen, dass ich mich freute. Ein anderes Land und ich ein anderer Mensch, sprach ich mir zu und fuhr in die Innenstadt, um mir noch eine Tunika und ein Paar Sandaletten zu kaufen.

Zu Hause packte ich meinen Koffer, rief Till an und lud ihn zur Einstimmung auf Italien zu Linguini mit Steinpilzen ein. Anschließend versuchte ich es noch einmal bei Julia. Sie meldete sich noch immer nicht, aber auf ihrem Münchner Anrufbeantworter teilte sie mit, dass sie erst zum fünfundzwanzigsten Juni wieder zurück sein würde. Wahrscheinlich war sie unterwegs oder saß im Garten und las. Ich würde sie schon treffen. Und wenn nicht, dann konnte ich mir immer noch irgendwo ein Zimmer nehmen.

Hauptsache, fort aus dieser Stadt.

@@@

Datum: 16. Juni 2007 23.11 Uhr
Von: Undine.B@web.de
An: r-williams@allnet.com
Betreff: Italien …

Robbie, caro!

Ich bin abgehauen! Habe dieser Stadt einfach den Rücken gekehrt und bin nach Italien gefahren, in die Toskana, zu Julia.

Gestern Morgen erreichte ich kurz nach sechs den Hauptbahnhof, fuhr neun Stunden bis Arezzo, stieg dort um und kam knappe sechzig Minuten später müde und mitgenommen in Chiusi an. Dummerweise hatte ich vergessen, mein Handy aufzuladen, so dass ich Julia unterwegs nicht mehr anrufen konnte. Das Bordtelefon hatte mir dreimal irgendwelche Auskünfte auf Italienisch gegeben, die ich nicht verstand, mich aber nicht mit Julia verbunden. In Chiusi war ich zu müde, nach einer Telefonzelle zu suchen, und nahm einfach ein Taxi, nannte die Adresse und schlief fast augenblicklich ein. Kurz vor Montefollonico weckte mich der Fahrer, weil er wohl fand, ich dürfe die Aussicht auf das mittelalterliche, von Laubwäldern umgebene Dorf nicht versäumen. Und natürlich hatte er recht. Der Anblick der verwitterten Häusermauern, in das typisch rotgoldene Licht der Gegend getaucht, war einer jener Höhepunkte, die man sich von der Toskana erhoffte und die sie auch großzügig bot.

Zehn Minuten später hielten wir vor einem schmalen

zweistöckigen Natursteinhaus umgeben von einem großen Garten. Rote Geranien und Margeriten umkränzten Fenster und Haustür, die geschlossenen Holzläden waren dunkel gestrichen – in drei Worten: It was amazing.

Ich bezahlte den Fahrer, nahm meinen Trolley, schritt über den knirschenden Kies der Zufahrt und klingelte. Niemand öffnete, aber durch die dicken Mauern des Hauses meinte ich, Stimmen zu hören. Ich klingelte noch einmal und rief Julias Namen.

Noch immer rührte sich nichts. Auf gut Glück drückte ich schließlich gegen die schwere Holztür und sie sprang auf. Es war kühl und dunkel drinnen, und aus dem oberen Stockwerk klang wieder die Stimme, diesmal allerdings deutlicher: Ein Mann sang aus Leibeskräften eine mir unbekannte Melodie.

Ich rief noch einmal nach Julia, doch gegen das atonale Gedröhn von oben kam ich nicht an. Entweder, dachte ich, bin ich im falschen Haus oder Julia ist nicht hier und hat das Haus stattdessen einem sangesfreudigen Freund überlassen. Der Mann sang immer lauter und klatschte jetzt im Takt dazu in die Hände. Am liebsten hätte ich lauthals gelacht.

Ich ließ den Trolley stehen und machte mich zögernd auf den Weg nach oben. Die Tür des Zimmers, aus dem der Gesang kam, war nur angelehnt und höflich klopfte ich an. Als niemand antwortete, der Mann aber weiter röhrte und klatschte, stieß ich die Tür einfach auf.

Ach, Robbie, keine Ahnung, wen ich zu entdecken geglaubt hatte – mit dem, was sich meinen Augen bot, hatte ich jedenfalls nicht gerechnet:

Auf einem riesigen schmiedeeisernen Bett, zwischen zerwühlten weißen Kissen, kniete Julia splitterfasernackt auf ihren Fersen, die Hände auf den Oberschenkeln und ihren Blick in andächtiger Konzentration auf ihr Gegenüber gerichtet, dessen Anblick mir die Sprache verschlug.

Da saß in all seiner hellhäutigen Fülle und ebenso splitterfasernackt, die Brille auf der Nasenspitze, ein Blatt Papier in der Hand, mein alter Freund Franz, der, nachdem er mich entdeckt hatte, seinen Vortrag mit einem gurgelnden Laut unterbrach. Es war grotesk, wie wir sprachlos vor Schreck unsere entgeisterten Blicke von einem zum anderen schickten, doch schließlich erfasste Franz als Erster die Komik der Situation und platzte so dröhnend mit dem Lachen heraus, wie er vorher gesungen hatte.

Als wir gegen halb acht bei Salcice in Tomatensoße und einem Rosso di Montepulciano auf der Terrasse saßen, hatten wir unser Nachmittagserlebnis noch immer nicht ganz verdaut. Irgendeiner von uns dreien prustete immer wieder unvermittelt los und die anderen beiden fielen in das Gelächter ein, bis uns allen die Tränen kamen.

»Warum habt ihr mir eigentlich nichts von eurer … nun ja …«, fragte ich irgendwann und stockte, weil ich nicht genau weiter wusste.

»… Liaison«, half Julia aus.

»Ehm …, ja, Liaison … Also, warum habt ihr nichts davon gesagt.«

Franz schwieg und riss kleine Fetzen von seiner Papierserviette ab, die er zu Kügelchen formte. Es war wieder Julia, die das Wort ergriff.

»Nicht, dass wir dich ausschließen wollten, glaub das bitte nicht. Ich kann es auch nicht so genau erklären – ich denke, wir haben aus einer gewissen Vorsicht heraus geschwiegen. Wir wollten erst einmal sehen, was daraus wird, bevor wir die Welt daran teilhaben lassen, nicht, Franz?«

»Was daraus geworden ist«, unterbrach ich sie und trank einen Schluck Wein, »konnte man ja sehen. Dieser Mann sitzt nackt in deinem Bett und singt.«

»Ich habe die ›Perichole‹ umgetextet.« Franz blieb ungerührt. »Das alte Libretto ist inzwischen total verstaubt und ich wollte, dass Julia sich meine Version einmal anhört. Du weißt ja, Mitte September ist Premiere in Kiel.«

»Na, das erklärt natürlich alles«, antwortete ich ebenso ernst, bevor wir uns anblickten und wieder herausplatzten.

Als wir uns beruhigt hatten, sagte Julia: »Gut, jetzt weißt du Bescheid, aber was ist mit dir und Christian? Franz hat schon etwas angedeutet – es klang nicht gut …«

Ich war froh, dass sie mir das Stichwort gab. »Lilienrupfer«, begann ich, »trifft es im Kern. Ich hätte keinen besseren Namen für ihn finden können.« Ich schwieg einen Moment, bevor ich die Geschichte bis zu der Begegnung in dem Schwabinger Café erzählte.

»Vergiss das Arschloch schleunigst«, kommentierte Franz meine Worte rigoros, während Julia nach einer kleinen Weile lediglich sagte: »Ich glaube ihm nicht, dass er nicht verliebt in dich ist. Ich glaube eher, das Gegenteil ist der Fall. Er ist es zu sehr.«

»Ja dann – das ist natürlich ein guter Grund, um jemanden zu verlassen«, antwortete ich bitter.

»Mit Sarkasmus kommst du nicht weiter. Denk doch mal an Christians Geschichte mit dieser Susanne. Er hat selbst gesagt, er habe es nicht ausgehalten, so viel für sie zu empfinden. Es hat ihm Angst gemacht. Weshalb sollte es ihm mit dir nicht genauso gehen? Sein ganzes Verhalten spricht doch dafür, findest du nicht?«

»Ich weiß nicht. Und selbst wenn es so wäre, fiele es mir schwer, es zu verstehen. Weshalb sollte man sich fürchten, jemanden zu lieben, und es stattdessen vorziehen, ihn zu verlieren.«

Julia sah mich nachdenklich an. »Vielleicht, weil das Glück, jemanden zu lieben oder geliebt zu werden, die Angst, sich selbst zu verlieren, manchmal nicht aufwiegen kann. Wir glauben immer, alle anderen müssten ebenso empfinden wie wir selbst und von den gleichen Dingen träumen. In Wahrheit ist aber jeder Mensch eine Zwiebel und ...«

»Ist jeder Mensch was?«, unterbrach ich sie irritiert.

»Jeder Mensch ist eine Zwiebel«, wiederholte sie und fuhr dann fort: »Viele Schichten und darunter steckt der Kern. Oder die Seele – wie du willst. Und weil diese Schichten bei jedem unterschiedlich sind, variieren wir nicht nur in unseren Wünschen, Hoffnungen und Ängsten, sondern letztendlich auch in unseren Reaktionen, die für andere manchmal so unverständlich sind. Vielleicht resultiert aus alledem auch die gewaltige Diskrepanz zwischen dem, was wir *wollen,* und dem, was wir *können.* Ich glaube für deinen Christian war die Begegnung mit dir so eine Art emotionaler Supergau. Und vor lauter Angst hat er sich in den nächsten Bunker verkrochen. Sein Verhalten ist heutzutage doch nicht selten. Die täglichen Anforderungen sind immens, beruflich und private Perfektion selbstverständlich. Ich glaube, Männer verkraften das wesentlich schlechter als Frauen. Da wurden die kleinen Jungs zu Heldenmut und Tapferkeit erzogen und merken plötzlich, dass ihre Furcht genauso groß ist wie unsere. Mädchen ist es aber von jeher erlaubt, Angst zu haben. Da sagt niemand: ›Du bist doch ein Mädchen. Du musst dich doch nicht fürchten.‹«

»Hört, hört«, klopfte Franz dazwischen, aber wir ignorierten ihn beide und schwiegen. Ich dachte über Julias Worte nach, sie schienen mir klug und nachvollziehbar, aber nach einer Weile kam ich wieder zu der drängendsten aller Fragen: »Was soll ich deiner Meinung nach jetzt tun?«

»Nichts. Du kannst nichts tun. Wenn schon, dann muss er etwas tun.«

»Glaubst du, das wird er?« Ich hörte selbst, wie viel Hoffnung in meiner Stimme klang.

Julia blickte auf ihre Hand, die mit dem Weinglas spielte. »Er ist über vierzig, nicht? Wie sehr ändert sich ein Mensch noch in diesem Alter?«

»Nicht mehr viel ...« Ich senkte die Augen und schwieg.

»Mir klingt das alles viel zu psychologisch«, mischte sich Franz ein. »Ich habe letztens in einer Buchhandlung einen sogenannten Ratgeber mit dem schönen Titel ›Er steht einfach nicht auf dich‹ gesehen. Ich würde sagen, das ist in neunundneunzig Prozent aller Fälle die korrekte Antwort auf Fragen dieser Art.«

»Du bist ein Klotz, Franz«, sagte Julia und legte ihren Arm beschützend um mich.

»Bin ich nicht. Nur manchmal unbequem ehrlich. Undine kann es zumindest als Möglichkeit in Betracht ziehen. Und übrigens, das wollte ich noch erwähnt haben: Das mit uns beiden ist mehr als eine Liaison. Damit du Bescheid weißt. Ich stehe nämlich auf dich.«

Die beiden gluckten noch eine Weile um mich herum und richteten schließlich das Bett im Gästezimmer her. Julia stellte mir fürsorglich eine Flasche Wasser auf den Nachttisch und sagte: »Ich bin froh, dass du gekommen bist. Hier geht es dir bestimmt bald wieder besser.«

Unsicher sah ich sie an. »Und ich störe wirklich nicht?«

Sie lachte auf ihre besondere Art und sagte: »Natürlich tust du das. Aber ist das wichtig? Franz und ich haben noch jede Menge Zeit. Jetzt bist du dran.« Sie küsste mich schnell auf die Wange und ging hinaus.

Franz und ich haben noch jede Menge Zeit, wiederholte ich im Geiste ihre Worte, während ich fast gleichzeitig dachte: Und ich? Was habe ich?

Mit einem Mal fühlte ich mich wieder leer und hoffnungslos, meine Trauer war nicht zu Hause geblieben, sie war mit mir hier in diesem Zimmer und griff mir direkt ans Herz. Ich schaffte es nicht, meine Augen trocken zu reiben. Die Tränen kamen immer wieder. Irgendwann später, als ich das Licht längst gelöscht hatte, stellte ich mir vor, wie Julia sich an Franz schmiegte und plötzlich zu ihm sagte: »Versprich mir, dass ich bleiben kann, dass ich nie wieder da hinaus muss.«

Ja, Robbie, dieses Versprechen wollen wir alle.

Nicht wahr?

Schlaf Du auch gut
Es grüßt Dich
Undine

Zweiter Teil

Mitte Januar 2008

Nichts in der Welt hat Bestand,
und wir sind Toren, wenn wir verlangen,
daß etwas dauern solle,
aber noch törichter sind wir,
wenn wir es nicht genießen,
solange es dauert.

William Somerset Maugham
›Auf Messers Schneide‹

Datum: 19. Januar 2008 10.21 Uhr
Von: r-williams@allnet.com
An: Undine.B@web.de
Betreff: Your Story – continued

Liebe Undine,

ich habe lange, lange nichts von Ihnen gehört und ehrlich gesagt, bedauere ich das sehr. Noch im letzten Jahr haben Sie oft geschrieben (über Ihre letzte E-Mail, die aus Italien, habe ich stellenweise Tränen gelacht), aber erst später ist mir aufgegangen, dass es Ihnen vielmehr darum ging, sich die Dinge von der Seele zu schreiben, als gelesen zu werden und Antwort zu erhalten. Ich vermute, Ihre E-Mails waren eine Art Ersatz für ein Tagebuch, nicht wahr?

Wahrscheinlich verblüfft es Sie, nach so langer Zeit festzustellen, dass die E-Mails nicht nur gelesen wurden, sondern dass Sie jetzt auch noch eine Antwort erhalten. Wahrscheinlich nicht die, die Sie sich im besten Fall gewünscht hätten, aber vielleicht eine, die Sie dennoch freut. Davon später mehr.

Ihre E-Mails galten, wenn ich das richtig verstanden

habe, einem gewissen Robbie. Und dem Familiennamen aus der Adressaten-Zeile nach einem gewissen Robbie Williams. Ich liege doch nicht völlig falsch, wenn ich annehme, dass Sie diesen attraktiven Kerl aus Stoke-on-Trent meinten, der uns mit ›Angels‹ wie mit dem Lasso eingefangen hat und der Nicole Kidman dazu brachte, sich bei ›Something stupid like I love you‹ wollüstig auf dem Bett zu räkeln. Den meinten Sie doch, oder?

Ich hoffe, Sie sind jetzt nicht allzu enttäuscht, dass Ihre E-Mails nicht ihn, sondern mich erreicht haben, wo ich doch »noch nicht einmal« ein Mann bin und schon gar nicht singen kann.

Mein Name ist Rebecca Williams, ich bin einundvierzig Jahre alt und lebe in einer kleinen Stadt namens Rochester, ca. fünfzig Kilometer von London entfernt. Vielleicht haben Sie ja schon von der Cathedral of Rochester gehört oder von unserem Schloss. Sie sind beide ziemlich berühmt, Charles Dickens hat sie in seinen Romanen erwähnt.

Aber das nur nebenbei. Ihre E-Mails landeten also bei mir, und ich glaube, Sie können sich meine Verwunderung vorstellen, als immer mehr davon eintrafen, zudem von einer deutschen Dame, deren Namen ich noch nie zuvor gehört hatte.

Der Inhalt Ihrer E-Mails blieb mir leider vorenthalten, da ich Deutsch nicht einmal ansatzweise verstehe. Aufgrund der Anrede machte ich mir aber bald einen Reim darauf, wen Sie eigentlich meinten, und wurde neugierig. Glücklicherweise habe ich eine Freundin, die ursprünglich aus Würzburg stammt, aber schon seit fünfzehn Jahren hier in Rochester lebt. Ich bat sie, mir Ihre Briefe zu übersetzen.

Und soll ich Ihnen etwas sagen? Wir waren begeistert!

Sie lasen sich wie ein Fortsetzungsroman und wir warteten voller Spannung, bis ENDLICH der nächste eintraf.

Obwohl wir beide in einem anderen Land leben, verheiratet sind und wahrscheinlich einen völlig anderen Lebenshintergrund als Sie haben, fanden wir uns in Ihrer Geschichte sehr schnell wieder. Welche Frau kennt diese Art von Empfindungen nicht? Welche Frau hat nicht Geschichten wie diese erlebt? Hinzu kam Ihr Humor, Ihr Esprit und Ihre Scharfsicht, aber auch Ihre Fähigkeit, Gefühle unmittelbar auszudrücken, ohne dabei pausenlos ironisch zu werden. Ich empfand das als wohltuend ehrlich.

Und noch etwas: Wir haben Ihnen und Christian so die Daumen gedrückt und uns ein Happy End für Sie gewünscht – das Ende der Geschichte hat auch uns mitgenommen. Es tut uns wirklich leid für Sie.

Mit »Fortsetzungsroman« habe ich mir schon selbst das richtige Stichwort gegeben und möchte jetzt auf mein eigentliches Anliegen zu sprechen kommen, wobei ich mir nicht sicher bin, ob Sie dann noch lächeln oder stocksauer Ihren Rechtsanwalt kontaktieren werden.

Es ist nämlich so: Mein ältester und bester Freund (wir gingen schon in dieselbe Schule und später zusammen nach Cambridge) ist in England ein populärer Schriftsteller, und wenn ich richtig informiert bin, dann ist er auch in Ihrem Land sehr gefragt. Sein Name ist ____ ______. Vielleicht kennen Sie ihn und seine Bücher und wissen somit, dass es darin immer wieder um die Liebe in ihren verschiedenen Erscheinungsformen geht.

Ich habe es mir lange überlegt, ob ich es tun sollte, aber ich war so begeistert von Ihrer Geschichte, dass ich ____ die Briefe zeigte.

Langer Rede kurzer Sinn: Er hat aus Ihrem Material einen wundervollen E-Mail-Roman gemacht, der Anfang nächsten Jahres auch in Deutschland herauskommen wird. In England erscheint er im kommenden Mai und wird ›Lily Picker‹ heißen. Wir mochten diesen Namen ›Lilienrupfer‹ so sehr, dass er durch nichts anderes ersetzt werden durfte, und so ist er nicht nur geblieben, sondern auch zum Titel geworden.

Natürlich war uns beiden immer klar, dass wir Ihnen schreiben mussten, denn keinesfalls wollen wir Sie außen vor lassen. Die Urheberin der Geschichte *sind Sie!* Deshalb möchte ____ Sie auch als Koautorin mit ins Boot nehmen. Was meinen Sie? Bitte strahlen Sie und sagen Sie JA!

Selbstverständlich werden Sie auch am Vorschuss und an den zukünftigen Verkäufen beteiligt sein. Der Verlag möchte sich in den nächsten Tagen gerne mit Ihnen in Verbindung setzen – bitte schicken Sie mir deshalb doch Ihre Anschrift und Telefonnummer.

So, jetzt ist es raus. Ich freue mich sehr auf Ihre Antwort und drücke uns allen die Daumen, dass es eine begeisterte sein wird.

Ganz herzliche Grüße aus Rochester
schickt Ihnen
Ihre
Rebecca Williams[1]

@@@

1 Der englische Originaltext dieser E-Mail ist im Anhang des Romans zu finden.

Ich blinzelte. Schloss meinen Mund, dann die E-Mail, öffnete sie wieder, las sie noch einmal und blinzelte wieder. Der Text war noch immer derselbe. Ich träumte also nicht, doch dieser Brief, all diese freundlichen Worte in ihrer Verkettung standen mir zu sehr unter dem Verdacht, Bestandteil einer romantischen TV-Komödie zu sein als des wahren Lebens.

Verwirrt stand ich auf, ging ans Fenster und beobachtete die Schneeflocken, die sich still auf Straßen, Bäume und Autos legten. In der Küche trank ich einen Schluck Wasser, strich dann hinaus in den Flur und nahm den Telefonhörer ab, nur um ihn gleich darauf wieder hinzulegen, und landete schließlich im Bad, wo ich ratlos in den Spiegel starrte. Anschließend setzte ich mich wieder an den PC, las das Ganze noch einmal und kam zum selben Ergebnis wie vorher: Ich war überwältigt. Mehr als das – die Sätze wollten einfach nicht in meinen Kopf.

Als ginge es darum, dem Brief aus Rochester eine reale Grundlage zu bescheren, klickte ich schließlich herum, bis ich die erste meiner damaligen E-Mails an Robbie gefunden hatte. Ich überflog sie und klickte weiter, bis ich zu jenen kam, in denen ich von Christian erzählte. Ihr froher Ton stimmte mich wehmütig, denn noch immer, nach all diesen Monaten, fühlte ich mich wie ein frühlingstaumeliger Vogel, der an einer Fensterscheibe abgeprallt war.

Zweifellos gehöre ich zu denen, die Zeit brauchen, um ihre Wunden zu lecken, und da mag es durchaus sein, dass ich in vielerlei Hinsicht zäh beschaffen bin, in der Liebe bin ich es nicht. Zu jenen Frauen, die von einem alten Glück sanft und übergangslos in ein neues gleiten, habe ich nie gehört. Ich habe immer meine Zeit gebraucht, um über das eine Elend hinwegzukommen, bevor ich in das nächste geriet.

Seit der Geschichte mit Christian hatte ich mich wie ein krankes Tier verkrochen. Natürlich sah ich Till, Julia und Franz oder traf mich mit Freundinnen zum Kaffee, aber ich ging jeglichem Partygetümmel aus dem Weg und hegte nicht den leisesten Wunsch, jemanden kennenzulernen.

War man krank, ging man zum Arzt, wollte man Karriere machen, halfen Fleiß und Ideen, träumte man von einer Reise oder einer Eigentumswohnung, konnte man sparen – es gab vieles im Leben, das sich beeinflussen ließ, wofür man selbst etwas *tun* konnte – den richtigen Menschen zu treffen, war reines Glück. Es war uns beschieden oder nicht. Dornröschen war ohne Kuss aufgewacht.

Christian hatte ich seit dieser Begegnung in dem Schwabinger Café nicht mehr wiedergesehen, aber auch wenn der Schmerz im Laufe der Zeit nachgelassen hatte, konnte ich Christian nicht vergessen. Ich dachte oft an ihn.

Ich seufzte, riss mich von der Vergangenheit los und wandte mich der Zukunft zu, die, glaubte ich Rebecca Williams, rosig aussehen konnte. Warum jubelte ich dann nicht? Das, was mir hier passierte – davon *träumten* andere doch nur! Mein Name zusammen mit dem von ____ ______ auf einem Buchcover! Das war doch unglaublich!

Und genau *das* war es: Diese Geschichte war unglaublich und völlig absurd.

Deshalb kein Jubel.

Ein unausgegorener Gedanke rumorte in mir, bis ich ihn klar und deutlich formulieren konnte. Ich las die E-Mail noch einmal. So aufrichtig und warm ihr Ton auch war, an dieser einen Stelle stutzte ich zum zweiten Mal:

Der Verlag möchte sich in den nächsten Tagen gerne mit Ihnen in Verbindung setzen – bitte schicken Sie mir deshalb doch Ihre Anschrift und Telefonnummer.

Weshalb sollte ich ihr meine Anschrift und Telefonnummer geben? Rebecca Williams, wenn sie wirklich so hieß, war bereits im Besitz meiner E-Mail-Adresse, die sie ohne weiteres an den deutschen Verlag hätte weitergeben können. Der wiederum würde sich dann auf demselben Weg bei mir melden, Telefonnummer und Ansprechpartner inklusive, so dass ich ganz einfach zurückrufen könnte.

Hätte Mrs Williams nicht selbst auf die Idee kommen müssen? Wer schickte denn einer völlig Fremden Anschrift und Telefonnummer? Obendrein per E-Mail? Ich jedenfalls nicht, dachte ich und war mir plötzlich ganz sicher: An der Sache war etwas faul. Man las schließlich immer wieder über ominöse Internet-Geschichten. Von wegen: Ich und ____ _____ zusammen auf demselben Buch. Wir waren doch nicht bei »Lass Dich überraschen«. Rudi Carrell guckte die Radieschen längst von unten an.

Ich ruckte meinen Stuhl zurecht, legte die Hände auf die Tastatur und begann zu tippen.

@@@

Datum: 19. Januar 2008 19.38 Uhr
Von: Undine.B@web.de
An: r-williams@allnet.com
Betreff: Re: Your story – continued

Liebe Rebecca Williams,

herzlichen Dank für Ihren ausführlichen Brief. Sie ahnen sicherlich, wie verblüfft ich war, nachdem ich ihn gelesen hatte. Verblüffung ist gar kein Ausdruck. Denn schließlich habe ich nie mit einer Erwiderung auf meine E-Mails gerechnet – schon gar nicht nach so langer Zeit –, dass sie aber einen *solchen* Weg nehmen würden, übersteigt meine Fantasie bei weitem.

Und DAS ist genau der Punkt, der mir Sorgen bereitet. Bitte, liebe Mrs Williams, fühlen Sie sich nicht vor den Kopf gestoßen, wenn ich sage: Ich kann Ihre Geschichte nicht glauben, sie erscheint mir buchstäblich zu wunderbar. Deshalb werden Sie sicher auch verstehen (und es mir verzeihen), dass ich Ihnen weder meine Telefonnummer noch meine Anschrift geben kann. Sollte ich Ihnen Unrecht tun (was ich in diesem Fall wirklich HOFFE), dann leiten Sie doch bitte meine E-Mail-Adresse an den deutschen Verlag von Mr _____ weiter. Vermutlich dürfte es kein Problem sein, sich auf diese Weise mit mir in Verbindung zu setzen, und ich ginge kein Sicherheitsrisiko ein.

Ihre E-Mail klang sehr nett und herzlich, deshalb bin ich sicher, Sie verstehen meine Vorbehalte. Sollten Sie sich als unbegründet erweisen, so möchte ich Sie jetzt schon eines wissen lassen: Auf einer Liste der Menschen, die ich für mein Leben gern kennenlernen würde, stünden Sie an erster Stelle. Ehrenwort!

Es grüßt Sie (wie immer)
Undine

@@@

Ich schickte die E-Mail ab und bemühte mich, nicht länger an die Geschichte zu denken. Es juckte mich zwar in den Fingern, Julia anzurufen oder Till, der Stoff wäre schließlich abendfüllend und eine Flasche Rioja plus etliche Zigaretten wert, aber ich wollte mich nicht in die Sache hineinsteigern. Es reichte ja schon, mir Julia und mich vorzustellen, wie wir mit glänzenden Augen von Bestsellerlisten, Auslandsrechten und Verfilmungen sprachen, von Honoraren, die nicht mehr jede Tankfüllung ein finanzielles Wagnis sein ließen, von Journalisten, die für ein Interview mit dieser neuen, aufregenden, literarischen Stimme einfach alles gaben, ja vom Ruhm überhaupt.

Sich das erst auszumalen und *dann* enttäuscht zu werden – nein, das wollte ich nicht. Ich rief weder Julia an noch Till, sondern begnügte mich vor dem Fernseher mit einer Reportage über Connemara, den rauhen Westen Irlands. Danach ging ich ins Bett. Aber der Gedanke an Rebecca Williams ließ mich nicht los. Der Wunsch, jedes ihrer Worte würde doch wahr sein, ließ mich lange nicht einschlafen. Es waren im Grunde nicht die Bestsellerlisten und Honorare, die so verlockend schienen, vielmehr sehnte ich mich nach einem neuen, nach einem magischen Element in meinem Leben. Etwas, das mich dieser Lethargie entriss, die mich schon seit Monaten in ihren Fängen hielt. Ich lief auf Reserve und fühlte mich wie gelähmt.

Vielleicht ist es ja doch wahr, beschwor ich das All, bevor ich gegen halb drei endlich einschlief.

@@@

Zunächst sah es nicht so aus. Von Rebecca Williams kam nicht mehr eine Zeile. Wie gut, dass ich niemandem etwas davon erzählt hatte. Trotzdem linste ich weiterhin sooft wie möglich in mein E-Mail-Fach. Als sich nach drei oder vier Tagen noch immer nichts getan hatte, war ich entschlossen, die Sache zu vergessen.

Im Theater war es jetzt ruhiger. Wir hatten zu Silvester ein neues Stück herausgebracht: ›They're Playing Our Song‹, ein Zwei-Personen-Musical von Marvin Hamlisch und Neil Simon. Die Premiere war gut gelaufen, wir wollten bis Mitte April weiterspielen und dann mit Shakespeares ›Viel Lärm um nichts‹ herauskommen. Franz würde wieder Regie führen, worauf ich mich sehr freute. ›A Midsummer Night's Sex Comedy‹ war ein Riesenerfolg gewesen – wir hatten es mehr als zweihundertmal vor ausverkauftem Haus gespielt. Friedmann hatte gejubelt und sich solange auf Franz' Schwelle gelegt, bis er dessen Zustimmung für eine neue Produktion in der Tasche hatte. Lediglich sein linkes Auge hatte leicht gezuckt, als Franz verkündete, wie er sich die Inszenierung vorstellte. Schlichte Kostüme aus edlen Stoffen, ein surreales, aber toskanisch anmutendes Bühnenbild, Clemens Stein und Maria Bernuth in den Rollen von Benedikt und Beatrice und natürlich eine Combo. Der Spaß würde teuer werden, Friedmann wusste das, aber er schwieg und rief mich ein paar Tage später zu sich ins Büro.

»Sie wissen«, fing er zögernd an, »wir beginnen bald mit den Proben zu ›Viel Lärm um nichts‹.«

Ich nickte.

»Und ... ehm ... Sie wissen auch, dass uns die Produktion ein Heidengeld kosten wird.«

»Ja«, antwortete ich. »Franz Romer inszeniert.«

»Eben.« Friedmann nickte bedächtig, als hätte ich eben

etwas sehr Weises ausgesprochen. »Undine, Sie wissen, wie sehr mir Romer am Herzen liegt, wie sehr ich auf ihn setze, aber wir brauchen Geld.«

Wer nicht, hätte ich fast geantwortet und hob in der Erwartung, er wolle mich vielleicht anpumpen, den Kopf etwas höher. Aber da sprach er schon weiter: »Wir haben Glück, denn ich habe einen Sponsor gefunden. Er besitzt ein Unternehmen für Metzgereibedarf und scheffelt einen schönen Batzen Kohle damit.« Er schüttelte traurig den Kopf, als könne er die Tatsache, wie viel Gewinn im Trivialen steckt, nur schwer verwinden. »Seine Frau ist eine Jugendfreundin von mir, wir haben zusammen studiert, uns aber dann aus den Augen verloren. Doch offensichtlich hat sie mich nicht vergessen, denn vor einem Jahr rief sie plötzlich an, um über alte Zeiten zu plaudern. Seitdem halten wir Kontakt. Jetzt hat sie ihren Mann überredet, in unser nächstes Stück zu investieren.«

»Unter welcher Bedingung?«, fragte ich und nahm mir eine Praline aus Friedmanns silberner Konfektschale.

Er sah mich verzweifelt an. »Sie will ein Mitspracherecht bei der Inszenierung haben.«

Ich schnappte nach Luft. »Da macht Franz nie und nimmer mit.«

»Ich weiß. Aber wir haben nun mal keine Wahl. Wir brauchen das Geld.« Er hielt inne und schöpfte neuen Atem. »Sie erwartet ihn übermorgen zum Kaffee, und ich dachte mir, es sei das Beste, wenn Sie ihn begleiten würden. Als eine Art Puffer, sozusagen.«

»Haben Sie es ihm schon gesagt.«

»Nein. Ich habe gehofft, das würden Sie übernehmen.«

»Ich weiß nicht, ob ich das hinkriege«, sagte ich und stand auf. »Er wird toben.«

Friedmann nickte wieder, aber nicht mehr ganz so verzweifelt wie vorher.

@@@

Ich behielt recht. Franz kochte vor Wut, als ich ihm die Nachricht am Telefon überbrachte.

»Was bildet sich dieses Dämchen überhaupt ein? Metzgereibedarf und dann einen auf Kunst machen. Mitspracherecht!« Ich hörte, wie er fast spuckte. »Wenn das herauskommt, bin ich das Gespött der ganzen Branche.«

»Erstens Franz«, warf ich sanft ein »muss es nicht herauskommen. Und zweitens ist ihr Mann der mit den Hackebeilchen, *sie* hat mit unserem Friedmann Theaterwissenschaften studiert.«

»Pah.« Franz schnaubte verächtlich. »Das sind mir die Allerliebsten, die sich erst ein dickes Polster schaffen und dann von Kunst und Bildung säuseln. Ich kenne diesen Typ. Diese Weiber residieren allesamt am Starnberger See, während unsereins in Dachkammern haust.«

Ich lachte und antwortete dann: »Dein Scharfsinn, Franz, verblüfft mich immer wieder. Frau Mägelein wohnt in Tutzing. Seegrundstück. Jetzt komm, stell dich nicht so an. Vielleicht ist sie ja nett. Sie lädt uns zum Kaffee ein. Außerdem sagst du ja selbst immer: ›A Göid muss her, dann kann was g'schehn.‹«

»Mozart hat das gesagt«, murmelte er.

»Und er hat recht«, antwortete ich.

Franz lachte plötzlich hysterisch. »Metzgereibedarf Mägelein, Mozart und Shakespeare. Das gibt's ja gar nicht.«

»Wenn wir übermorgen fahren, gibt es das doch. Hm? Was meinst du?«

»Na gut, fahren wir. Aber eins sage ich gleich: Ich lasse mir in nichts hineinreden. Aber auch in gar nichts.«

»Natürlich nicht, Franz. Du wickelst sie um deinen kleinen Finger und dort hält sie schön still.«

Franz knurrte etwas von Unterdrückung durch die Bourgeoisie und legte dann mit einem knappen »Bis morgen« auf.

@@@

Der Besuch in Tutzing lässt sich am treffendsten mit bizarr beschreiben. Es fing allein damit an, dass unsere Gastgeberin, kaum dass wir in dem Wohnzimmer voller Antiquitäten Platz genommen hatten, sich sozusagen für die Firma ihres Mannes entschuldigte. Sie kenne das Innere der Firma nur von den Weihnachtsfeiern – als Gattin des Chefs müsse sie sich zumindest zu diesem Anlass einmal im Jahr blicken lassen – hinzu käme, dass sie seit vielen Jahren Vegetarierin sei. Das wunderte mich nicht, denn offen gestanden sah sie genauso aus. Fairerweise will ich nicht allen Fleischentsagenden Freudlosigkeit und Gram unterstellen, aber häufig erinnerten sie mich doch an bröckelnde Kekse, die seit Langem zu trocken gelagert wurden. Es fiel mir nicht schwer, mir vorzustellen, dass diese Fleischlosigkeit auch Frau Mägeleins Intimleben berührte und sie zum Ausgleich dieses Mangels nach Sublimierung durch die Kunst suchte.

Franz hatte ihr eben in Umrissen seine Inszenierungsideen unterbreitet und ich war gerade mit dem zweiten Stück Apfelkuchen fertig geworden, als sie plötzlich den Zeigefinger an die Lippen legte, mit einem »Pssst« um Stille bat und durch die Terrassentür nach draußen huschte. Irritiert blickten Franz und ich einander an, aber da schwang die Tür wieder auf, der Vorhang wehte und Frau Mägelein schwebte, eine Pappmachémaske vor dem Gesicht und in ein bodenlanges, buntes Gewand gehüllt, an uns vorbei und wirbelte in einem fünfminütigen, obskuren, eckigen, wilden und fast obszönen Tanz durch die erstaunlichen Dimensionen ihres Wohnzimmers, bevor sie auf dem Berberteppich zusammensank. Daraufhin nahm sie die Maske ab, blickte ins Leere und sagte laut und deutlich: »Stein. Ich bin ein Stein. Was will dieser Stein? Was sagt uns ein Stein?«

Mein Zwerchfell zitterte und barst fast an den Folgen unterdrückten Lachens, ich schwitzte, mein Blick irrte flehend zu Franz, aber da hörte ich ihn mit todernster Miene sagen:

»Isadora Duncan, nicht wahr? Ich nehme an, liebe Frau Mägelein, Sie sind Anhängerin des Ausdruckstanzes.«

Sie bejahte begeistert und erzählte von den Vorzügen dieser Kunst. Franz nickte zu allem in verständnisvoller Ruhe und meinte schließlich: »Ich bin mir jetzt vollkommen im Klaren darüber, welche Vorstellung Sie hinsichtlich unseres Stückes hegen, und ich kann Ihnen versprechen, wir werden uns auf das Beste verstehen.«

Innerlich riss ich – wieder mit einem hysterischen Lachen kämpfend – verblüfft die Augen auf, schaffte es gerade noch, stumm zu bleiben, und hörte zu, wie sich die beiden gegenseitig in wachsendem Enthusiasmus die Bälle zuwarfen und ihr »gemeinsames Kind«, wie es Frau Mägelein glücklich ausdrückte, einer spektakulären Geburt entgegengehen sahen.

Bald darauf verkündete Franz, er habe leider einen weiteren Termin, und wir verabschiedeten uns wortreich und mit vielem Handgeschüttel. Die Investition ihres Mannes würde sich bestimmt lohnen, meinte Frau Mägelein abschließend mit einem nachdrücklichen Nicken, bevor wir mit ernsten und würdigen Mienen zu meinem Auto schritten und in uns gekehrt wegfuhren.

»Stein«, murmelte ich nach einigen Minuten unbewusst vor mich hin, während ich den Wagen über die Uferstraße lenkte. »Ich bin ein Stein. Was will dieser Stein?«

»Zum Leben erweckt werden, zum Teufel«, antwortete Franz, bevor er in einen heftigen Asthma-Lacher ausbrach. Ich steuerte an den Straßenrand, schaltete den Motor ab und erleichterte ebenfalls mein völlig verkrampftes Zwerchfell, bis ich mir die Tränen aus den Augen wischen musste.

»Gott«, japste ich schließlich. »Ich dachte, ich sterbe, als sie da mit dieser Maske vor uns herumgeisterte. Wie konntest du nur so ernst bleiben?«

Franz zuckte die Schultern. »Nur schwer. Dieses Getanze war mehr als saublöd, aber ich fand es auch traurig und sie tat mir leid.«

»Sie tat dir leid? Das klingt aber ganz anders als gestern am Telefon.« Ich wischte mir die letzte Lachträne aus dem Auge und musterte ihn aufmerksam.

»Natürlich tat sie mir leid, verdammt noch mal. Wie könnte sie mir nicht leid tun? Ich weiß, Jugend urteilt oft schonungslos, aber das Alter kennt auch Erbarmen. Du kannst dir diesen mokanten Blick jetzt sparen«, unterbrach er sich. »Im Vergleich zu mir *bist* du die Jugend, in drei Jahren werde ich sechzig. Sieh dir die Frau doch an. Irgendetwas peinigt ihre Seele, und was macht sie? Versucht, es herauszutanzen. Großer Gott!« Franz verdrehte bei den letzten beiden seiner Worte die Augen und schüttelte dann seufzend den Kopf. »Mag ja sein, dass ihr Metzgergatte eine glückliche Hand fürs Geld hat, aber ein Händchen für ihr Gemüt hat er sicherlich nicht. Damit ist sie ganz allein in diesem riesigen Schuppen …«

»Na ja, immerhin unterstützt er ihr künstlerisches Gemüt mit einem hübschen Bätzchen seines Geldes«, erinnerte ich ihn an Herrn Mägeleins Zuschuss. »Außerdem lebt sie freiwillig so. Wenn sie es nicht wollte, könnte sie es doch ändern.«

»Könnte sie nicht. Es gibt diese kleinen schwachen Vögelchen, die eine große starke Metzgerhand zu ihrem Schutz brauchen. Die überleben nicht allein. Da nutzt die ganze Emanzipation nix.«

»Nein?«, fragte ich und überlegte gleichzeitig, ob der Ehemann dieses Vögelchens sich nicht manchmal nach einer molligen und frohen Glucke sehnte.

»Nein«, bekräftigte Franz und fügte hinzu: »Geben wir ihr Eimer und Schäufelchen und lassen sie mitspielen. Sie ist eins von den braven Kindern. Und ihr wird es guttun. Übrigens: Julia hat heute Morgen etwas von Schweinebraten und Knödeln gesagt. Willst du mitkommen und mit uns essen?«

»Klar, will ich«, sagte ich und applaudierte Julia innerlich zu ihrem Timing. Die Szene *verlangte* nach einem Schweinebraten.

@@@

Um ein Uhr in der Nacht kam ich satt und gutgelaunt nach Hause. So erstaunlich es war, aber der Besuch in Tutzing hatte mir einen Kick gegeben und der Abend bei Franz und Julia ohnehin. Sie waren vor drei Monaten zusammengezogen, und einmal mehr rosa Herzen um ihre Gesichter tanzen zu sehen, hatte mich von dem ohnehin alten Hut überzeugt, dass es für Liebe keine vorgeschriebene Zeit im Leben gab. Sie konnte in jeder geschehen.

Vor mich hin summend und in der Hoffnung, meiner Lethargie endlich zu entkommen, zog ich mich aus, ging ins Bad und ließ vorher den Rechner hochfahren. Als ich abgeschminkt und mit geputzten Zähnen ins Wohnzimmer zurückkam, war das E-Mail-Programm bereit und ich wählte mich ein. »Erstkontakt« stand in der Betreffzeile eines unbekannten Absenders und ich dachte an ein Versicherungsangebot. Danach Werbung, außerdem hatte Till geschrieben, er habe ein tolles neues Buch, das ich unbedingt lesen müsse. Ich notierte den Titel und öffnete schließlich die letzte Nachricht, die von meinem Vater stammte und in der er fragte, ob ich Ostern nach Hause käme. Als ich das las, musste ich lachen. Bis Ostern waren es noch zwei volle Monate, aber ich kannte die Manie meines Vaters, alles am liebsten ein halbes Jahr im Voraus zu planen, und antwortete, dass ich an den Feiertagen gern heimfahren würde, aber erst sehen müsse, wie es mit dem Theater klappte. Ich schickte die Mail ab und kontrollierte danach die anderen. Parfums zum Sonderpreis und der Hinweis eines Luxus-Klamotten-Versands, dass die Handtasche der Firma G das Must-Have des kommenden Frühlings sei – ich löschte beide und las schließlich die letzte:

Datum: 25. Januar 2008 10.43 Uhr
Von: Anette.Schmitt@lek.roemer.de
An: Undine.B@web.de
Betreff: Erstkontakt

Sehr geehrte Frau B.,

bitte entschuldigen Sie die unzulängliche Anrede, aber da ich leider nicht in Kenntnis Ihres Familiennamens bin, muss ich mit dem unpersönlichen »B.« vorliebnehmen.

Ihre Mail-Adresse wurde mir von Rebecca Williams aus Rochester, England, mitgeteilt, die ja selbst schon Kontakt mit Ihnen aufgenommen hat. Ihr Schreiben an Sie liegt auch mir vor. Wie mir Mrs Williams nun sagte, zeigten Sie sich der Sache gegenüber skeptisch – was ich durchaus verständlich finde – und baten darum, der deutsche Verlag von Mr _____ möge sich doch per elektronischer Post mit Ihnen in Verbindung setzen. Auf diese Weise könnten Sie dann zurückrufen und sich von der Richtigkeit des Ganzen überzeugen.

Sehr geehrte Frau B., so unglaublich es klingen mag, aber Mrs Williams hat Ihnen die Wahrheit gesagt. Damit Sie nun wissen, mit wem Sie es zu tun haben: Mein Name ist Anette Schmitt und ich bin Lektorin beim Römer Verlag in München. Bitte rufen Sie mich doch in den nächsten Tagen unter 089-1354-381 zurück, damit wir über alles sprechen und dann auch einen Termin vereinbaren können.

Bis dahin verbleibe ich

mit freundlichen Grüßen
Ihre
Anette Schmitt

@@@

Meine Befürchtungen, die Zeit bis Montag würde nur schwer herumgehen – denn noch lag ein ganzes Wochenende vor mir –, zerschlugen sich rasch. Diesmal hatte ich nicht gezögert, Julia und Franz anzurufen und in den Hörer zu jauchzen. Bereits eine halbe Stunde später hatte ich mich in ihrem Wohnzimmer wiedergefunden, wo wir bis sechs Uhr früh mit drei Flaschen Valdobbiadene feierten. Danach verschlief ich den kompletten Samstag und rief am Sonntagmorgen Till an, mit dem ich am Abend ausgiebig weiterfeierte und abermals spät ins Bett kam.

Am Montagmorgen riss ich mich zusammen und rief Anette Schmitt erst gegen zwölf an. Mit freundlicher Stimme bestätigte sie alles, was Rebecca Williams mir geschrieben hatte, und fügte hinzu, ›Lily Picker‹ sei ein Roman geworden, der Lebensklugheit mit Herz verbinde und ihrer Meinung nach das Amüsanteste sei, was der Buchmarkt derzeit zu bieten habe.

»Und daran sind Sie, Frau Busch, nicht unschuldig«, sagte sie am Schluss. »Ihre E-Mails waren eine ausgezeichnete Grundlage, und soweit ich weiß, hat ____ _____ sie auch nur geringfügig geändert, um sie seiner Rahmenstory anzupassen.«

Außerdem erzählte sie mir, dass die Heldin des Buches jetzt Jane hieße und nicht am Theater arbeite, sondern eine Schneiderin war, die ein eigenes kleines Atelier besaß. Aus Christian war Christopher geworden das sei in England geläufiger – und sein Geld verdiene er als Architekt. Ich könne das Ganze ja bald selbst lesen, denn sie würde sich wieder melden, sobald ein Termin mit ____ _____ abgesprochen sei und wir uns alle träfen.

@@@

Neun Tage später, ausgerechnet an meinem siebenunddreißigsten Geburtstag, rief sie an und fragte, ob mir der dreizehnte des Monats passen würde. Natürlich passte mir das. Sie gab mir die Adresse, fügte hinzu, sie würde mich um halb zwei erwarten und Mr _____ brächte auch Rebecca Williams mit. In diesem Fall übernehme der Verlag auch deren Reisekosten, denn ohne Mrs Williams gäbe es das Buch ja nicht. Außerdem freuten sich alle sehr auf mich. So gefasst wie möglich erwiderte ich, das ginge mir genauso, und spürte dabei mein Herz bis zum Hals klopfen.

Obwohl ich Till und vor allem Julia und Franz gebeten hatte, nichts weiterzuerzählen, sickerte die Geschichte natürlich im Theater durch. Ich hatte mich bei meiner Arbeit, die sich eher im Hintergrund abspielte, trotzdem nie über zu wenig Aufmerksamkeit beklagen können, ich war nie unsichtbar gewesen, aber diese Bewunderung, die mir auf einmal entgegengebracht wurde, kannte ich nicht und ich gestehe, sie gefiel mir sehr.

Der Empfang im Hause Römer war herzlich und nahm mir dennoch nichts von meiner Aufregung. Als ich das hohe, Erhabenheit atmende Entrée betrat, an dessen Wänden ich unzählige Schwarz-Weiß-Porträts berühmter Schriftsteller entdeckte, kam Anette Schmitt bereits auf mich zu. Ich schätzte sie auf Anfang vierzig, ihr schmales Gesicht, in dem grünbraune Augen wach leuchteten, wurde von dunklem lockigem Haar umrahmt, ihre Bewegungen waren sparsam und ihr Lächeln von liebenswürdiger Zurückhaltung. Sie drückte mir fest die Hand, während ihr Blick mich forschend musterte.

»Es freut mich, dass wir uns endlich kennenlernen. Ich

war ganz gespannt auf Sie. Die anderen sind schon da und warten. Wollen Sie rasch noch Ihren Mantel ablegen?« Sie sprach prononciert und ihre Stimme klang höher, als ich sie in Erinnerung hatte. Sie nahm mir den Mantel ab und übergab ihn einer jungen Frau, die plötzlich aufgetaucht war und gleich wieder verschwand. Mein Herz begann wieder nervös zu klopfen, während ich der Lektorin durch die Weitläufigkeit mosaikgefliester Gänge folgte, bis wir schließlich einen großen holzgetäfelten Raum betraten, der von einem dunklen Refektoriumstisch beherrscht wurde, um den herum ein paar Leute saßen. Zwei Männer, einer davon auf Krücken, und eine Frau unterhielten sich mit dem Rücken zu uns an einem großen Fenster, das zum Garten zeigte. Ich hatte mir im Internet verschiedene Fotos von ____ _____ angesehen und erkannte ihn sofort an seinem Kopf mit den kurz geschorenen Haaren und den spitz zulaufenden Gollum-Ohren. Er sagte noch etwas zu dem anderen Mann und drehte sich dann zu uns um. Sein Blick wanderte fragend von mir zu Anette Schmitt, und als sie zustimmend lächelte, kam er rasch auf uns zu.

»You must be Undine Busch«, seine Stimme klang so sanft, wie seine Augen blickten.

»And you must be Mr _____ «, antwortete ich und erwiderte sein Lächeln.

»Please call me ____. And let me add, that I hardly couldn't wait to meet you.«

Wir blickten uns noch immer lächelnd an, als Anette Schmitt sagte: »Darf ich Ihnen auch alle anderen hier vorstellen, Frau Busch? Mr _____ und Sie finden sicher noch genügend Zeit zum Reden. Ich nehme außerdem an, Sie können es kaum erwarten, Rebecca Williams die Hand zu schütteln.«

Ich hörte sie kaum, denn in diesem Moment erst schien es mir bewusst zu werden, *wem* ich hier gegenüberstand. Ich hatte alle Bücher dieses Mannes gelesen und jedes einzelne geliebt. Durch meine E-Mails teilte ich auf eine vertrauliche und doch öffentliche Art meine Geheimnisse mit ihm. Ein Teil *meines* Leben war Teil *seines* Romans – unglaublich.

Ich versuchte, mich zu sammeln, und wandte meinen Blick Rebecca Williams zu. Da stand sie vor mir, ein herzliches Lächeln im Gesicht, die aschblonden Haare trug sie schulterlang und unzählige Fältchen wärmten ihren Blick. Sie streckte mir die Hand entgegen, die ich ergriff. Im selben Moment erstarrte ich. Mein Blick fiel auf das Gesicht des Mannes hinter ihr. Der Mann mit den Krücken.

Christian.

Ab diesem Zeitpunkt trennte mich eine Wand aus Nebel von den anderen. Plötzlich sah ich mich selbst von außen, als spielte ich die Szene eines Films. Um Haltung bemüht, Rebecca Williams die Hand reichend, antwortete ich und lächelte weiter, während der andere Teil von mir kaum mehr fähig war, einen klaren Gedanken zu fassen. Angestrengt versuchte ich, Christian zu ignorieren, und riss mich zusammen, so gut es ging, als Anette Schmitt mich irgendwann in seine Richtung schob.

»Darf ich vorstellen: Undine Busch, die entscheidende Frau dieser Runde«, sagte sie und fügte hinzu: »Und das ist Christian Zimmermann. Nach ____ ______ ist er zweifellos unser wichtigster Mann. Er übersetzt seine Bücher schon seit Jahren und ist für diesen kultiviert-schnoddrigen Ton im Deutschen verantwortlich.«

Ich glaube, es war einer der merkwürdigsten Momente

meines Lebens, als ich Christian die Hand reichte und so tat, als sähe ich ihn zum ersten Mal. Und auch seiner Reaktion war anzumerken, dass ihn meine Anwesenheit fast sprachlos machte.

Während schließlich alle um den großen Tisch saßen, in dessen Mitte ein Vorausexemplar des ›Lily Picker‹ lag, Kaffee tranken und dem Verleger lauschten, der in launigen Worten die Geschichte meiner E-Mails zum Besten gab, ging mir zum ersten Mal Christians Funktion in diesem absurden Spiel auf. *Er* würde das Buch übersetzen, er würde diese E-Mails lesen, er wüsste, dass ich sie geschrieben hatte und dass es natürlich um ihn darin ging. Er würde mir in die Seele blicken, ich läge ironischerweise vor ihm wie ein offenes Buch. Weshalb war mir das nicht schon früher eingefallen? Als ich damals in seiner Wohnung gewesen war, hatte doch eine fast fertige Übersetzung von ____s letztem Roman auf dem Schreibtisch gelegen. Wie konnte ich das nur vergessen? Was allerdings hätte es geändert, wenn ich mich daran erinnert hätte? Ich hatte ja nicht wissen können, wo meine E-Mails landeten.

Inzwischen hatte Christian wohl begriffen, welche Rolle ich spielte und weshalb ich hier war. Mehrmals hatte er mich ungläubig angesehen, doch ich war seinem Blick immer ausgewichen. Selten hatte ich mich so unwohl gefühlt. Und während alle anderen weiter über aufregendes Marketing, geplante Fotosessions, Talkshows und Internetauftritte diskutierten, dachte ich nur eines: Christian durfte dieses Buch niemals übersetzen.

@@@

In meinen Schläfen pochte es schmerzhaft, als ich gegen zwölf nach Hause kam. Anette Schmitt hatte uns nach einem langen Nachmittag ins »Bistro Terrine« zum Abendessen eingeladen. Es war anstrengend gewesen, einen ganzen Tag lang eine gute Figur zu machen und geistreich zu smalltalken. Vielleicht hätte man mir sogar weniger Geschliffenes durchgehen lassen, schließlich galt ich als Künstlerin, aber ich war in meiner dörflichen Kindheit zu Höflichkeit und Bescheidenheit erzogen worden, und das in einer Zeit, in der man sonntags im roten Faltenröckchen, weißen Kniestrümpfen und schwarzen Lackschuhen zur Kirche ging – das »enfant terrible« lag mir einfach nicht.

Als ich später mit einer Wärmflasche im Bett lag, fand ich keine Ruhe. So müde ich auch war und schlafen wollte, mein Verstand war wach wie eine Lerche und kreiste um Christian. Meine Hoffnung, er würde das Abendessen sausen lassen, hatte sich nicht erfüllt. Er war mitgekommen und hatte sich so selbstverständlich von ____ _____ mit seinen Krücken helfen lassen, dass es den Anschein erweckte, als seien sie seit Langem alte Kumpel.

Die Krücken hatten mir ohnehin zu denken gegeben, aber niemand hatte es für nötig gehalten, ihre Existenz zu erklären. Im Vorübergehen hatte ich gehört, wie jemand ihn fragte, ob es ihm inzwischen besser gehe, und er hatte mit einem abschwächenden »das Schlimmste ist ausgestanden« geantwortet. Ich war nicht schlau daraus geworden, aber es war nicht zu übersehen gewesen, dass er sich schwer mit dem Gehen tat. Auch in seinem Gesicht hatten sich Spuren von Anstrengung und Erschöpfung gezeigt, die Wangen waren hohler, die Augen größer, als ich sie in Erinnerung hatte, und um seinen Mund lag, eingekerbt, ein neuer, bitterer Zug.

Den ganzen Tag hatte ich mir verboten, auch nur einen einzigen Gedanken daran zu verschwenden, weil ich wusste, wie schnell ich mich rühren ließ. Ich kenne mich gut, ich gehöre zu denen, die die Hand immer zuerst ausstrecken. Aber Christian gegenüber wollte ich nicht versöhnlich sein. Egal, was er durchgemacht hatte.

@@@

Am nächsten Tag wollte sich noch immer kein Hochgefühl einstellen. Ich blieb stumm an diesem Morgen und ging auch nicht ans Telefon, als es klingelte. Insgeheim verwünschte ich mich für meine Neigung, der Melancholie immer den Vorrang zu geben, auch wenn auf der anderen Seite der Waage mehr als nur *ein* Pfund wucherte. Aber es half nichts, alles, woran ich immer wieder dachte, war Christian und dieser kurze Moment in dem Restaurant am See, als wir uns über die anderen hinweg zugelacht hatten und ich jenes besondere Glück empfand, das einen selbst über alles erhebt und den Rest der Welt ein paar Augenblicke lang ausschließt.

Und dann stellte ich fest, dass ich mich nach allem sehnte. Auf eine Weise, die meine Nerven zum Zerreißen dehnte. Nach Christians kräftigem Körper, seinem Bauch, der sich an meinen Rücken schmiegte, seinen Armen und wie sie mich gehalten hatten in diesem Moment danach, in dem die Welt plötzlich still zu stehen schien und ich mir gewünscht hatte, für immer in diesem Kokon aus Körper und Atem beschützt und gewärmt zu sein.

Später klingelte es an meiner Tür. Es war Julia, die draußen stand. Einen erwartungsvollen Schimmer in den Augen und eine Flasche Valdobbiadene in der Hand.

»Ich will mit dir feiern«, sagte sie, bevor sie stutzte und mich prüfend musterte. »Du siehst nicht gerade glücklich aus. Gibt es dafür einen Grund?«

»Mach die Flasche auf«, antwortete ich. »Ich hole die Gläser.«

Als ich aus der Küche zurückkam, hatte sie ihre Schuhe ausgezogen und saß mit angewinkelten Beinen auf dem Sofa. Ich setzte mich daneben und hielt ihr mein Glas hin.

»Prost«, sagte ich und nahm den ersten Schluck.

»Prost«, antwortete sie. »Und jetzt leg mal los.«

»Also …«, begann ich und erzählte ihr alles.

»Und wie war ____ _____? Komm schon, gib mir ein paar Details!«

»Sehr nett«, sagte ich. »Auf eine besondere Art sanft, mit klugen, humorvollen Augen und einem schönen Lachen.«

»Oho …«, machte sie und dann: »Siehst du ihn noch einmal wieder?«

»Ich denke schon. Er und Rebecca wollten noch für ein paar Tage bleiben und sich melden.«

»Wahnsinn.« Versonnen blickte Julia durch ihr Glas hindurch. »Du und ____ _____. So etwas gibt es ja eigentlich gar nicht.«

»Nein, eigentlich nicht.«

»Und du bekommst auch noch Geld dafür.«

»Ja, verrückt, nicht?«

»Und warum siehst du dann so aus, als hättest du Migräne?« Julia richtete sich auf und musterte mich aufmerksam. Ich setzte mein Glas ab, nahm mir eine Zigarette und antwortete:

»Christian ist der Übersetzer.«

»Christian ist der was?«

»Ja, der Übersetzer. Der Lilienrupfer persönlich.«

»Nein.«

»Doch. Er übersetzt ____s Romane schon seit Jahren. Und diesen auch.«

Julia schwieg ein paar Sekunden lang und sah in ihr Glas, als erblicke sie in den aufsteigenden Prosecco-Perlen die Zukunft. Dann hob sie ihren Blick und sagte überzeugt: »Das ist Schicksal, Undine.«

»Denk noch nicht einmal daran«, gab ich zurück und drückte die Zigarette aus. »Ich tu's auch nicht.«

»Warum nicht?«

»Als müsste ich dir das erklären. Du hast es damals miterlebt. Darf ich dich an deine eigene Frage erinnern: ›Glaubst du, dass ein Mensch sich ändert?‹ Ich glaube nicht daran. Ein Mensch ist, wie er ist. Vor allem ab einem bestimmten Alter. Ich habe meine Zeit mit Christian gehabt, sie ist vorbei, und das soll sie auch bleiben. Er wollte mich damals nicht, weshalb sollte er das heute? Was dir da durch den Kopf schwebt, ist ein romantischer Traum, mehr nicht.«

»Und wie willst du ihm begegnen?«

»Wem? Dem Traum?«

»Nein, Christian.«

»Gar nicht. Wenn ich es verhindern kann, dann wird er dieses Buch weder lesen noch übersetzen.«

»Und wie willst du das schaffen?«

»Ich werde mit der Lektorin sprechen und fragen, ob es nicht effektiver sei, das Buch von einer Frau übersetzen zu lassen, da es aus weiblicher Sicht geschrieben ist.« Der Gedanke war mir eben erst gekommen, aber vielleicht war er die Lösung.

»Und wenn sie Nein sagt?«

»Darüber denke ich jetzt nicht nach.«

»Wir werden sehen«, sagte Julia sinnend.

@@@

Datum: 15. Februar 2008 19.21 Uhr
Von: Undine.B@web.de
An: Anette.Schmitt@lek.römer.de
Betreff: Übersetzung ›Lily Picker‹

Liebe Anette Schmitt,

zuerst möchte ich mich noch einmal für den herzlichen Empfang in Ihrem Haus bedanken. Meine Bedenken, ich könnte mich fremd und unsicher fühlen, haben Sie sofort zerstreut, im Gegenteil sogar, ich fühlte mich willkommen und schnell zugehörig. Sicher können Sie sich vorstellen, mit welchem Staunen ich dem Geschehen noch immer gegenüberstehe und wie sehr meine Gedanken darum kreisen.

Einzig, dass ein Mann den ›Lily Picker‹ übersetzen soll, mutet mich ein bisschen seltsam an. Bitte unterstellen Sie mir jetzt keine Besserwisserei, ich will mich auch in nichts einmischen, was mich gar nichts angeht – es fiel mir eben auf und ich habe mich gefragt, ob es nicht effektiver oder vielleicht auch »angemessener« sei, den Roman von einer Frau übersetzen zu lassen. Denn schließlich erzählt die Geschichte ja auch aus weiblicher Sicht und hätte durch das »Händchen einer Frau« womöglich einen höheren Grad an Authentizität.

Noch einmal: Bitte sehen Sie das nicht als Einmischung, es ist lediglich ein Vorschlag, den Sie ja vielleicht überdenken mögen.

Ansonsten freue ich mich auf alles Weitere,
vor allem auf die englische Ausgabe des ›Lily Picker‹.

Herzliche Grüße
von Ihrer
Undine Busch

@@@

Einen Tag, nachdem ich die E-Mail abgeschickt hatte, rief ____ ______ an und fragte, ob ich Lust auf ein Treffen hätte. Es gäbe schließlich noch viel zu besprechen. Ich sagte zu, und wir trafen uns am Abend im Literaturcafé am Salvatorplatz. Er war schon da, als ich ankam, und bereits von Weitem fiel mir wieder sein klug-sanfter Blick auf und dieses Lächeln, das nicht nur um seine Lippen und Augen spielte, sondern auch seinem Inneren zu entströmen schien. Er war attraktiv auf eine leise und zurückhaltende Art, einer von denen, die man erst auf den zweiten oder dritten Blick bemerkt, aber es war etwas ungeheuer Sympathisches an ihm, das ihn sehr anziehend machte. Er begrüßte mich mit zwei Wangenküssen, und als ich mich setzte, musste ich mir eingestehen, dass ich es als schmeichelnd empfand, mit ihm hier zu sein und in seinen Augen Wärmendes zu lesen. Es ist nicht daran zu rütteln, dass die Zuneigung eines geschätzten Menschen weitaus wertvoller ist als die eines anderen, der für einen selbst nur wenig bedeutet. Zu ____ _____ hatte es mich schon durch den Inhalt seiner Bücher hingezogen, und obwohl ich ihn noch nicht lange kannte, sah ich dieses Gefühl jetzt bestätigt. Wir sprachen dieselbe Sprache.

Wir bestellten einen halben Liter Nero d'Avola und zweimal Focaccia mit Parmaschinken und Ruccola, sprachen über seinen Aufenthalt in München, über das Buch und schließlich darüber, warum ich die E-Mails überhaupt geschrieben hatte.

Ich zuckte die Achseln und sagte, ich könne es nicht genau erklären. Vielleicht sei es der Wunsch nach Antworten gewesen auf das, was mich bewegt hatte. Was allerdings Blödsinn sei, da ja nur ich selbst geantwortet hätte und nie eine Stimme von außen kam.

»Bis auf die von Rebecca«, sagte ____.

»Ja, bis auf die von Rebecca.«

»Ich habe gestern mit Anette Schmitt gesprochen«, fuhr er fort. »Sie sagte, du hättest ein Problem mit einem männlichen Übersetzer.«

Ich fühlte mich in der Falle. Ich hatte gehofft, mich nicht weiter erklären zu müssen.

»Ein Problem ist vielleicht etwas übertrieben ausgedrückt«, entgegnete ich und versuchte zu lächeln. »Ich dachte eben, eine Frau wäre näher dran am Thema, weil sie eben – na ja – eine Frau ist …«

»Aber das Buch wurde doch von einem Mann geschrieben.« Sein Blick verlor nichts an Sanftheit, musterte mich nur aufmerksamer.

»Der von einer Frau dazu inspiriert wurde, nicht wahr?«, erwiderte ich lächelnd.

Die Fältchen um seine Augen kräuselten sich stärker. »Das stimmt. Entschuldige, wenn ich dir jetzt zu nahe trete, aber ich glaube nicht, dass dein Problem ein *männlicher* Übersetzer ist, sondern vielmehr, dass *Christian* der Übersetzer ist.«

»Das verstehe ich nicht ganz«, sagte ich, während mein Herz stolperte.

»Hm«, machte er darauf und wiegte den Kopf, »das glaube ich dir nicht. Entschuldige meine Direktheit, vielleicht lehne ich mich gerade ein Stück zu weit aus dem Fenster, aber ich habe das Gefühl, du verstehst mich ziemlich gut.« Er hielt inne und trank einen Schluck von seinem Wein. »Zu blöd, dass überall das Rauchen verboten ist«, sagte er dann. »Es wäre genau der Augenblick für eine Zigarette.«

Ich nickte und wartete schweigend darauf, dass er weitersprach. »Wahrscheinlich klingt es verrückt, aber ich glaube, Christian Zimmermann ist in Wahrheit der Lilienrupfer und das ist der Grund, weshalb du nicht willst, dass er den Roman übersetzt.«

Ich wich seinem Blick aus und fragte heiser: »Wie kommst du darauf?«

»Das ist nicht allzu schwer. Schon während des Treffens bei Römer ist mir aufgefallen, dass du ihn die ganze Zeit über ignoriert hast. Du hast mit allen anderen gesprochen, nur mit ihm nicht und schienst mir schon verkrampft vom vielen Wegsehen. Ich hatte den Eindruck, du machst das bewusst. Es war mir nur nicht klar warum. Als Anette Schmitt mir dann von deiner E-Mail erzählte, begann ich nachzudenken und mir fiel ein, dass der Mann aus deinen Briefen Christian hieß, dass er Übersetzer war, an irgendeiner Stelle hieß es sogar, er sei gerade mit dem Buch eines britischen Autors beschäftigt.« Er räusperte sich kurz und fragte dann: »Liege ich komplett daneben?«

Ich atmete durch und murmelte: »Nein. Touché.«

Danach schwiegen wir und sahen auf unsere leer gegessenen Teller. Ein wenig später sagte ____ endlich: »Das ist ein ganz schöner Mist. Das ist so unglaublich, damit konnte ja keiner rechnen. Ich glaube, wir sollten jetzt doch rausgehen und eine rauchen. Was meinst du?«

Ich nickte, stand auf, schlüpfte in meinen Mantel und griff nach meinem Wein und meiner Tasche. Draußen pfiff der Wind, es war eisig kalt, und während wir die Zigaretten anzündeten, drängten wir uns hinter dem, in einem Rest von Barmherzigkeit, bereitgestellten Rauchertischchen gegen die Wand, um zumindest ein wenig Schutz vor der Kälte zu finden.

»Deprimierend«, sagte ____.

»Erniedrigend«, antwortete ich. Dann rauchten wir und sahen fröstelnd ein paar Leuten hinterher, die beladen mit Tüten aus irgendwelchen Nobel-Läden der Gegend an uns vorübergingen und im Eingang zu den Fünf Höfen verschwanden.

»Was machen wir nun?«, fragte ich schließlich.

»Gute Frage. Ich verstehe dein Problem sehr gut. Du musst mir gar nichts mehr erklären – ich kann verstehen, dass du Christian da raushaben möchtest.«

»Hat er das Buch denn schon gelesen? Oder hat er noch gar kein Exemplar der englischen Ausgabe?« Ich merkte selbst, wie flehend meine Stimme klang.

____ warf mir einen schnellen Blick zu und sagte dann beruhigend: »Soweit ich weiß, nicht. Also nur keine Aufregung.«

Ich atmete auf. »Das ist gut. Ich möchte nicht, dass er

von … von meinen Gefühlen oder Gedanken erfährt. Es geht ihn nichts an. Und es wäre mir peinlich.«

»Und vor allem soll er nicht wissen, wie wichtig er dir war, oder?«

»Ja«, antwortete ich verhalten. Konnte dieser Mann in mich hineinsehen? Er musterte mich einen Augenblick lang, aber sein Blick verriet nicht, was er dachte. Schließlich sagte er ruhig: »Das ist wirklich ein Dilemma. Nicht nur für dich. Auch für Christian. Du hast seine Krücken ja gesehen. Er war lange Zeit sehr krank, und dieser Auftrag wäre wichtig für ihn. Mental und finanziell, so wie ich das sehe. Andererseits möchte ich aber auch dich beschützen, verstehst du? Ich habe dich schließlich erst in diese Situation gebracht.«

Beschützen? Ich war so erstaunt, dass ich sogar vergaß, nach Christians Krankheit zu fragen. Nie hatte irgendein Mann geglaubt, mich beschützen zu müssen, obwohl ich es mir oft gewünscht hatte. Aber ich ging nicht darauf ein und fragte schließlich: »Was war denn mit Christian?«

»Sagt dir Guillain-Barré-Syndrom etwas?«

Ich schüttelte den Kopf. »Nein. Nie gehört.«

»Es ist ziemlich schlimm. Eine Erkrankung der Nervenbahnen am Rückenmark. Meistens beginnt sie mit einer Lähmung der Beine, die sich innerhalb von Stunden über den ganzen Körper ausbreitet. Und wenn die Krankheit nicht innerhalb dieser kurzen Zeit diagnostiziert und behandelt wird, kann sie letztendlich zur Atemlähmung führen … ja, und dann: Exitus.«

»Das ist ja furchtbar.« Meine Stimme klang rau. »Wann ist das denn passiert?«

»Wohl schon im Spätsommer vergangenen Jahres. Nach allem, was ich weiß, dauert die Rekonvaleszenz über Monate. Du hast ja gesehen, wie schlecht er läuft. Er sagt, er habe noch immer kein Gefühl in den Füßen.«

Ich wusste nicht, was ich sagen sollte, und schüttelte nur den Kopf. »Es tut mir leid. Wirklich. Sehr leid.« Ich fühlte mich den Tränen nah, ohne sagen zu können, warum.

»Na komm«, sagte ____, als könne er wieder in mich hineinsehen. »Er hat's überlebt. Und wir beide gehen jetzt rein. Sonst holen *wir* uns am Ende noch den Tod.«

Ich folgte ihm, wir bestellten noch einen Wein, redeten weiter und vermissten die Zigaretten.

»Ich werde noch einmal mit Anette Schmitt sprechen«, sagte ____ am Ende des Abends. »Vielleicht muss man Christian den Auftrag ja nicht wegnehmen, sondern könnte ihn gegen einen anderen tauschen. Ich werde Anette sagen, dass ich deinen Vorschlag gut finde, aber das nicht näher erläutern. Dann wäre für niemanden etwas verloren, aber vielleicht allen geholfen.«

»Und wenn sie Nein sagt?«

»Daran denken wir jetzt nicht.«

Ich lachte leise. Die Antwort kam mir bekannt vor.

@@@

Ich hatte Glück. Anette Schmitt sagte nicht Nein. Vielmehr schrieb sie mir, sie sähe in ____s Vorschlag kein Problem und werde Christian fragen, ob er mit einem Tausch einverstanden sei. Im Übrigen freue sie sich, mir in den nächsten Tagen einen englischen ›Lily Picker‹ zuzuschicken. Ich war erleichtert.

Im Internet hatte ich nach dem Guillain-Barré-Syndrom geforscht und einiges darüber gefunden. Es lief im Grunde auf das hinaus, was ____ mir bereits erzählt hatte, wobei mich das Fachliche allein nicht zufriedenstellte. Ich versuchte mir vorzustellen, wie Christian empfunden haben musste. Ob er sich gefürchtet hatte oder ob er mit jener stoischen und männlichen Art von Tapferkeit reagiert hatte, die nach außen ein gleichmütiges Gesicht zeigt, während die Verzweiflung im Inneren einen einsamen Kampf ficht? War jemand bei ihm gewesen? Jemand, der ihm Zuversicht schenken konnte, Trost und Wärme?

Von einer Minute auf die nächste die Selbstverständlichkeit eines beweglichen Körpers zu verlieren, die Gründe nicht zu kennen – wie ausgeliefert musste man sich fühlen, wie hilflos und ängstlich. Ich hoffte, dass er nicht allein gewesen war.

Keine Ahnung, was mich zu solch sentimentalen Gedanken trieb. Es war ja nicht so, dass die Krankheit Christian plötzlich zum besseren Menschen machte oder etwas von dem revidierte, was zwischen uns geschehen war. Sie löschte nicht diese Kälte aus meiner Erinnerung, die ich bei unserem letzten Gespräch empfunden hatte, beantwortete keine der Fragen, die mich nächtelang nicht mehr hatten schlafen lassen, dämpfte nicht die Lethargie, die mich daraufhin ergriffen und für lange Zeit ins Bett getrieben hatte. Ich hatte unzählige Bücher gelesen in dieser Zeit, aber fast keinen Menschen mehr gesehen. Die Toskana-Woche ausgenommen. Aber nachdem Julia und Franz mich wie besorgte Amseleltern gepäppelt hatten, war mir meine Wohnung später beängstigend leer erschienen. Die Einsamkeit hatte sich wie ein Sack über mich gestülpt und alles dicht gemacht.

Dass das alles passiert war, einfach so, in einem Moment, wo ich die Zukunft warm hatte funkeln sehen, war das

Schlimmste daran. Es hatte mich kalt erwischt. Und dann hörte ich von Guillain-Barré. Die Krankheit hatte bei Christian ebenso unvermittelt zugeschlagen. Welch seltsame Parallelen.

@@@

Datum: 20. Februar 2008 09.34 Uhr
Von: chapare@gmx.net
An: Undine.B@web.de
Betreff: Übersetzung >Lily Picker<

Liebe Undine,

ob Du überrascht sein wirst, von mir zu hören, weiß ich nicht genau. Höchstwahrscheinlich schon, nehme ich an und denke gleichzeitig: Wer Ärger sät, muss mit den Konsequenzen rechnen.

Damit bin ich auch schon mitten im Thema und sicherlich ahnst auch Du, worauf ich hinaus will. Vielleicht kannst Du Dir sogar meine Überraschung vorstellen, als mich gestern Anette Schmitt anrief und mir eine Art Tauschhandel vorschlug: Den >Lily Picker< gegen das Buch eines Autors, der als neuer Ken Follett gehypt werden soll. Prinzipiell wäre dagegen nichts zu sagen, im Gegenteil – immerhin, sie boten sogar eine Verkaufsbeteiligung an, was immer noch eine Seltenheit ist, von der jeder Übersetzer träumt. Was ich also normalerweise mit einem schönen Brunello feiern würde, ließ mir gestern die Milch sauer werden.

Für wie bescheuert muss man mich halten, wenn auch

nur einer annimmt, ich würde dieses ganze »Es-soll-besser-eine-Frau-den-Lily-Picker-übersetzen«-Gerede tatsächlich glauben? Natürlich, die arme Schmitt kennt die wahren Hintergründe nicht, aber Du! Du kennst sie und hast das Ganze wahrscheinlich auch selbst angezettelt. Am Ende sogar noch mit ____s Hilfe! Gut vorstellbar, dass Du ihn auch noch becirct hast. Allein der Titel des Buches spricht doch Bände, und inzwischen weiß ich auch, wie ____ an die Geschichte kam.

Was willst Du eigentlich verhindern, Undine? Dass ich die Geschichte lese? Das könnte ich auch, wenn das Buch erscheint. Dass ich in irgendeiner Form daran beteiligt bin? Oder spuckst Du mir aus Rache in die Suppe? Wenn ja, wofür? Für das Private zwischen uns? Unnötig – meinen Dämpfer hatte ich schon.

Es geht hier um meinen Job, um meinen Namen als Übersetzer, den ich mir sicherlich nicht nehmen lassen werde.

Der Tauschhandel kommt für mich also nicht in Frage.

Ich übersetze ____ seit Jahren, und dabei bleibt es. Komme was oder wer da wolle, selbst wenn es Undine heißt.

Gruß
Christian

@@@

Ich saß über den Fotos des neuen Ensembles und suchte nach den besten für das Programmheft, als die E-Mail kam. Im Büro nebenan hörte ich Friedmann mit den Mägeleins reden. Die Stimmung schien enthusiastisch, ich hörte häufig Gelächter.

Gerade, als ich E-Mail und Absender entdeckte, hörte ich Karin Mägelein zwitschern und gleich darauf das zarte Klingen von Gläsern. Benommen hob ich die Hand und klickte auf »Öffnen«.

Dann las ich und fühlte mich mit jedem Satz geohrfeigt. Wie konnte er es wagen, mich auf diese Weise anzugreifen? Die Worte vor mir auf dem Bildschirm verschwammen. Jetzt war Schluß mit meiner Schicksalsergebenheit. Ich war von Natur aus temperamentvoll, ich wollte nur noch schreien, kratzen, beißen und um mich schlagen. Ich klickte auf »Beantworten«.

Datum: 20. Februar 2008 14.23 Uhr
Von: Undine.B@web.de
An: chapare@gmx.net
Betreff: Re: Übersetzung ›Lily Picker‹

Liebster Christian,

es ist erstaunlich, mit welcher Präzision Du immer wieder in der Lage bist, auszuholen und durchaus auch zu treffen.

Etwas besser als noch vor ein paar Monaten bin ich inzwischen allerdings gewappnet. Denn Schaden macht ja klug. Aus Deinen Worten spricht – genau wie damals – nichts anderes als purer Egoismus. Wieder einmal dreht es sich nur um Dich. Christian, der Übertölpelte, der vom Schicksal Gestrafte und schließlich auch Christian von Orléans, Bruder der Jeanne d'Arc, reinen Herzens für seine

Rechte und Prinzipien kämpfend. Beeindruckend. Wirklich.

Existiert für Dich auch irgendjemand anderes?

Gibt es zumindest für winzige Momente auch einmal einen Blick fürs Gegenüber?

Ich bete darum, denn dann bestünde vielleicht die Möglichkeit, dass Du begreifst, wie unmöglich, oder besser gesagt, unerträglich es für mich wäre, ausgerechnet mit Dir zusammenzuarbeiten.

Wofür hältst Du mich? Für ein totes Stück Holz, dem man in die Rinde ritzen kann, ohne dass es wehtut?

Ist es wirklich so unverständlich, dass ich Dich nicht in dieser Geschichte haben möchte, wo sie schon, wie Du richtig erkannt hast, verdammt noch mal von Dir handelt? Wie soll ich mich dabei fühlen, wenn Du meine Gedanken und Empfindungen nicht nur sehen und lesen kannst, sondern auch in ihnen herumstochern darfst?

Wie, wenn nicht ausgeliefert?

Und soll ich darüber erstaunt sein, dass Du in meinem Handeln nicht mehr als eine billige Rache siehst? Nein, sollte ich nicht. Denn das ist ja Deine Methode – sich zu rächen. Das kennst Du gut. Die Geschichte um Susanne und Isolde ist mir durchaus im Gedächtnis geblieben, und gerade jetzt sehe ich sie äußerst farbig vor mir …

Nein, Christian, vergiss es: Ich will mich ganz bestimmt nicht rächen. Ich will mich nur vor Dir schützen.

Undine

P.S. Was soll diese völlig unsachliche Äußerung, ich hätte wahrscheinlich auch noch ____ becirct? Merkst Du eigentlich nicht, wie erbärmlich dieser Gedanke ist und wie klein er Dich macht?

@@@

Bevor ich die E-Mail abschickte, strich ich das P.S. Die Häme in Christians Äußerung verdiente keine Antwort. Danach saß ich vor meinem Bildschirm und rührte mich nicht. Mein erster Gedanke war, Julia anzurufen, aber ich ließ es sein, weil ich plötzlich merkte, dass ich nicht reden wollte. Am liebsten wäre mir gewesen, jemand hätte mich verstanden, ohne dass ich sprechen musste. Erfolglos versuchte ich, mich wieder auf die Fotos zu konzentrieren. Ich schob die Bilder über meinen Schreibtisch, ordnete die Reihenfolge immer wieder neu an und betrachtete die Gesichter, ohne sie wirklich wahrzunehmen. Mitten in diesem sinnlosen Tun rief ____ an. Ich erkannte seine raue Stimme gleich. Seine Tochter sei krank geworden und er fliege in vier Stunden zurück nach London. Seine Frau sei in ziemlicher Sorge.

Ich erwiderte irgendwas, das mitfühlend klingen sollte, und wünschte einen angenehmen Flug und gute Besserung. Kurz bevor wir auflegten, sagte ich: »Christian hat mir geschrieben. Er will den Tauschhandel nicht.«

»Ich weiß«, antwortete ____. »Ich weiß.«

»Not much we can do, right?«

»No, not much we can do.« Und dann nach einer kleinen Pause: »I'll call you from London, okay?«

»Okay. Fine.« Wir legten auf.

Seine Frau, dachte ich schließlich. Seine Tochter. Klar, es war immer dasselbe.

Als ich am Abend nach Hause kam, hörte ich dreimal

hintereinander Rebekka Bakkens >Everything can change<. Ich fragte mich, ob sie recht hatte. Denn oft erschien es mir, als würde der Kern der Dinge immer bleiben und nur das Gehäuse wechseln.

@@@

Es vergingen ein paar Tage, in denen nichts Besonderes passierte. Draußen war es für diese Jahreszeit viel zu warm und es regnete beständig vom bleistiftgrauen Himmel. Ich war müde und schlapp.

An einem dieser Tage steckte >Lily Picker< im Briefkasten. Anette Schmitt hatte die Notiz daran geheftet, dass Christian das Buch wie geplant übersetzen würde, was ja auch in Ordnung sei, da der bisherige Erfolg der Romane ja auch ihm zu verdanken war.

Ich bedankte mich per E-Mail für das Buch und schwieg zu allem anderen. Es war sinnlos, das Thema weiterzuverfolgen, und ich wollte nicht mehr darüber nachdenken, sondern es nur noch ausradieren wie den missratenen Strich in einer ansonsten sauberen Zeichnung. Als ich Julia davon erzählte, blies sie die Backen auf, ließ die Luft wieder heraus und sagte anschließend: »Ich fände es ehrlich gesagt nicht schlecht, wenn der das liest.«

»Spinnst du?«

»Manchmal schon. Jetzt mal im Ernst, warum soll sich dieser Mensch nicht mit dem auseinandersetzen, was er anderen antut? Weshalb soll er nicht wissen, wie es in dir ausgesehen hat? An deinen Gefühlen ist doch nichts Ehrenrühriges oder Beschämendes. Lass es ihn sehen. Er soll sich ruhig damit auseinandersetzen. Das schadet ihm nicht. Und dir auch nicht.«

»Begreifst du denn nicht, warum …«

»Natürlich begreife ich es! Es ist immer demütigend, diejenige zu sein, die verlassen wurde. Selbst wenn der andere hundertmal das Arschloch ist. Und natürlich willst du nicht, das er dich in diesem Buch so verletzlich, nackt und bloß sieht. Inzwischen ist das aber ohne Bedeutung, Undine, denn er *hat* dich bereits verletzt. Und je mehr du dich davonstehlen willst, je lieber du unsichtbar sein möchtest, desto kleiner machst du dich. Du solltest aber stolz auf dich sein – du hast aus deinem Schmerz etwas Berührendes und Bezauberndes gemacht. Auf einem Haufen Mist ist buchstäblich eine wunderschöne Lilie gewachsen. Sieh es dir doch an – wer kann das schon von sich behaupten?«

»Nick Hornby vielleicht?«, antwortete ich lächelnd. Wie sie da stand, Leidenschaft in den Augen, die rechte Hand zur Faust geballt, so flammend und mitreißend, fast hätte ich die ›Marseillaise‹ angestimmt. Aber ich senkte den Blick und sah es mir an. Dieses Buch. Den Schutzumschlag in Weiß, darauf in üppigen rosa Lettern *Lily Picker*. Links darunter die Blüte einer Lilie und darum herum, wie Stickerei, filigrane Blütenranken.

Es wirkte zärtlich und heiter, romantisch, ohne kitschig zu sein. Ich hoffte, Römer würde in der deutschen Ausgabe nicht sehr davon abweichen.

Es war ein merkwürdiges Gefühl, in ____s warmherzig-schnoddriger Sprache über diese Jane zu lesen und zu wissen, dass ich selbst damit gemeint war. So, als wäre ich einen Schritt zurückgetreten und beobachte mich selbst. An meinen E-Mails war nicht viel geändert worden, größtenteils waren sie sogar wörtlich übersetzt.

›Lily Picker‹ war ein schönes Buch geworden, anrührend, heiter, witzig, bitter-süß, mit einem offenen Ende, das jedem die Möglichkeit gab, die Figuren dahin gehen zu lassen, wo er sie sehen wollte.

Julia hatte recht: Ich durfte stolz darauf sein.

@@@

Christian hatte nicht geantwortet. Hatte ich es erwartet?

Ehrlich gesagt: Ja.

Das kleine Mädchen, das sich Prinzen und Wunder wünscht, bleibt ein Leben lang Teil einer weiblichen Seele. Selbst bei denen, die das nicht von sich glauben.

Es kam allerdings Post von einem anderen. Von einem, der früher mein Prinz gewesen war.

Hannes.

Neben dem üblichen Blabla über Familie und Beruf stand da zu meiner Verwunderung:

Liebe Undine, ich denke, wir hätten uns viel zu erzählen. Und ich denke auch, wir sollten das, was zuletzt zwischen uns geschehen ist, nicht so verbissen sehen. Das Leben ist doch viel zu kurz und schön, um sich zu ärgern. Am Sonntag wird es ein Jahr, dass wir uns zuletzt getroffen haben. Wie die Zeit vergeht … Lassen wir nicht noch mal so viel vergehen. Was meinst Du?

Ich meinte, es sei völlig in Ordnung, den Text dreimal zu lesen, aber schon nach dem ersten Mal ein imaginäres Messer zu zücken. Nach dem dritten Mal schärfte ich die Klinge, polierte den Griff, hauchte noch einmal darauf und zog los.

Datum: 28. Februar 2008 23.55 Uhr
Von: Undine.B@web.de
An: Hannes-Sch.@lvr.de
Betreff: Wiedersehen

Liebster Hannes,

ich lese Deine Post und frage mich: Wie macht der das nur?

Schreibt mir nach einem Jahr, schreibt mir solche Plattitüden und erwartet wahrscheinlich ein Gurren zur Antwort. Ich frage jetzt mal ganz Robert Lemke gemäß: Gehe ich richtig in der Annahme, dass Du meine Intelligenz noch immer sehr unterschätzt?

Oder woher nimmst Du die verrückte Idee, dass solch unreflektiert dahingekritzelte Zeilen auch nur meinen kleinen Zeh in Deine Richtung wandern lassen könnten?

Und mein Lieber, ich war noch nie ein verbissener Mensch – im Gegensatz zu Dir mit Deiner feigen Weltanschauung. Umso erstaunlicher empfinde ich dann Deinen Vorschlag, ganz unverbissen darüber hinwegzusehen, wie schäbig Du mich damals behandelt hast. Falls Du es vergessen haben solltest – ich nicht! Nein, mein Lieber, für die kleine Rettung zwischendurch stellt sich Undinchen nicht mehr zur Verfügung.

Du hast Dir Dein muffiges Bett gemacht – nun schlaf auch drin!

Alles Liebe!
Undine

@@@

Danach hörte ich nichts mehr. Weder von Hannes noch von Christian. Ich hatte um mich geschlagen, getroffen und Dummheit und Bedrohung zurück in ihren Bau getrieben.

Im Theater begannen die Proben zu ›Viel Lärm um nichts‹, Franz war wieder da und mit ihm ein Teil des Ensembles von ›A Midsummer Night's Sex Comedy‹. Die Tage hatten etwas von einem Déja vu, als ich Franz' Stimme aus dem Zuschauerraum poltern hörte oder seinen obligaten Asthmalacher, wenn er vor Vergnügen nicht mehr wusste, wohin. Wie früher stiefelte er zu mir ins Büro, brachte mir dieselben schnapsgefüllten Nusspralinen mit und hoffte, ich könne an seiner Stelle Friedmann Sonderwünsche aus den Rippen leiern, was mir auch meistens glückte, wobei Herrn Mägeleins hochherziger Scheck dabei sicherlich half.

Zu unserer aller Erleichterung besuchte Karin Mägelein die Proben nur selten, aber wenn, dann hing sie an Franz' Lippen, als quollen Perlen der Weisheit daraus hervor. Ihr Mann hingegen quittierte ihren Überschwang mit hilflosen Blicken, sein breites Bauerngesicht mit dem leicht verdutzten Ausdruck bekam etwas von der Miene eines resignierten Clowns. Es entging mir nicht, dass er in solchen Momenten deprimiert den Bühnenraum verließ, hinüber zu Friedmann stapfte und sich von ihm Grünen Tee einschenken ließ, an dem er anschließend blicklos nippte.

Ich mochte Mägelein gern, und weil ich ihn nicht beschämen wollte, hatte ich es immer vermieden, ihn aufmunternd anzublicken. Aber natürlich tat er mir leid, weil er so an diesem dünnen, kleinen Vogel hing, ohne jemals die richtigen Worte oder Gesten zu finden, die ihm selbst Wärme und Zuneigung bescherten. Es war nicht schwer, sich vorzustellen, dass Karin Mägelein den Scheck lediglich als einen Tribut an ihr verdrießliches Dasein gesehen und ihn mit ebensolchem Gesicht akzeptiert hatte. Die beiden Mägeleins wirkten, als habe ein unauflösbarer Zauber sie dazu verurteilt, miteinander alt zu werden. Ihren Mienen nach befanden sie sich mitten in der Hölle.

Kam Julia hin und wieder bei den Proben vorbei, boten sie und Franz ein ganz anderes Bild. Sie waren ständig dabei, zu giggeln, sich zu berühren, streuten kleine Codes in ihre Unterhaltungen und verströmten eine Aura ungenierter Verschworenheit.

Wenn Julia wieder verschwand, ließen diese Intermezzi meistens einen aufgeräumten, freundlichen Franz zurück. Wir staunten alle. Weder saß sie ihm auf der Pelle, noch umhegte sie ihn, sondern wandte sich schwungvoll ihrem eigenen Leben zu. Aber sie erkannte, was ihn bewegte, zeigte sich berührt davon, kommentierte, ohne zu urteilen, und blieb dabei immer warm.

Gingen wir abends nach den Proben noch etwas essen, war ich den beiden gegenüber nicht immer frei von Neid. Sie schienen mir wie Gefährten, die sich bei aller Gelassenheit nach wie vor begehrten.

@@@

Anfang März fuhren meine Eltern in Skiurlaub. Danach wollten sie Freunde auf den Schären besuchen. Vorher lieferten sie allerdings »die Schätze« bei mir ab. »Die Schätze« war ein Wellensittichpärchen namens Caroline und Mr Briggs. Seit fünf Jahren erfüllten die beiden den

Gluckendrang meiner Mutter und das Spaßbedürfnis meines Vaters, wobei ich den Eindruck hatte, als lebten die vier tatsächlich in einer synergetischen Verbindung. Die Namen entstammten dem Lieblingsroman meiner Mutter, Elisabeth von Arnims ›Verzauberter April‹. Auf den letzten Seiten entdeckten Caroline und Mr Briggs, dass sie einander deshalb so brauchten, weil sie nur durch den anderen die sein konnten, die sie in ihrer Seele waren. Eine Symbiose, die meine Mutter auch den beiden Sittichen unterstellte, weshalb sie ihnen diese Namen gab. Ich fand sie schlichtweg süß und suchte den Vögeln ein helles Plätzchen im Wohnzimmer und freute mich an ihrer tirilierenden und keckernden Gesellschaft.

Ein paar Tage später stand ich abends in der Küche und schnitt kleine Artischocken für eine Pastasauce zurecht. Till wollte zum Essen kommen, ein Chardonnay stand im Kühlschrank und über den Rechner hörte ich »Klassik Radio«. Während Caroline und Mr Briggs dazu trällerten und ich dicke Zitronen in Scheiben schnitt, erklang plötzlich ein Lied, das so bewegend war, dass ich innehielt und dieser Engelsstimme und den Streichern lauschte, bis der letzte Ton verklungen war. Danach googelte ich den Refrain und fand es. ›Slumber my darling‹ von Alison Krauss. Ich eilte weiter zu Amazon, klickte wieder und hatte es gekauft. Zufrieden ging ich zurück in die Küche, als mein Computer mich mit neuer Post zurückrief.

Ich las und vergaß darüber die Artischocken und Zitronen. Ich las und blieb, als ich fertig war, wie versteinert sitzen. Ich war völlig durcheinander, denn mit allem hatte ich gerechnet, nur damit nicht. *Dagegen* war ich nicht gewappnet. Nicht gegen Freundlichkeit, nicht gegen Verständnis, nicht gegen Ehrlichkeit.

Datum: 14. März 2008 18.47 Uhr
Von: chapare@gmx.net
An: Undine.B@web.de
Betreff: Ins Eingemachte

Liebe Undine,

es erstaunt mich selbst, dass ich Dir schreibe. Aber eigentlich nur deshalb, weil ich so etwas bisher noch nie getan habe, zumindest nicht aus dieser Motivation, die mich heute bewegt.

Inzwischen habe ich den ›Lily Picker‹ ganz gelesen. Das tue ich immer – ein Buch ganz lesen –, bevor ich mit der Übersetzung beginne, einfach um zu sehen, wohin die Reise geht. Diese Reise ging ins Eingemachte. Obwohl ich anhand des Titels schon wusste, dass ich wohl Bekanntes darin vorfinden würde, hatte ich so nicht damit gerechnet. Was zugegebenermaßen blöd von mir war, denn ich weiß doch, dass ____s Romane, trotz ihrer Ehrfurchtslosigkeit der Sprache gegenüber, nie nur an der Oberfläche kratzen, sondern dass sie weise, klug und intensiv an allem rühren, was uns angeht. Das ist seine große Qualität und ich Ignorant hatte das ausgerechnet bei diesem Buch vergessen.

Im Grunde warst Du es ja, Undine, die mich so vollkommen in der Gestalt dieser Jane überrascht hat. Denn diese Jane oder besser gesagt Undine ist innerlich ganz anders, als man von außen annimmt.

Und diese Diskrepanz – ja, ich möchte dieses Wort benutzen – ist in unserer Geschichte der Knackpunkt.

Als ich damals zum letzten Mal mit Dir telefonierte, hatte ich nicht den Eindruck, dass ich Dich mit allem sonderlich traf. Fast die ganze Zeit über bliebst Du stumm, und wenn Du etwas sagtest, dann klang es kühl. Nicht berührt, nicht verzagt, nicht traurig oder verstört. Verstehe mich jetzt bitte nicht falsch, ich werfe Dir nicht im Nachhinein fehlende Theatralik vor, ich will damit eigentlich nur sagen: Ich hatte keine Ahnung, WIE nahe Dir das alles eigentlich ging. Du hattest es zu gut versteckt.

Natürlich hatte ich Dich vorher verliebt erlebt, aufgeschlossen, zärtlich und verspielt, aber als Du Dich später so distanziert gabst, hielt ich Dich für eine von denen, die für jede Situation das entsprechende Gesicht parat haben und es nach Belieben und erwünschter Wirkung aufsetzen. Ich hätte niemals – niemals! – angenommen, dass ich Dich damals so tief verletzt haben könnte, ja, dass Du wirklich unter allem gelitten hast. Es tut mir leid, wenn ich mich wiederhole – und bitte unterstelle mir ruhig fehlendes Einfühlungsvermögen –, aber es ging aus Deiner Reaktion einfach nicht hervor. Hinzu kam noch, dass ich Dich ein paar Wochen später in diesem Schwabinger Café gesehen habe, Du erinnerst Dich sicherlich noch an diesen Moment, als Du mich über die Schulter dieses Typen ansahst, der Dich so fest an sich gedrückt hielt. Was sollte ich denken, außer dass ich rasch ersetzt worden war. Ich habe damals übrigens den Hinterausgang genommen, weil ich ein triumphierendes Lächeln erwartet habe und fürchtete, es nicht sonderlich gut zu verkraften.

Durch dieses Buch, den ›Lily Picker‹, ist mir – wenn auch spät – erst klar geworden, wie unverständlich und verstörend mein Verhalten für Dich war. Bitte glaub mir, wenn ich sage: Ich schäme mich dafür. Denn es ist so: Du hast nichts, aber auch gar nichts getan, was irgendeines meiner Worte oder diesen Abend gerechtfertigt hätte. Und es ist richtig, mir Egoismus vorzuwerfen, denn ich habe damals nur mich gesehen, mich und diese verfahrene bis schreckliche Situation, in der ich mich befand.

Nein, es ist nicht meine Absicht, mich geheimnisumwittert zu geben, es ist nur so, dass ich das eine nicht erklären kann, ohne das andere *auch* anzuführen. Aus diesem Grund überlege ich, ob ich an dieser Stelle mit meinen Erklärungen fortfahren soll oder ob es geschickter wäre, Dir ein Treffen vorzuschlagen, um Dir alles persönlich zu sagen. Ganz ehrlich: Letzteres würde ich bevorzugen. Weil mir ein Dia- lieber wäre als ein Monolog. Weil ich mir mehr davon verspreche als von einer E-Mail, die ein Erklären zwischendurch unmöglich macht, und ja, weil ich das Bedürfnis habe, mich, so gut es eben geht, reinzuwaschen. Dafür brauche ich aber Deine Reaktion. Die echte. Nicht die mailgefilterte.

Klingt das schon wieder egoistisch? Soll es nicht. Natürlich nicht. Bittend soll es klingen, auf Verständnis hoffend und vor allem ehrlich.

Ich kann's nicht besser, aber ich meine es gut.

Vielleicht schreibst Du zurück. Vielleicht sagst Du auch Ja.

Ich würde mich freuen.

Liebe Grüße
Christian

@@@

Am übernächsten Tag fuhr ich mit einer Freundin nach Schloss Linderhof. In der Luft lag schon manchmal der Duft nach Frühling, der lange Winter verzog sich nur murrend, doch allmählich wurde es milder, und in den Vorgärten feixten Primeln, Leberblümchen und Märzenbecher. Birgit, die ich seit der Zeit meines Studiums kannte, arbeitete inzwischen als Pressesprecherin bei einer Filmproduktion in Köln und hatte für eine Woche in München zu tun. Wir beschlossen, an diesem Samstag die Stadt hinter uns zu lassen und der aufgrünenden Natur ein Stück entgegenzufahren.

Das helle Barock-Schlösschen war der Lieblingsort Ludwigs II. gewesen, und warum war nicht schwer zu verstehen. Umschlossen von Bergen lag es in einem Park, inmitten an italienischer Renaissance orientierter Terrassen und Treppen, Brunnen mit baumhohen Fontänen, Putten und Skulpturen. Mediterraner Charme und Elan vergnügte sich leichtherzig mit alpiner Rauheit, die Wirkung war zauberhaft, und wie früher den König fing sie auch mich immer wieder ein.

An diesem Tag allerdings blieb ich weitgehend unberührt davon, es fiel mir schwer, auf Birgits Begeisterungsrufe einzugehen. Christians Worte trieben durch meinen Kopf wie führerlose, schaukelnde Boote – ich wusste nicht, wie und wo ich sie festmachen sollte. Sie ließen mich nicht kalt, im Gegenteil, sie trafen mich mitten ins Herz. Ich wollte Christian nicht wieder vertrauen, aber gleichzeitig brannte ich darauf zu hören, was er zu sagen hatte. Ich hatte mich noch nicht entschließen können, ihm zu antworten. Ich hatte weder mit Till darüber gesprochen noch mit Julia, und Birgits bestürzte Blicke konnte ich mir gut vorstellen. Ich zog es weiterhin vor zu schweigen und lachte, als Birgit in der Venusgrotte in Entzücken ausbrach und sich schwärmerisch vorstellte, wie Ludwig einst im Lohengrin-Kostüm über den kleinen See gefahren war, während von den Felswänden die Tannhäuser-Ouvertüre rauschte. Ich sagte ihr nicht, dass Wagners Werk zwar heutzutage für Besucher vom Band gespielt wurde, der König allerdings nicht in diesen Genuss gekommen war, sondern stattdessen sein Schwanenboot in aller Stille über den See gesteuert hatte, da es zu dieser Zeit das Grammophon erst noch zu erfinden galt.

Der Tag verlief in harmonischem Schlendrian, ich war stiller als sonst, aber das fiel nicht weiter auf, denn Birgit plauderte und erzählte unentwegt.

»Und dann fummelte der mir doch während des Gesprächs in meinen Haaren herum, und als ich ihn darauf ansprach, meinte er, eine Biene habe sich darin verfangen. Albern, nicht?«, erzählte sie später, als wir beim Essen saßen, von der Begegnung mit einem bekannten amerikanischen Schauspieler, während sie kleine Stücke von ihrem Schnitzel schnitt und mit Kartoffelsalat in den Mund schob. Ich machte irgendeinen Witz, während ich im Stillen über die Diskrepanz zwischen meinem Inneren und Äußeren nachdachte. Es war mir niemals in den Sinn gekommen, sie könne überhaupt existieren. Mir selbst erschien mein Auftreten nur selten souverän genug, da ich meistens mit irgendwelchen Selbstzweifeln und Ängsten kämpfte. Und schon immer hegte ich den Verdacht, es stünde mir auf der Stirn geschrieben.

@@@

»Deine Fassade ist großartig«, sagte Christian vier Abende später mit einem Lächeln, nachdem wir darüber gesprochen hatten. »Dir steht nichts auf der Stirn.«

Ich hatte es letztendlich doch nicht ausgehalten und

einem Treffen zugestimmt. Wir trafen uns im »Baccus«, einem Italiener in der Nymphenburger Straße, der – jauchz – ein kleines Separée für Raucher eingerichtet hatte und es als »Geschlossene Gesellschaft« deklarierte.

Es war leichter gewesen, als ich mir vorgestellt hatte. Wir waren gleichzeitig vor dem Restaurant eingetroffen und hatten uns halb verlegen die Hand gereicht. So viel Bitteres war mir seit diesem Telefonat damals durch den Sinn gegangen, aber als ich Christian mit unsicherem Blick und schiefem Lächeln vor mir sah, musste ich dieses Lächeln einfach erwidern. Wir gingen hinein und zogen, kurz nachdem wir Platz genommen hatten, gleichzeitig unsere Zigaretten hervor. Als wir uns ansahen und lachten, war es wie eine Befreiung.

»Es hat schon fast dieselbe Unwirklichkeit wie eine Szene bei Murakami, wieder in einem Restaurant zu sitzen und zu rauchen«, sagte Christian und ließ das Feuerzeug schnipsen. »Noch dazu in einem schönen. Man will es kaum glauben.«

»Ja«, antwortete ich und hielt ihm meine Zigarette entgegen. »Fast, als säße man zu Prohibitionszeiten in einer verruchten Spelunke und müsse jeden Augenblick mit einer Razzia rechnen.«

»Und dann knüppeln sie dich in einen Polizeiwagen mit dem Vorwurf, ein Selbstmordattentäter zu sein: Du zündest dir eine an und reißt Tausende mit in den Tod.«

Wir lachten beide noch einmal und blickten schließlich verlegen zur Seite. Kurz darauf kam die Kellnerin, nahm die Bestellung auf und gab uns damit ein paar Augenblicke, um uns zu fangen. Nachdem sie gegangen war, holte ich Luft. »Du hast geschrieben, es gäbe vieles, was du mir erklären wolltest. Darf ich direkt sein? Ich würde es gern hören.«

Er nahm einen Schluck von seinem Wein und antwortete: »Es ist schwerer, als ich gedacht habe. Ich habe keine Ahnung, wie und womit ich beginnen soll.«

»Du sagtest damals«, half ich ihm tapfer, »du seist nicht in mich verliebt und wolltest dein Leben nicht aufgeben. Dein Herz sei nicht dabei. Beginnen wir doch damit.«

»Ja, ich erinnere mich, dass ich das gesagt habe, und das Merkwürdige war, dass ich es in diesem Moment genauso empfunden habe. Als seien meine eigenen Worte imstande gewesen, ein Gefühl zu löschen und ein neues zu suggerieren. Ich kann es mir nicht erklären, wie das möglich war, denn es war nicht das, was ich in den Wochen davor empfunden hatte.«

»Aha«, erwiderte ich hilflos.

»Erst nachdem ich ›Lily Picker‹ gelesen und begriffen hatte, wie verletzend und unverständlich das für dich gewesen sein muss, habe ich über mein Verhalten nachgedacht. Ich habe es gesagt, weil ich nicht in dich verliebt sein *wollte*. Dieser Satz war quasi eine Selbstbeschwörung. Ein Mantra oder etwas in der Art.«

»Ein Mantra. So. Und weshalb musstest du dich selbst beschwören? Weshalb wolltest du nicht verliebt in mich sein? Es war doch so schön vorher. Alles.« Der letzte Satz flog beinahe flehend aus meinem Mund, ohne dass ich es wollte.

Er zögerte, bevor er die Augen hob und mich ansah: »Ich weiß, dass es unverständlich klingen muss, aber ich hatte Angst.«

»Angst? Du hattest Angst? Wovor denn? Wenn ich mich vor etwas fürchte, dann suche ich nicht erst die Gefahr. Wenn du dich nicht verlieben willst, weshalb sprichst du dann Frauen an?«

»Weil ich nicht anders kann. Weil ich ein Mann bin.«

»Ach so, *die* Geschichte.«

»Welche Geschichte?«

»Die vom Skorpion. Der nicht anders kann, als zu stechen.«

»Eine wahre Geschichte.«

»Eine faule Ausrede.«

Wir schwiegen beide sekundenlang.

»Weshalb hattest du Angst?«, fragte ich schließlich. »Lag es an mir? Habe ich irgendetwas gesagt, getan ... ?«

»Nein, das hast du nicht. Du warst süß, bezaubernd, das, was man sich wünscht, aber ...«

»Aber?«

»Es ging mir sehr gut mit dir, und ich hatte nicht einen Augenblick lang vor, das zu tun, was ich schließlich getan habe. Aber nach dieser Nacht«, er zögerte kurz und musterte mich rasch, »du weißt schon, nach dieser Nacht ... unserer Nacht, da ist etwas geschehen, womit niemand rechnen konnte. Es hat mich völlig aus der Bahn geworfen, ich war wie von Sinnen und hatte das Gefühl, nie wieder einen Menschen oder vielmehr eine Frau ertragen zu können.« Mit einem Mal sah er angespannt aus, die Falten um seinen Mund traten schärfer hervor, seine Heiterkeit hatte ihn verlassen.

»Bitte, mach es nicht ganz so spannend«, versuchte ich locker zu bleiben und griff erneut nach einer Zigarette.

»Erinnerst du dich noch? Ich habe dich am Morgen nach Hause gebracht und fuhr dann weiter zu einem Termin. Als ich nach Mittag wieder heimkam, wartete Isolde vor der Tür auf mich.«

»Isolde?«

»Weißt du nicht mehr, die Frau ...«

»Doch, ich weiß. Die Frau, mit der du Susanne betrogen hast. Ich habe die Geschichte nicht vergessen. Was war denn? Ich dachte, das mit ihr wäre längst perdu.« Ich hörte selbst, wie scharf meine Stimme beim letzten Satz klang. Wenn er jetzt sagt, er hat auch dich betrogen, dachte ich mit plötzlich hämmerndem Herzen, dann gehe ich auf der Stelle und spreche nie wieder ein Wort mit ihm.

»Ja, das war es auch. Zumindest für mich. Es war ja auch schon eine ganze Weile her. Aber als ich sie an diesem Tag wiedergesehen habe, da wusste ich mit einem Blick in ihr Gesicht, dass es *das nicht* war.«

»Du sagtest mir damals, du hättest sie nicht geliebt. Für sie sei es mehr gewesen als für dich.« Meine Stimme klang plötzlich brüchig und ich war mir nicht mehr sicher, ob ich seine Geschichte hören wollte. Es war schon fast ein Jahr her, der ganz große Schmerz war vorbei – ich brauchte ihn nicht noch einmal.

»Das stimmt. Ich habe es gesagt, und so war es auch. Aber ich habe dir auch erzählt, dass sich Isolde und ihr Mann damals getrennt haben – wegen mir. Ganz ehrlich, ich habe es nicht sonderlich ernst genommen und gedacht, sie finden schon wieder zusammen. Aber …«

»Aber was?«

»Das haben sie nicht. Wie sie mir erzählt hat, kam er zwar immer wieder zurück und flehte und bettelte um eine neue Chance, aber sie wollte nicht mehr. Sie sagte ihm, die Geschichte mit mir habe ihr die Augen endgültig über ihre Ehe geöffnet, sie liebe ihn schon lange nicht mehr, es sei nur ein müdes Nebeneinander, sie langweile sich und könne den Gedanken, er würde sie jemals wieder anfassen, kaum ertragen. Sie hätten sich viel zu früh kennengelernt, viel zu früh geheiratet und nun sei sie zu jung, um sich damit für den Rest ihres Lebens abzufinden, und selbst wenn die Geschichte mit mir im Sand verlaufen sei, sie ginge nicht mehr zu ihm zurück.«

»Und?«, fragte ich, weil er plötzlich innehielt, und dachte gleichzeitig, dass mich das alles nicht sonderlich erstaunt. Solche Geschichten hörte man ständig. Plötzlich kam mir ein Gedanke: »Haben sie Kinder?«

»Einen Jungen. Den wollte sie natürlich behalten. Für ihren Mann muss gerade die Trennung von dem Kind das Furchtbarste gewesen sein. Es sei sein Ein und Alles gewesen, sagte Isolde, er hing abgöttisch an ihm.«

»Wieso ›gewesen‹, wieso ›hing‹?« Mir entging diese Feinheit in seiner Wortwahl nicht.

»Damals, ein paar Tage vor deiner Premiere, hatte er noch einmal versucht sie zu überreden, zu ihm zurückzukommen. Aber sie blieb eisern und das Ganze eskalierte in einem gewaltigen Streit. Sie brüllten sich an, dass die Nachbarn schließlich damit drohten, die Polizei zu holen. Sie sagte, er sei außer Rand und Band gewesen, habe sie beschimpft und sei auf sie losgegangen, dass sie es mit der Angst bekam. Das Kind war da und weinte die ganze Zeit und schließlich warf sie ihn aus der Wohnung. Vom Fenster aus sah sie noch, wie er nach draußen zu seinem Auto stürmte und …« Christians Feuerzeug klickte, und er nahm einen tiefen Zug, bevor er zögernd weitersprach. »Er hatte einen Unfall. Kein Mensch weiß, wohin er nach dem Streit wollte. Sein Wagen ist auf der Autobahn ins Schleudern geraten. Er muss wie ein Irrer gefahren sein.«

»O Gott«, sagte ich erstickt und beachtete das Essen nicht, das die Kellnerin in diesem Augenblick auftrug. »Wie grauenvoll.«

Christian nahm sein Besteck zur Hand, um es gleich

darauf wieder neben den Teller zu legen. »*Das* hat Isolde mir an diesem Tag erzählt. Was heißt ›erzählt‹. Sie schrie, tobte und weinte in meiner Wohnung, es sei alles meine Schuld, wenn ich mich nicht in ihr Leben gedrängt hätte, wäre sie nie auf solche Gedanken gekommen, sie hätte sich nicht wie eine x-beliebige Schlampe benommen, sie sei immer ein anständiger Mensch gewesen und ihr Kind – das war das Schlimmste – hätte noch immer einen Vater. Der Junge sei erst fünf Jahre alt und frage immer wieder nach seinem Papa und sie wisse weder, was sie ihm antworten solle, noch wie sie selbst mit alldem weiterleben könne.«

Ich musterte Christian schweigend und hatte Mühe, nicht nach seiner Hand zu greifen. Mir fiel außer dieser Geste nichts ein, was ich hätte tun oder sagen können. Aber etwas hielt mich zurück, und ich schob stattdessen meinen Teller zur Seite und griff wieder nach einer Zigarette.

»Wie gut, dass man hier rauchen darf«, sagte ich schließlich banal.

»Ja«, seine Stimme klang rau. »Weißt du, Undine«, fuhr er nach einer Weile fort«, das Entsetzlichste für mich war, dass sie recht hatte. Ich bin ein Mitschuldiger. Ich weiß nicht, aus welchem Grund ich für diese Rolle auserkoren wurde, aber es stimmt: Ich habe mich in Isoldes Leben gedrängt, damals an diesem Abend in der Kneipe, obwohl es offensichtlich war, dass sie nicht alleine war. Und dann diese Angeber-Nummer mit dem Prospekt, ich kam mir so cool und überlegen vor … Und warum? Aus verletztem Stolz, dummer Eitelkeit. Eine billige kleine Rache, weil Susanne mich betrogen hatte und ich damit und mit meinen Gefühlen für sie nicht klarkam. Weil ich, was Zwischenmenschliches angeht, ein völliger Versager bin.«

»Aber Isolde hat mitgemacht«, wagte ich schließlich einzuwerfen.

»Natürlich hat sie das. Aber wenn ich nicht da gewesen wäre, wenn ich sie in Ruhe gelassen hätte, dann …«

»… wäre vielleicht ein anderer gekommen.«

»So leicht kann ich es mir nicht machen, Undine. *Ich* bin genauso dafür verantwortlich wie sie.«

»Das stimmt«, antwortete ich langsam und erkannte, dass er recht hatte. »Aber selbst die größte Buße kann es nicht ungeschehen machen. Viele Rädchen haben ineinandergegriffen, dass das geschehen konnte, du warst nur eins davon.« Ich verstummte kurz. Dann sagte ich: »Im Grunde weiß ich nicht, was ich darauf sagen soll. Ob es überhaupt etwas gibt, was man darauf sagen *kann*. Ich kann dir die Schuld nicht ausreden, denn sie ist da. Ich habe keine Ahnung, wie man mit derartigem lebt. Und ich will auch nicht egoistisch klingen, aber ich frage mich, weshalb du damit nicht schon damals zu mir gekommen bist. Warum hast du nichts gesagt?«

Er sah mich lange an. »Weil mir damals bewusst wurde, was für ein Schwein ich bin. Weil ich nicht wollte, dass du das erkennst. Weil ich Angst hatte, du könntest es eines Tages, wenn es gerade passen würde, gegen mich verwenden. Ich schämte mich einfach.«

»Weshalb sagst du es mir jetzt?« Plötzlich erinnerte ich mich, wie er damals am Telefon nicht hatte auflegen können, wie er das Gespräch immer wieder aufgenommen und künstlich in die Länge gezogen hatte. Vielleicht hätte er doch darüber gesprochen, dachte ich jetzt, wenn *ich* darauf eingegangen wäre. Im Grunde unterschied ich mich gar nicht so sehr von ihm. Auch ich hatte mich so davor gefürchtet, verletzt zu werden, dass ich am Ende stumm geblieben war. Wäre ich damals weniger stolz gewesen, weniger ängstlich, hätte ich gezeigt, wie viel mir an ihm lag … – ja, was dann?

»Weil ich durch das Buch begriffen habe, wie viel Schmerz du ertragen hast«, unterbrach er meine Gedanken. »Und weil ich während meiner Krankheit begriffen habe, dass ich anfangen muss, ein paar Dinge wiedergutzumachen. Und eins davon bist du.«

Wir redeten weiter bis tief in die Nacht. Das Essen auf unseren Tellern war kalt geworden. Wir hatten kaum etwas davon angerührt. Dafür hatten wir noch einen weiteren Liter Wein bestellt, und in dem Aschenbecher vor uns häuften sich die Zigarettenkippen. Die Kellnerin hatte es längst aufgegeben, ihn zu wechseln. Aus Christian strömten die Worte wie Wasser, das lange gestaut worden war und jetzt seinen Lauf suchte.

Er erzählte weiter von Isolde, und dass sie zuerst abgelehnt hatte, Hilfe von ihm anzunehmen, aber inzwischen erlaubte sie ihm, das Kind monatlich mit einer festen Summe zu unterstützen.

»Es ist nur Geld«, sagte er. »Im Grunde ist es läppisch, aber wenigstens kann ich *etwas* tun.«

Ich verstand ihn gut.

Irgendwann – das Restaurant war inzwischen leer geworden – begann er von seiner Krankheit zu sprechen. Es war ein Tag Ende August gewesen. Die Geschichte um Isolde hatte sich etwas beruhigt, er selbst lebte wieder seinen gewohnten Trott. Aufstehen, Fahrradfahren, danach Kaffee und ein Croissant, dann die Arbeit auf dem Schreibtisch. Er war wie immer zur gewohnten morgendlichen Runde draußen gewesen, aber es war ihm schwergefallen, die Pedale zu treten, und in den Zehen des rechten Fußes hatte er ein merkwürdiges Gefühl verspürt, dem er aber nicht viel Beachtung schenkte. Was ihn seit Tagen wirklich in den Wahnsinn trieb, war der andauernde Minzgeschmack im Mund.

»Egal, was ich gegessen oder getrunken habe – alles schmeckte plötzlich nach Vivil. Ein Brathering nicht anders als ein Honigbrot. Grauenvoll.«

Trotz allem musste ich lachen. »Wie kam das?«

»Nennen wir Guillain-Barré einfach eine autoimmune Verwechslungskomödie. Ausgeflippte Antikörper übernehmen die Regie und verkehren alle möglichen Empfindungen ins Gegenteil. Nachher kam es noch schlimmer: Ich konnte heiß nicht mehr von kalt unterscheiden. Es ist der blanke Irrsinn. Aber das passierte alles erst viel später.«

Als er an diesem Morgen nach Hause gekommen war, sei ihm plötzlich aufgefallen, dass er seine Zehen gar nicht mehr spürte. Sie waren vollkommen taub. Es sei ihm merkwürdig vorgekommen, aber nicht allzu bedeutungsvoll. Es würde sich bestimmt wieder geben, eine leichte Verstauchung oder etwas in der Art, hatte er geglaubt. Im Laufe des Vormittags weitete sich die Taubheit bis in seine beiden Beine aus. Als er irgendwann vom Schreibtisch aufstehen wollte, waren sie unter ihm weggeknickt, wie brüchige Streichhölzer, so als gehörten sie nicht zu ihm.

»In meinem ganzen Leben hatte ich nie so eine Angst verspürt«, sagte er. »Es war furchtbar. Mein Herz hämmerte wie verrückt. Ich hatte keine Ahnung, was diese Taubheit zu bedeuten hatte und woher sie so plötzlich kam. Dann dachte ich, es sei ein Schlaganfall, und wurde total panisch. Irgendwie schaffte ich es, mich wieder hochzuziehen und zum Telefon zu hangeln.«

Die Ärzte diagnostizierten die Krankheit schnell. Inzwischen hatte die Lähmung auch den Oberkörper und damit die Lunge erfasst. Sie beatmeten ihn künstlich, während die Lähmung auch auf sein Gesicht überging.

»Keine schöne Erfahrung«, sagte Christian nur und blickte knapp an mir vorbei. »Aber es ging vorüber. Allerdings sprach ich wochenlang schlimmer als jeder Volltrunkene. Es klang total bescheuert, am Anfang wollte ich gar nicht reden, weil mir mein verwaschenes und dumpfes Gelalle so peinlich war. Aber irgendwann vergaß ich meinen Stolz. *Ich war nicht gestorben*! Und als ich begriff, dass das fast an ein Wunder grenzte, wurde ich demütig und dankbar. Was spielte es für eine Rolle, wie ich sprach, wenn ich meinen Mund überhaupt noch öffnen konnte.«

Ich hätte gern etwas gesagt. Etwas, das auch im Nachhinein tröstend gewesen wäre, aber mir fehlten die richtigen Worte. Ich schwieg demnach und hörte weiter zu.

Die Rekonvaleszenz dauerte über Monate. Nach vier Wochen erreichte die Krankheit ein sogenanntes Plateau und die Lähmungen gingen langsam zurück, doch bis man sprichwörtlich wieder auf den Beinen war, dauerte es lange. Noch immer spüre er seine Füße nicht und brauche deshalb nach wie vor Krücken.

Inzwischen war es eins geworden. Die Schläfrigkeit im Blick der Kellnerin paarte sich mit einem deutlichen Vorwurf. Wir gehorchten der Aufforderung, verlangten die Rechnung und verzogen uns. Ich musste am nächsten Tag früh aufstehen und wusste, wenn ich jetzt noch länger bliebe, würde ich nur schwer aus dem Bett kommen. Aber andererseits war ich von Christians Geschichte gefesselt und wollte sie zu Ende hören. Ich stimmte also zu, als er vorschlug, in die »Frauenhofer Schoppenstuben« zu wechseln, wo man es mit der gesetzlich verordneten Münchner Bettruhe nicht so genau nahm. Dort bestellten wir wieder Wein und lauschten einem Sänger, der mit mild-ranzigem Schmelz in der Stimme ›Die Nacht ist nicht allein zum Schlafen da‹ sang.

»Die Krankheit ist der absolute Crash«, nahm Christian das Thema wieder auf, nachdem der Sänger sein Haupt mehrmals dem Applaus entgegengeneigt hatte. »Sie verlangt dir alles ab: Verzweiflung, Panik, Todesangst. Die Sanitäter und Ärzte, wie sie dich betrachten mit dieser mitleidsvollen Distanz im Blick, wie sie Dinge murmeln, die du nicht verstehst, danach all die Untersuchungen, deren Bedeutung du nicht kennst, stattdessen liegst du da, hilflos, lahm und ausgeliefert. Die Tage ziehen sich ebenso endlos dahin wie die Nächte, es gibt nichts zu tun, außer diesem starren Daliegen und dem zähen Warten auf den Erfolg der Behandlung. Ich hatte noch Glück, über den Tropf verabreichten sie mir Immunglobuline. Gott sei Dank schlugen sie bei mir an, und ich schrammte an einer Blutwäsche gerade noch vorbei.« Er unterbrach sich und blickte sekundenlang in eine unbekannte Ferne, ehe er fortfuhr: »Ich war einsam dabei. Meine Eltern sind schon alt, sie konnten nicht kommen, und meine Geschwister haben mit sich selbst und ihren Kindern zu tun. Natürlich besuchten mich Freunde und Kollegen, aber es war niemand da, der sich um mich kümmerte und dem ich meine Angst zeigen konnte. Ich bin kein besonders sentimentaler Mensch, es hat mir nie etwas ausgemacht, allein zu sein, ich komme eigentlich ganz gut mit mir selbst zurecht, aber in dieser Zeit stieß ich wirklich an die Grenzen meiner einzelgängerischen Qualitäten.«

»Vor einem Jahr hättest du das nicht gesagt«, unterbrach ich ihn. »Du hättest zur Seite geblickt und jeden Satz, der in diese Richtung ginge, mit dieser männerspezifischen, unangebrachten Tapferkeit abgewehrt.«

»Vermutlich«, antwortete er. »Man wird kein vollkommen anderer, egal was passiert. Man hat seinen Stempel aufgedrückt und da bleibt er. Aber vielleicht kommen im Laufe der Jahre neue Stempel hinzu. Ich kann nicht für alle sprechen, ich kann aber sagen, diese Krankheit *war* wie ein neuer Stempel für mich. Während ich dalag und mich nicht bewegen konnte, und auch später, als ich wie ein alter Mann am Rollator neu laufen lernen musste oder mich bei dieser Schwimmtherapie quälte, habe ich immer gedacht, wenn das vorbei ist, machst du vieles anders. Du bist noch einmal auf die Welt gekommen. Das ist vielleicht eine Chance, ein anderer zu werden. Und nicht nur ein anderer. Vielleicht sogar ein besserer.«

»Und? Hat es geklappt?«, fragte ich und tat so, als krame ich in meiner Tasche nach meinem Feuerzeug.

»Ich weiß es nicht. Das muss die Zeit zeigen. Ich verabscheue Phrasen, und Vorsätze fasse ich nie. Das kommt mir unehrlich vor. Das Leben lebt sich in vielerlei Hinsicht selbst. Dessen bin ich mir bewusst, aber es gibt immer Stellen, wo man eingreifen kann, vielleicht werde ich sie jetzt besser sehen.«

»Hättest du dich unter normalen Umständen noch einmal bei mir gemeldet?«, fragte ich, obwohl in Wahrheit die Frage »Bin ich eine dieser Stellen?« hätte lauten müssen.

Seine Antwort kam zögernd. »Ich glaube nicht. Ohne das Buch hätte ich weiterhin geglaubt, die Geschichte sei vorbei.«

»Hast du an mich gedacht?«

»Ja. Später. Nachdem die Geschichte mit Isolde sich beruhigt hatte und ich schon in der Klinik lag. Da habe ich manchmal gedacht, wie es wäre, wenn ...«

»Wenn?«

»... du da wärst ...«

»... um deine Hand zu halten?«

»So ähnlich.«

Wir blickten uns vorsichtig, fast tastend in die Augen, und nach ein paar Sekunden fragte ich, um die Situation zu entschärfen: »Hast du eigentlich sehr viel geweint?«

»Nein.« Christian lächelte. »Aber mein iPod spielte ziemlich oft Sinatra.«

@@@

Am nächsten Tag machte ich blau. Erst gegen vier war ich nach Hause gekommen und hatte nicht einschlafen können. Um halb sechs hinterließ ich auf dem Anrufbeantworter des Theaters irgendetwas von einem Magen-Darm-Virus. Aber selbst nachdem der Druck, mit wenigen Stunden Schlaf auszukommen, von mir genommen war, wurde ich nicht ruhiger und schlief noch immer nicht ein.

Vielmehr fühlte ich mich aufgepeitscht, von Unrast befallen. Ich mochte dieses Gefühl nicht. Es nahm mir jeglichen klaren Gedanken und schickte die verschwommenen auf Rotationskurs.

Christian hatte mich nach Hause gebracht und zum Abschied auf die Wange geküsst. Das Weiß seiner Zähne leuchtete im Dunkeln. Es war mir von jeher aufgefallen, *wie* weiß sie waren. Schon merkwürdig, auf welche Banalitäten der Verstand sich fixiert, sobald er nicht mehr weiterweiß.

Ich war gerade dabei, den Schlüssel ins Schloss zu schieben, als er noch einmal zurückkam. »Auch wenn ich dir damit zu nahe trete«, sagte er über meine Schulter hinweg, »aber wer war der Mann, mit dem ich dich damals in diesem Café gesehen habe? Der dich umarmt hat?«

Sein Gesicht war ausdruckslos, aber er begann zu lächeln, als ich antwortete: »Das war Till. Er ist seit Jahren mein bester Freund. Ich habe dir schon von ihm erzählt. Mich zu umarmen war in dieser Zeit sein Dauerjob.«

Wenige Tage später rief Christian mich an. Inzwischen hatte er mit der Übersetzung des Romans begonnen, verlor aber kein weiteres Wort darüber. Mir kam es vor, als bemühe er sich, zu klingen wie ein neutraler Bekannter, worüber ich nicht traurig war, denn nach wie vor war ich skeptisch und hatte beschlossen, nichts in ihn oder mich hineinzugeheimnissen, sondern nur das anzunehmen, was wirklich da war. Ich erlaubte mir weder einen Funken Euphorie noch ein Fünkchen Romantik.

Doch je mehr Zeit verging, desto öfter sahen wir uns. Manchmal nur auf einen Kaffee, zweimal gingen wir ins Kino und ein paar Mal nach den Proben etwas essen. Mein Schreibtisch im Theater quoll über, jeder wollte etwas von mir, denn die Premiere des neuen Stücks war auf Anfang Juni festgesetzt, und die Zeit flog dahin.

Christian und ich näherten uns auf eine merkwürdig unbeteiligte Art wieder an: Wir redeten viel, klammerten Persönliches aber, so gut es ging, aus. Umso erstaunter war ich, als er eines Abends, während wir bei »Georgios« aßen, plötzlich sagte: »Nach diesem Telefongespräch vor einem Jahr – da war ich mir ziemlich sicher, dass ich dich nicht mehr interessiere als ein Radrennen in der Ukraine.«

Überrascht ließ ich meine Gabel wieder zurück auf den Teller sinken. »Das hast du schon in dieser E-Mail geschrieben, und ich frage mich, wie du überhaupt darauf kommst. Ich habe nie einen Hehl daraus gemacht, wie verliebt ich in dich war.« Ich sagte das in aller Seelenruhe, was mich noch mehr erstaunte.

»Ich weiß, und so habe ich es auch empfunden, aber dann warst du so distanziert und nüchtern. Auf jeden Fall hast du nicht das geboten, was ich erwartet hätte.«

»Ja, wenn du meinst, lautes Geschrei sei ein Ausdruck von Liebe ...« Ich zuckte die Achseln und hob die Gabel wieder an.

Christian lachte. »Ist es das nicht? Reagiere ich etwa seit Jahren auf die falschen Signale?«

»Wer weiß?«

»Und dein Schweigen? Was sollte mir das sagen?« Er war rasch wieder ernst geworden.

Ich blieb so direkt wie zuvor. »Ich konnte nicht flehen, weil jedes deiner Worte unerträglich war. Ich fühlte mich geschlagen. Ein weiteres Nein hätte ich nicht ertragen. Deshalb habe ich geschwiegen. Es lag mir zu viel an dir.«

»Ich habe das nie so gesehen«, sagte er nach einer Weile.

»Man lernt eben nie aus.« Ich flüchtete mich in einen Gemeinplatz, um der verfänglichen Situation zu entkommen.

Eine Weile aßen wir schweigend weiter. Bis ich meinen Mut in beide Hände nahm und fragte:

»Und bei dir? Wie war das in Wahrheit bei dir? Bevor Isolde gekommen ist.«

»Das ist nicht so leicht zu beantworten, denn wenn ich zurückdenke, dann scheint sich alles – du, Isolde, die

Krankheit – so miteinander vermischt zu haben, dass ich die Dinge kaum getrennt voneinander betrachten kann. Sie gehören nicht zusammen, dann aber wieder doch. Wie ich damals empfunden habe, kann ich dir nicht genau sagen, aber ich weiß, wie ich jetzt fühle.«

»Und wie?«

»Ich hab mich in dich verliebt.«

Sein Geständnis traf mich vollkommen unvorbereitet. In meinen Augen waren wir so etwas wie Freunde geworden. Ich war so bedacht darauf gewesen, mich nicht *einmal* zu fragen, was ich inzwischen für ihn empfand, dass ich jetzt völlig perplex war. Etwas in mir brach plötzlich auf und mir wurde die Kehle eng. Ich riss die Augen auf, um die Tränen zurückzuhalten. Christian bedeutete mir viel mehr als damals, denn inzwischen hatte ich um ihn gelitten.

Als ich in der Nacht in meinem Bett lag, fiel mir ein, wie ich als kleines Mädchen zum ersten Mal an Fronleichnam Blumen streuen durfte. Ich hatte ein Körbchen voller Stiefmütterchen und Margeriten dabei. Wir verließen die Kirche und noch auf den Treppen, die zum Portal führten, griff ich hinein und hob eine Handvoll heraus, dann die nächste und noch eine – mein Körbchen leerte sich schnell und vor Enttäuschung begann ich zu weinen. Aber ich hatte Glück. Ein Mädchen, das neben mir ging, gab mir von ihren Blumen, die ich daraufhin besonnener verstreute.

Das Impulsive ist mir über die Jahre geblieben. Später verteilte ich mit derselben Bedenkenlosigkeit meine Zuneigung. Christians Geständnis machte mir Angst. Wie gerne würde ich daran glauben und mich darauf einlassen. Aber genau wie damals als Blumenmädchen brauchte ich jemanden, der mir half, mit dem zu haushalten, was ich hatte. Was, wenn Christian sich jetzt nur einer Illusion hingab? Mir sank der Mut.

Als er am nächsten Abend anrief, ging ich nicht ans Telefon, sondern ließ den Anrufbeantworter laufen. Am nächsten und übernächsten Tag dasselbe. Irgendwann merkte ich, dass keine Berechnung in meiner Abwehr lag.

Ich brauchte Zeit.

Ein paar Tage später, es war inzwischen Ende Mai und nicht mehr weit bis zur Premiere, besuchte mich Julia mit ihrem Neffen. Louis war acht und liebte Tiere. Caroline und Mr Briggs wohnten noch immer bei mir und ließen ihn in Begeisterungsstürme ausbrechen. Er bestand darauf, die beiden fliegen zu lassen, und gehorsam öffnete ich den Käfig. Es dauerte sonst ewig, bis sie sich heraustrauten, aber diesmal ging es schnell. Caroline flog als Erste los und Mr Briggs folgte ihr gleich darauf. Louis sah den beiden verzückt zu und lockte sie mit Kolbenhirse zu sich auf die Hand, streichelte ihre Bäuchlein und Schnäbel. Nach einer Stunde etwa flog Caroline zurück in den Käfig, während Mr Briggs orientierungslos auf dem Dach landete und das Eingangstürchen nicht fand.

Sein Lärmen war herzzerreißend. Er schlug mit seinen Flügeln und rannte auf dem Käfig hin und her, während Caroline im Inneren an die Stelle kletterte, wo sich ihr Männchen befand. Sie tschilpte so aufgeregt, als wolle sie ihm zurufen, er solle endlich hereinkommen, die Tür sei leicht zu finden, sie habe es auch geschafft. Louis stand verzweifelt vor der Voliere und klammerte sich an Julia fest. »Helft ihm doch«, weinte er und zeigte auf Mr Briggs, der sich inzwischen vor Angst dünn gemacht hatte und sich duckte.

»Warte«, sagte ich, scheuchte den Vogel vom Dach auf die Kommode, packte den Käfig und hielt ihn mit dem offenen Türchen vor ihn hin. Mr Briggs zwitscherte hell auf und hüpfte hinein, wo ihm Caroline nicht mehr von der Seite wich. Vielmehr schmiegte sie ihr Köpfchen dicht an seines. Ein paar Minuten später begann er, zart mit seinem Schnabel ihren Nacken zu kraulen, während sie mit einem Fiepen, das herzergreifend war, antwortete.

Gebannt sah Louis ihnen zu, und dann sagte er mit dem ganzen Enthusiasmus seiner acht Jahre: »Julia, ich habe noch nie erlebt, dass eine Frau so sehr um ihren Mann kämpft.«

Wie recht Louis hat, dachte ich, als ich später allein im Wohnzimmer saß und die beiden Vögel beobachtete, die noch immer wie siamesische Zwillinge auf dem Stängchen hockten. Es war etwas Bedingungsloses in ihrem Verhalten, eine instinktive und völlige Hingabe, die mich rührte und mir zu denken gab. Ich goss mir ein Glas Wein ein und schüttelte unwillig den Kopf. Wie kam ich bloß darauf, die Lösung meiner Probleme bei Flora und Fauna zu suchen?

@@@

Am nächsten Abend kam ich erst sehr spät und erschöpft nach Hause. Ich war schlechter Laune, weil es bei den Proben Zoff gegeben und Franz seinen Groll an mir ausgelassen hatte. Als ich den Hausflur betrat und über einen achtlos auf den Boden geknallten Stapel Prospekte stolperte, schwoll mein Ärger weiter an. Ich kickte das Papier mit dem Absatz zur Seite und stieg brummelnd die Treppen zu meiner Wohnung nach oben. Im Briefschlitz meiner Wohnungstür steckte ein weiteres Prospekt. »Ja machen die denn vor gar nichts mehr halt«, schnappte ich, als ich es herauszog. Ich wollte es schon zusammenknüllen, als ich sah, dass jemand etwas mit einem schwarzen Filzstift daraufgeschrieben hatte. Ich ging in die Wohnung, machte Licht und sah es mir genauer an. Da stand:

»Wir können niemals zweimal
in denselben Fluß steigen.
Aber der Fluß fließt weiter,
und der andere Fluß,
in den wir steigen,
ist auch kühl und erfrischend.«

Christian

Mein Herz schlug wild, als ich das las, und meine Wangen brannten. Denn noch viel wichtiger als der Inhalt dieser Sätze war ihr eigentlicher Verfasser. Dass Christian ausgerechnet *ihn* zitiert hatte, war so etwas wie ein Mirakel. Dann fiel mir etwas ein und ich holte den ›Lily Picker‹ hervor. Ich blätterte durch die Seiten und sah mir die mit den E-Mails besonders gründlich an. Nach zwanzig Minuten legte ich das Buch erleichtert zur Seite. Nein, ich hatte diese Geschichte nicht in den Briefen erwähnt – das Wunder war einfach so geschehen.

Ich erinnerte mich wieder an diesen Abend im vergangenen Jahr, als ich mit Julia im Auto unterwegs gewesen war und wir darüber gesprochen hatten, wie man den erkennen würde, für den man geschaffen war. Ich erinnerte mich auch an meine Antwort. Vielleicht wurde es langsam Zeit, dass ich zu meinen eigenen Worten stand.

Ich stand auf, holte das Telefon und wählte Christians Nummer.

»Ich bin's«, sagte ich schlicht.

»Hast du meine Nachricht bekommen«, fragte er ebenso knapp.

»Ja, hab ich.«

»Und?«

»Wie wäre es mit einer zweiten Ouvertüre?«

»Wie meinst du das?«

»Wir haben übermorgen Premiere. Das weißt du doch. Und ich dachte, diesmal könntest du mich wirklich begleiten.«

»Soll ich das als Reaktion auf meine Botschaft sehen?«

»Reaktion gefällt mir nicht. Das klingt so physikalisch. Einladung klingt besser.«

»Eine Einladung? Wozu?« Ich hörte, wie er lächelte. Seine Stimme war warm.

»Zur Premiere eines guten Stücks mit langer Spielzeit.«

»Ah …«

»Ja …«

»Wann soll ich dich abholen?«

»Halb sieben. Pünktlich!«

»Verlass dich darauf«.

@@@

»Maugham«, sagte ich und zog das Prospekt mit dem Zitat aus meiner kleinen schwarzen Tasche und faltete es sorgsam auseinander. ›Auf Messers Schneide‹. In meiner Ausgabe auf Seite 360.«

Die Premiere war vorbei und Christian und ich waren kurz mit zur Feier gekommen. Es hatte gutgetan, Julias Lächeln zu sehen, als ich an seiner Hand ins Foyer gekommen war, und auch Franz' ironisches Gezwinker hatte mich froh lachen lassen. Einzig Till hatte mich säuerlich angesehen, aber ich hoffte, das würde vorbeigehen. Ich *war* seine Freundin, die Angst, mich plötzlich zu verlieren, war unbegründet. Ich würde seine Freundin bleiben.

Die Vorstellung war grandios gewesen, zwanzig Vorhänge und anhaltende Bravo-Rufe, begleitet von Fußgetrampel. Franz strahlte am Schluss selbst von der Bühne, und in der ersten Reihe strahlte Julia zu ihm hoch. Man konnte sehen, wie stolz sie auf ihn war. Einzig Karin Mägelein ließ sich von der Euphorie nicht anstecken, sie sah noch mausiger und blasser aus als sonst. Ihr Mann war vor einigen Tagen überraschend aus dem großen Haus am Starnberger See ausgezogen und der Schreck saß ihr in allen Gliedern. Sie wirkte wie ein aus dem Nest gefallener Vogel.

»Nein, er hat keine Freundin«, versicherte Friedmann, der wohl mit Mägelein selbst gesprochen hatte. »Er hatte es wohl schlicht satt, als unbeholfener Depp zu gelten, dessen Dasein allenfalls durch seine Brieftasche gerechtfertigt war.« Ich war erstaunt über Friedmanns Worte, denn obwohl er doch ein alter Freund von Karin Mägelein war, bezog er damit klar Position. Insgeheim stand auch ich auf Mägeleins Seite, aber offen gestanden interessierte mich Karin Mägelein nicht wirklich. Ich erzähle es nur, weil ich finde, auch diese Geschichte braucht ihren Abschluss. Was mich interessierte, lag zwischen Christian und mir auf dieser Bank unten an der Isar. Gegenüber leuchteten die Lichter der Praterinsel, die Luft war warm und duftete nach den Blüten der Kastanienbäume. Ab und zu fuhr jemand auf dem Fahrrad an uns vorüber. Wir hatten uns heimlich von der Feier davongestohlen, niemandem auf Wiedersehen gesagt. Wir wollten allein sein.

Ich sah auf das Stück Papier mit diesen vielversprechenden Worten und lächelte. Ich lächelte, weil in diesem Augenblick noch einmal die Szene in Julias Wagen wie ein Filmausschnitt an mir vorüberzog. Ich wusste genau, was ich auf Julias Frage, woran ich den Richtigen erkennen würde, geantwortet hatte:

»Wenn ein Mann, den ich so unwiderstehlich anziehend fände, dass jede verlorene Sekunde körperlichen Schmerz bereitet, zudem Somerset Maugham zitieren könnte.«

Daran dachte ich also, als ich neben Christian auf dieser Bank saß, bevor ich ihm davon erzählte.

»Hast du das wirklich gesagt«, fragte er.

»Ja, und jedes Wort war so gemeint.«

»Weißt du«, er griff nach meiner Hand, »du bist schon eine ziemlich merkwürdige Frau.«

»Warum?«

»Weil ich immer gedacht habe, wenn man jemanden zurückgewinnen wolle, dann vielleicht mit Diamantohrringen, einer Kreuzfahrt oder der Aussicht auf eine Eigentumswohnung. Irgendetwas in der Art. Und dann kommst du und erzählst von der gemeinsamen Liebe zu einem Schriftsteller.«

»Ich dachte natürlich, du erstickst obendrein im Schotter.«

Er lachte und küsste mich.

»Welcher ist dein liebster Roman von ihm«, fragte ich eine halbe Ewigkeit später.

»›Der Menschen Hörigkeit‹.«

»Und warum?«

»Das Buch ist ein Meisterwerk. Nein, ich weiß schon, was du meinst«, meinte er einen Moment später, »das sind die anderen auch. Aber in dieser Geschichte gibt es zwei Dinge, die mich nie mehr losgelassen haben.«

»Die da wären?«

»Philip Careys Aufenthalt in Paris und Mildred.«

»Verstehe. Aber ein bisschen ausführlicher darfst du ruhig werden.«

»Philip Carey hatte denselben Traum wie ich. Er wollte Künstler werden. Maler. Erinnerst du dich, mit welcher Leidenschaft er bei der Sache war? Und dann entdeckt er seine Mittelmäßigkeit.«

»Und entschließt sich aufzugeben«, fiel ich ein.

»Ja«, antwortete Christian, den Blick auf die dunkel dahinfließende Isar gerichtet. »Er gibt auf, ohne sicher zu sein, ob dieser Entschluss auf Feigheit oder Mut beruht. Auf diesem Mut, sich für die Vernunft zu entscheiden und damit gegen etwas, das man liebt.« Christian schwieg und zündete eine Zigarette an, bevor er fortfuhr. »So ging es mir selbst. Ich wollte immer Schriftsteller werden und habe es ein paar Mal versucht, aber es kam nichts Richtiges dabei heraus. Es nutzt ja nichts, einigermaßen stilsicher zu sein und einen geraden Satz schreiben zu können, du brauchst den Blick für Geschichten, du musst sie *erzählen* können, und genau das kann ich eben nicht. Kennst du sie auch, diese Sorte Mensch, die von der Bedeutung ihres Daseins derart überzeugt ist, dass sie bei jeder Gelegenheit von der Unübertroffenheit ihres Lebens vorschwärmt, immer mit dem Zusatz, darüber unbedingt einmal ein Buch schreiben zu müssen? Als sei ein Roman nicht mehr als die Aneinanderreihung banaler Episoden.« Ich spürte, wie er sich in Rage redete. »Es genügt noch lange nicht, auf einem Dach zu stehen, um fliegen zu können.«

Ich musste lachen. »Ich weiß, was du meinst. Ich habe diesen Schwachsinn häufig genug gehört. Nur mit dem Unterschied, dass jeder, der ein Gedicht oder einen Witz aufsagen kann, meint, er sei der geborene Schauspieler.«

»Vielleicht liegt es daran, dass Kunst nicht messbar ist, es keine Norm dafür gibt. Niemand, der schon einmal Brot geschnitten hat, würde doch sagen, er wolle demnächst operieren.« Er schwieg wieder einen Augenblick lang, bevor er fortfuhr: »Aber zurück zu Maugham. Jedes Gefühl, jedes Wort, das er für Philip Carey hatte, war mir so vertraut, als hätte er es mir aus der Seele geschrieben.«

»Ich weiß, was du meinst«, erwiderte ich. »Ich habe seine Bücher immer wie im Rausch gelesen. Innerlich war ich permanent am Jubeln und saß mit dem Bleistift da, um einen Satz zu unterstreichen. Und dann noch einen und noch einen. «

Christian lachte leise und zog an seiner Zigarette.

»Warum Mildred?«, fragte ich und rückte dichter an ihn heran.

»Ich hatte meine eigene Mildred. Katrin hieß sie. Als ich sehr jung war. Kaum zwanzig. Ich hatte gerade mit dem Studium begonnen und genau wie Mildred im Roman kellnerte sie in meiner Stammkneipe. Sie war sehr hübsch und wollte hoch hinaus. Tänzelte um die Typen mit protzigen Schlitten und dickem Portemonnaie herum wie eine Wilde ums goldene Kalb. Ich fuhr neben dem Studium Taxi und war nicht gerade das, wonach sie sich die Finger leckte, aber sie hatte schnell raus, wie verrückt ich nach ihr war und dass sie alles von mir haben konnte, *ohne* zu tänzeln. Und ...«

»Und?«

»Wir waren eine Weile zusammen. Aber es war zermürbend, nichts, was beflügelte. Sie tauchte auf, wie es ihr passte, und verschwand wieder. Ein paar Mal sagte sie mir, sie sei eben so und könne nicht anders. Wenn ich wollte, dass sie bliebe, müsse ich das akzeptieren. Ich konnte nicht aufhören, an sie zu denken, aber ich war nie glücklich dabei. Es war grauenvoll und demütigend. Ich erinnere mich an eine Stelle im Roman, wo es heißt: ›Wenn sie von ihm fortging, war er elend, wenn sie wieder da war, verzweifelt.‹ Genau so empfand ich es.«

»Und dann.«

»Nichts und dann. Eines Morgens kam sie völlig verheult an und sagte, sie sei mit ihrer Miete über Monate im Rückstand, und wenn sie nicht sofort bezahlen würde, flöge sie aus der Wohnung. Ich war so dumm. Ich hatte ein paar tausend Mark von meiner Großmutter geerbt und die gab ich ihr. Kurz danach erfuhr ich, dass sie gelogen und das Geld genommen hatte, um mit einem anderen Kerl in Urlaub zu fahren. Als sie zurückkam, war sie schwanger von ihm und hat wohl geheiratet.«

»Und das Geld?«

»Habe ich ebenso wenig wiedergesehen wie sie. Weißt du, ich habe mich dafür verachtet, dass ich so an ihr hing. Sie war nicht klug, nicht witzig und nicht warmherzig. Was mich zu ihr hinzog, war nichts als purer Instinkt. Als hätte ich den Verstand verloren.«

»Und später hattest du Angst, es könnte dir wieder passieren«, sagte ich und musste an Susanne denken.

Mit einem schiefen Lächeln sah er mich an. »Ja, das

habe ich oft gedacht. Und gleichzeitig habe ich es als Freibrief genommen, mich wie ein Schwein zu benehmen.«

»Du vergisst«, sagte ich sanft, »dass Philip Carey wieder glücklich wurde. Er hat Sally Athelny getroffen und sie hat ihn gerettet.«

Christian warf seine Zigarette zu Boden und betrachtete mich lange. »Und du?«, fragte er schließlich. »Könntest du dir vorstellen, meine Sally Athelny zu sein?«

»Wenn du schon eine Mildred hattest, warum nicht auch eine Sally? Findest du denn, der Name passt zu mir?«

»Ich finde Undine sehr schön. Solange eine Sally in dir steckt.« Plötzlich lachte er leise.

»Was ist?«, fragte ich.

»Ich dachte gerade, dass wir unbedingt nach England fahren sollten. Zur Hopfenernte. Nach Kent. Wie die beiden am Ende des Romans.«

»Klar«, antwortete ich. »Ich wollte schon immer einmal dahin. Maugham ist dort aufgewachsen. Ich finde, das sind wir ihm schuldig.«

Er lachte wieder, stand auf und zog mich zu sich hoch. »Los komm, lass uns gehen.«

»Nach Kent? Jetzt?«

»Nicht nach Kent. Nach Hause. Ins Bett.«

Am nächsten Morgen wachte ich gegen halb sieben auf. Durch die Holzjalousien fiel das Licht in Streifen ins Zimmer. Mein Rücken schmiegte sich an Christians Bauch und mein Kopf lag auf seinem ausgestreckten Arm. Seine Haut war warm und roch nach frisch gefallenem Regen. Ich hatte nur wenig geschlafen, höchstens zwei Stunden. Mein Körper befand sich in diesem Zustand erschöpfter Erregung, die einen in die Kissen drückte, aber nicht still liegen ließ.

Neben mir verriet Christians Atem, dass er fest schlief. Ich drückte mich ein bisschen dichter an ihn und unterdrückte einen Seufzer. Es erschien mir fast unwirklich, dass alles gut zwischen uns geworden war. Dass wir uns wiedergefunden hatten und zusammen waren. Dass wir die letzte Nacht erlebt hatten, die zärtlich, fiebrig und hungrig gewesen war.

Vorsichtig, um ihn nicht zu wecken, drehte ich mich zu Christian um und sah ihm beim Schlafen zu. Seine Haare wirbelten sich am Ansatz und fielen ihm in die Stirn. Er sah aus wie ein Junge. Sein Anblick traf mich mitten ins Herz, und ich hätte weinen können. Stattdessen küsste ich ihn vorsichtig auf die Wange und beschloss aufzustehen. Ich konnte Kaffee machen und Croissants oder Rosinenbrötchen beim Bäcker holen, und wir würden im Bett frühstücken. Ich erinnerte mich daran, wie sehr ich mir das immer gewünscht hatte: Aufzuwachen und es röche schon nach Kaffee. Christian würde sich freuen. Im Wesentlichen träumten die Menschen von denselben Dingen.

Ich huschte aus dem Bett hinüber ins Bad. Als ich eine halbe Stunde später in meinem blauen Kleid mit dem Bügeleisenabdruck auf der Vorderseite unten auf der Straße stand und die Sonne auf meinem Gesicht spürte, änderte ich meine Pläne. Ich ließ den Bäcker links liegen, setzte mich in mein Auto und fuhr los.

Die Lilien standen inzwischen schon ziemlich hoch. Ihre Knospen waren prall und zartes Weiß schimmerte durch das Grün der äußeren Blätter. In der Vase würde es noch ein bis zwei Tage dauern, bis die Blüten aufbrachen, aber sie *würden* aufgehen, dessen war ich mir sicher. Ich pflückte einen Arm voll und fuhr wieder nach Hause.

Als ich in die Wohnung kam, schlief Christian noch immer. Ich schob die CD von Alison Krauss in den Player, ging ins Schlafzimmer und legte eine der Blumen neben ihn auf das Kopfkissen.

»Lilienrupfer«, flüsterte ich ihm ins Ohr, während die Musik ins Zimmer wehte:

»Slumber, my darling, the birds are at rest,
The wandering dews by the flow'rs are caressed.
Slumber, my darling, I'll wrap thee up warm,
And pray that the angels will shield thee from harm.«

Epilog

Datum: 31. Mai 2008 23.43 Uhr
Von: Undine.B@web.de
An: r-williams@allnet.com
Betreff: Text

Lieber Robbie,

tut mir leid, dass ich so lange nichts von mir habe hören lassen, aber dafür gibt es Gründe. Du findest sie im Anhang. Gleich vorweg: Es ist ziemlich viel Text. Du wirst eine Weile brauchen, bis Du ihn gelesen hast. Deshalb melde ich mich erst in ein paar Tagen wieder.

Bis dahin und
einen lieben Gruß
von
Undine

@@@

Datum: 7. Juni 2008 20.01 Uhr
Von: Undine.B@web.de
An: r-williams@allnet.com
Betreff: Und noch einmal der Text

Lieber Robbie,

hier bin ich wieder und nehme an, Du hast meinen Text inzwischen gelesen. Eine schöne Geschichte, nicht wahr? Ich finde das auch, denn wie oft geraten die Dinge in Konstellationen, aus denen nur das Beste und Schönste resultieren kann? Nicht sehr häufig. Glücksmomente sind dünn an den Rändern, und meistens passt der eine nicht an den anderen.

Deswegen sehen wir Filme, wo sich alles wundervoll fügt, lesen Bücher, in denen niemand leer ausgeht, das Schlechte bestraft wird und das Gute gewinnt.

Indem wir träumen, halten wir die Hoffnung wach.

Die zweite Hälfte meiner Geschichte ist nicht wahr. Oder jedenfalls nicht ganz.

Rebecca Williams existiert nicht, sie hat mir nie geschrieben und ein Roman von mir wird vorerst nicht erscheinen. Schon mal gar nicht gemeinsam mit _____.

Wahr ist allerdings, dass ich ihn getroffen habe. Denn Anette Schmitt, die Lektorin in meiner Erzählung, ist in Wirklichkeit eine Freundin von mir und Buchhändlerin. Sie arbeitet in einem renommierten Laden, und als ____ Anfang des Jahres zu einer Lesung dorthin kam, war ich eingeladen und so lernte ich ihn kennen. Er ist ungeheuer nett, einfühlsam und witzig, wir mailen uns hin und wieder und halten Kontakt.

Franz und Julia sind noch immer zusammen. Auch das stimmt. Ebenso wie die Trennung der Mägeleins und der Erfolg unserer letzten Premiere. Der Applaus vor zwei Wochen war berauschend und echt. Franz schwamm im Glück. Und Julia mit ihm. Friedmann selbstverständlich auch.

Wenn ich es mir recht überlege, ist auch das zweite Stück meiner Geschichte wirklich geschehen. Nur ein Teil darin eben nicht. Der mit Christian. Ich habe Christian nicht mehr wiedergesehen und werde es auch nicht.

Christian ist tot.

Anders als in meiner Geschichte wurde er in Wahrheit nicht gerettet, sondern starb an dieser Krankheit namens Guillain-Barré-Syndrom. Ich erfuhr nur durch Zufall davon, besser gesagt war es Julia, die davon hörte. Sie ist mit einem der Ärzte befreundet, der bei Christian im Rettungswagen saß und ihr später davon erzählte.

Er starb, weil er nicht mehr atmen konnte. Die Lähmung hatte schließlich die Lungen erfasst. Es hätte nicht so kommen müssen. Sein Tod wäre zu verhindern gewesen, hätte man ihn früher entdeckt und nicht erst am späten Abend, als er mit einem Kollegen zum Essen verabredet gewesen war. Wenn allerdings nicht der Schnapper am Schloss seiner Wohnungstür so eingestellt gewesen wäre, um sie ohne Schlüssel und mit schwachem Druck zu öffnen, hätte ihn auch sein Kollege nicht gefunden. Er wäre gar nicht in die Wohnung gekommen, in der Christian bereits bewusstlos auf dem Boden lag. Das Telefon drei Meter von ihm entfernt auf dem Schreibtisch.

Als ich davon erfuhr, empfand ich nichts als den Sog eines Vakuums. Ich hörte Julias Worte und war wie eingefroren.

Sie drangen nicht zu mir hindurch. Lange Zeit nicht. Ein paar Wochen lebte ich wie im Nebel. Tat mechanisch alles, was ich immer tat – arbeiten, essen, schlafen, telefonieren, Haare waschen, putzen, ganz egal –, aber ich nahm nichts wahr und fühlte nichts. Nur manchmal, nachts in meinem Bett, sah ich Christian vor mir, mit den verstrubbelten Haaren, seinem braun gebrannten Gesicht über dem grünen T-Shirt und wie er mir in diesem Restaurant am See zugelächelt hatte. Dann zerriss es mir das Herz. Später fragte ich mich, ob es nicht auch meine Schuld war. Hätte ich damals am Telefon nicht geschwiegen, hätte ich meiner Angst getrotzt und den Mund aufgemacht – vielleicht hätten wir das Ruder herumgerissen und ich wäre an dem Tag, als diese Krankheit sich ihn schnappte, bei ihm gewesen.

Ich wäre bis ans Telefon gekommen.

Ich muss zugeben, es ist seltsam, dass ich Anfang dieses Jahres ausgerechnet ____ ______ traf. Ich besuche Lesungen nur selten, aber für ihn machte ich eine Ausnahme, denn ich habe nie die Übersetzung seines letzten Buches auf Christians Schreibtisch vergessen – seit damals verknüpfe ich den einen mit dem anderen. Als ich ____ ______ kennenlernte, war Christian schon seit vier Monaten tot.

Die Idee, die Geschichte aufzuschreiben, kam übrigens von ihm. Er blieb damals knappe zehn Tage in München, und nach dieser Lesung trafen wir uns noch zweimal. Beim zweiten Mal erzählte ich ihm von Christian. Ich hatte vor niemandem sonst geweint – nicht einmal vor Julia –, aber bei *ihm* weinte ich. Er hatte etwas an sich, das mir das Gefühl gab, alles zu verstehen und ich könnte mich getröstet fühlen. Ich erzählte ihm die Geschichte von Anfang an, in der Hoffnung, er könne mir vielleicht irgendeine Antwort geben. Warum war Christian damals einfach so gegangen, warum … ?

Es waren so viele Warums.

Natürlich hatte er keine Antwort. Aber er sagte: »Weshalb versuchst du nicht, dir die Geschichte von der Seele zu schreiben? Such dir deine eigenen Antworten. Etwas anderes bleibt dir ohnehin nicht übrig, und dann kannst du vielleicht einen Schlussstrich ziehen.«

Und so schrieb ich alles auf. Erfand den zweiten Teil der Isolde-Episode, weil er eine Erklärung wäre, die Logik hätte, eine Erklärung, hinter der eine Geschichte lag und nicht nur Seelenmüll, etwas, das ich akzeptieren könnte und das Perspektiven ließ. Zugegeben: Sentimentale Perspektiven. Aber warum nicht? Ich habe die Realität keine Sekunde aus den Augen verloren – in meiner Fantasie darf ich romantisch sein, verträumt und sehnsüchtig, darf mein eigenes Drehbuch schreiben – Christian und mir selbst ein zweites Leben schenken, noch ein paar Augenblicke lang mit ihm glücklich sein. Das zumindest.

Im Übrigen habe ich den Text auch ____ geschickt. Er hat ihn gelesen und fand ihn gut. Ich soll etwas daraus machen, sagt er. Ihn vielleicht an (s)einen Verlag schicken.

Wir werden sehen.

Ich werde sehen.

Einen lieben Gruß –
und vielleicht bis irgendwann
Undine

Anhang

Originalschrift
von Rebecca Williams E-Mail an Undine:

Datum: 19. Januar 2008 10.21 Uhr
Von: r-williams@allnet.com
An: Undine.B@web.de
Betreff: Your Story, Continued

Dear Undine,

It is true – I have not heard from you for a very long time now and I am truly disappointed. Even though you wrote very often last year it wasn't until later (more to follow on this) that I realised how you were more concerned with getting something off your chest than with receiving an answer.

I suppose you were using my e-mail address as a diary, weren't you?

Very likely it surprises you to hear that someone actually read your letters and that you even receive an answer now after such a long time.

Perhaps it is not the answer you wished for in a perfect world, but hopefully a delightful one.

Let's wait and see.

Your e-mails were destined for a certain Robbie, if I understand this correctly. According to the surname on the topline, a certain RobbieWilliams. I don't think I am completely off track to assume you are writing to this brute from Stoke-on-Trent? Isn't he the same lad who captured us with ›Angels‹ just as if using a lasso, the same lad, who persuaded Nicole Kidman to lustfully lounge on a sofa with a whip in her mouth, along with »Something Stupid like I Love You« …

He's the one, isn't he?

I hope you are not too disappointed now to find out that your messages did not reach him but me, »not even« a man, a woman who's not able to carry a tune.

My name is Rebecca Williams and I am forty-one years old. I live in the small town of Rochester, approximately fifty kilometres outside of London. Perhaps you have heard of the cathedral of Rochester or our castle. Both are famous; Charles Dickens mentioned them in his novels.

This is only for your orientation. Anyway, your e-mails ended up in my inbox and I am certain you can imagine my bewilderment when I received more and more of them from you, a German woman, whose name I never heard of before. I started to show some interest in all when I realised who was meant by »Robbie«.

Surely, who would not have gotten curious? Since I neither understand nor speak one word of your language, it all looked dim to me at first.

Luckily I have a German friend who has been married here in Rochester for the last fifteen years. She is a native of the city of Wuerzburg. When I consulted her, I finally learned the matter of your e-mails. And guess what? Both of us were equally thrilled! We read your e-mails like a novel series. We wanted more and waited excitedly for the next e-mail to arrive.

Even though my friend and I live in another country, both of us are married and probably have a very different life style than yours, we both identified with your story immediately. Which woman does not know those feelings? Which woman has never lived tales like the ones you described? I am sure we all have. Additionally, we liked your humour, your spirit, your sharp mind and your ability to express feelings the way they are, without using constant irony. When you were sad, you WERE sad; you treated happiness in the same manner. I find it comfortably honest that you did not continuously make fun of your own feelings.

One more thing: We crossed our fingers for you and your »Lily Picker« – just like you, we wanted the happy end. The conclusion of the story was terrible for us, too, and we suffered immensely with you.

Back to novel series which was my own keyword. I am not certain whether you are going to smile radiantly now, or if you are going to contact your lawyer furiously. Of course I am hoping for the first one.

This is the deal: An old friend (we went to the same

grammar school and then on to Cambridge together) is a well known author in England, and if I get this right, he is also very popular in your country.

His name is ____ _____. I assume you know him and believe you are aware that relationship stories are his preferred subject.

For a long time I thought about whether I should do what I couldn't get out of my head, but then I was so excited by your story, the e-mails, and this Robbie Williams component, that I finally did show your letters to ____ _____.

To keep it short: what I am trying to tell you is that ____ _____ used your material to create a wonderful e-mail novel, which should also be published in Germany at the beginning of the New Year. It will be published in England next fall entitled ›Lily Picker‹. We adored your expression »lily picker« so much, we did not allow anything else replacing it. Therefore, it did not only remain – it became the title.

Writing to you was the idea of both of us because of course we could not leave you out of the picture. You are the creator of this story. It's obvious to us, and that's why we want you to join us as the co-author. What do you think? Please give us a big smile and say YES!

Of course you will be part of the advance and future sales. The publisher would like to contact you in the next few days – please send me your address and phone number so we can make this happen.

The cat is out of the bag. I am hoping for a positive reaction from you, because

a) I think you were hurt quite a bit, and something good needs to result from this story, and

b) I desire nothing less than violating your rights, giving you a reason to goose-step to your lawyer.

From Rochester,
Sincerely,
Rebecca Williams

Danke

allen, die mir geholfen haben:

Carola Reile, Thommie Bayer, Prof. Dr. Klaus Schönbach, Nicolas-Louis Mühlfeld, Bernadette Heimann, Christa von Bernuth, Anja Heling, Elke Drozd Williams, Annika Krummacher, Edmund Gleede, Axel Hundsdörfer, Bernhard Hagemann, Karoline Adler, Bianca Dombrowa, Michaela Grebner, Marco Momberger, Daniela Hochheim und meine Eltern.

Mein ganz besonderer Dank geht an R. W., ohne den dieses Buch nicht entstanden wäre.

Marie Velden
München, 9. Juni 2009

Quellenvermerk

Die Autorin und der Verlag danken dem Diogenes Verlag, Zürich, für die Abdruckgenehmigung für folgende Textstellen:

Seite 8:
»Sie zog ihn mit aller Kraft …«
William Somerset Maugham, Mrs Craddock
Aus dem Englischen von Elisabeth Schnack

Seite 140:
»Nichts in der Welt hat Bestand …« und
Seite 211:
»Wir können niemals zweimal in denselben Fluß steigen …«
William Somerset Maugham, Auf Messers Schneide
Aus dem Englischen von Fritz Bondy

Kajsa Ingemarsson im dtv

»Erstklassige Unterhaltung«
Helsingbors Dagblad

Vermisse dich jetzt schon ...
Roman · dtv premium
Übers. v. Stefanie Werner

ISBN 978-3-423-**24466**-4

Annika, 37, Ehefrau und Mutter, verliebt sich in ihren neuen Arbeitskollegen. Da steht eine handfeste Ehekrise ins Haus. – Ein Roman zum Schutz der Liebe. »Das liest sich in einer Nacht.« (Elle)

Eins, zwei, drei – beim vierten bist du frei
Roman · dtv premium
Übers. v. Stefanie Werner

ISBN 978-3-423-**24537**-1

Plötzlich machen alle Nägel mit Köpfen: Heirat, Kinder, Karriere. Und Paula sieht ihr lustiges Leben in Frage gestellt. Da erhält sie ein Angebot, dem sie nicht widerstehen kann ... »Ein höchst witziger Roman über die Angst, erwachsen zu werden.« (Uppsala Nya Tidning)

Liebe mit drei Sternen
Roman
Übers. v. Stefanie Werner

ISBN 978-3-423-**21091**-1

Das Schicksal schlägt bei Agnes gleich zweimal zu: Job weg und Freund weg – und alles in einer Nacht. Doch in jedem Ende steckt auch ein Anfang. »Ziehen Sie den Stecker aus der Steckdose. Das ist ein Buch, bei dem man nicht gestört werden will.« (Söndagsmorgon, TV 4)

Bitte besuchen Sie uns im Internet: www.dtv.de

Charlotte Sandmann im dtv

Spannende Unterhaltung vor historischem Hintergrund:
Charlotte Sandmann erzählt von starken Frauen,
die gegen alle Widerstände ihren Weg gehen.

Kalte Zärtlichkeit
Roman · dtv premium
ISBN 978-3-423-**24699**-6

Henriette ist fasziniert vom Arzt Aaron Nicolai, vor dem die halbe Stadt warnt: er sei kalt und bettelarm, gewiss kein Mann zum Heiraten. Doch die junge Frau schlägt alle Warnungen in den Wind. Und als im Sommer 1854 in München die Cholera ausbricht, steht Aaron plötzlich an vorderster Front im Kampf um das Leben Tausender …

Paradies in Flammen
Roman · dtv premium
ISBN 978-3-423-**24728**-3

Hamburg, 1883. Helena steht vor einer schwerwiegenden Entscheidung: Soll sie wirklich einen Mann heiraten, den sie noch nie gesehen hat, und ihr Leben im fernen Java verbringen? Es scheint die einzige Möglichkeit, ihren Vater vor dem Bankrott zu retten. Doch die junge Frau ahnt nicht, welche Folgen ihr Entschluss haben wird …

Die Erbin
Roman · dtv premium
ISBN 978-3-423-**24782**-5

Im heißen Sommer des Jahres 1900 macht sich die reiche Erbin Salome auf nach München, um ihre Jugendliebe vor dem Fallbeil zu retten. Sie ist fest dazu entschlossen, die Unschuld des jungen Mannes zu beweisen, der angeklagt ist, seine Haushälterin auf bestialische Weise mit einer Axt getötet zu haben.

Bitte besuchen Sie uns im Internet: www.dtv.de